GRAZIA VERASANI

Die Tote in der Feengrotte

Buch

»Meine Freundin ist verschwunden. Schon seit sechs Tagen. Ich bin nicht zur Polizei gegangen, weil ich den Bullen nicht über den Weg traue.« Mit diesen Worten wendet sich die Edelprostituierte Dora Arienti an Privatdetektivin Giorgia Cantini, als sie diese in der flirrenden Augusthitze in Bologna in ihrem Büro aufsucht. Bei der Vermissten handelt es sich um Vanessa Liverani, genannt Van, eine Kollegin und Freundin von Dora, die nach einer wilden Party reicher Geschäftsleute einfach verschwand. Van lässt einen zehnjährigen Sohn zurück, William. Dora weiß, dass Van mit dem Gedanken spielte, ein neues Leben zu beginnen, vielleicht mit Williams Vater noch einmal von vorne anzufangen, fernab des Rotlichtmilieus. Aber hätte sie dann ihren Sohn einfach zurückgelassen? Die einzigen Hinweise für ihre Ermittlungen liefern Giorgia zunächst Vans Tagebucheinträge, ihre Gedichte und Liedtexte. Kurze Zeit darauf wird die junge Frau jedoch tot aufgefunden – in der Grotta delle Fate, der Feengrotte außerhalb von Bologna, erschossen. Und die Tatwaffe ist die Pistole von Vanessa Liveranis eigenem Großvater. Giorgia Cantini setzt nun alle Hebel in Bewegung, um herauszufinden, wer hinter dem Verbrechen steckt und ob der Mörder gar in Vans Familie zu finden ist.

Autorin

Grazia Verasani wurde 1963 in Bologna geboren. Nach dem Abschluss an der Schauspielschule arbeitete sie als Schauspielerin und Liedermacherin, bevor sie 1999 ihren ersten Roman veröffentlichte. »Die Tote in der Feengrotte« ist der zweite Band der Krimireihe um Privatdetektivin Giorgia Cantini. Der erste Band, »Briefe einer Toten«, wurde von Gabriele Salvatores fürs Kino verfilmt. Weitere Informationen zu Grazia Verasani unter www.graziaverasani.it.

Grazia Verasani

Die Tote in der Feengrotte

Ein Fall für Giorgia Cantini

Deutsch
von Barbara Neeb
und Katharina Schmidt

GOLDMANN

Die Originalausgabe erschien 2006
unter dem Titel »Velocemente da nessuna parte«
bei Arnoldo Mondadori Editore S.p.A., Mailand

FSC
Mix
Produktgruppe aus vorbildlich
bewirtschafteten Wäldern und
anderen kontrollierten Herkünften

Zert.-Nr. SGS-COC-1940
www.fsc.org
© 1996 Forest Stewardship Council

Verlagsgruppe Random House FSC-DEU-0100
Das FSC-zertifizierte Papier *München Super* für dieses Buch
liefert Arctic Paper Mochenwangen GmbH.

1. Auflage
Deutsche Erstveröffentlichung Juli 2009

Umschlaggestaltung: UNO Werbeagentur, München
Umschlagmotiv: Getty Images/Peeter Viisimaa
Redaktion: Julia Eisele
IK · Herstellung: Str.
Satz: deutsch-türkischer fotosatz, Berlin
Druck und Bindung: GGP Media GmbH, Pößneck
Printed in Germany
ISBN: 978-3-442-46648-1

www.goldmann-verlag.de

Wie eine Barke, die von der Nachtküste
ablegt und verschwindet.
Wie eine Gitarre, die eine Frau
auf einem Tisch vergessen hat.

Wallace Stevens

~ 1 ~

Ich greife mir mein Gepäck vom Rollband mit der Erschöpfung eines reumütigen Reisenden, der es bedauert, überhaupt losgefahren zu sein, und als ich mit der Hand über eine Tasche meiner Jeansjacke fahre, spüre ich dort das federleichte Gewicht von zwei oder drei Postkarten, die ich vergessen habe abzuschicken. Ich laufe durch diesen klinischen Raum – eine Kombination aus Kunststoff und Stahl –, der von Touristen und Personal bevölkert ist. Die Wartehalle besteht aus nichts als harten roten Stühlen. Mitten unter der großen Anzeigetafel thront das neueste Modell eines mit Extras nur so gespickten Autos. Ich streife Leute, die vor dem Metalldetektor Schlange stehen und andere, die auf dem Bildschirm Ankunfts- und Abflugzeiten überprüfen. Eine Stimme aus dem Lautsprecher unterbricht einen Hitklassiker von Frank Sinatra für die Durchsage, dass sich ein Flug verspätet.

Jetzt brauche ich einen Kaffee. Also betrete ich den wabenförmigen Plexiglasaufzug und fahre hoch in den zweiten Stock zum Gastrobereich. Durch die große Glasfront platzt der strahlend blaue Spätnachmittagshimmel förmlich herein. Aus dem Augenwinkel bemerke ich einen Shuttlebus, der über die Rollbahn fährt, und den grauen Schatten eines abflugbereiten Jets.

Ich bin vor acht Tagen abgereist und habe dabei meine

kurze Affäre mit Marcel hinter mir gelassen. Wir haben uns genau hier, in der Flughafenbar, verabschiedet: Ich fuhr nach Tunesien in Urlaub, und er kehrte nach Paris zurück, um seinen fünften Krimi fertig zu schreiben.

Marcel, sechsundvierzig, Freund eines Freundes: Die magnetische Anziehungskraft seines Intellekts und seine Art, sich zu bewegen, verliehen ihm, je später und feuchter der Abend wurde, den traumverlorenen Ausdruck eines Menschen, der zu viel getrunken hat. Zwei Wochen habe ich mit diesem Vertreter des Surrealismus verbracht, diesem Mann mit ausgeprägten Augenbrauen, aufgeblähtem Bauch und zerknautschtem Gesicht, der sich die Zigaretten am Stummel der vorherigen anzündet; dem x-ten Mann, dessen Ehering ich in der Dunkelheit eines Hotelzimmers aufblitzen sah, während er sagte: *»Pour aimer une femme, il faut épouser une autre.«* (Um eine Frau zu lieben, muss man eine andere heiraten.)

War es denn wirklich nötig, Marcel, die Liebe zu bemühen? Ich hätte auf diese Galanterie verzichten können, denn, sagen wir es doch ganz offen, es war von Anfang an klar, dass das mit uns nicht von Dauer sein würde. Wir sind fast gleich alt, habe ich dir gesagt. Die Liebe hat uns lange Jahre beschäftigt, unsere Köpfe waren dauerhaft besetzt von ihr, schlimmer als jeder Unihörsaal anno '68. Ich habe nur lockere Verhältnisse, ich will keine festen Bindungen, und …

»Libres alliances?«

»Oui, tu comprends?«

Du hattest die Decke um deine Beine gewickelt und brachtest etwas wie ein Lächeln hervor. Ich ging wieder zu dir, schon halb angezogen, und trat dabei auf den Rand eines mit Asche und Zigarettenkippen gefüllten Tellerchens. Du dachtest, ich würde dich auf den Mund küssen, aber ich zielte auf deine Stirn – meine Art, den Blinker zu setzen und die klassische Abkürzung zu nehmen. Du hast dir mit den Fäusten die Augen gerieben. Dein blaues T-Shirt hatte dunkle Schweißränder unter den Achseln: der wilde Geruch eines französischen Barbaren, der Spannungsliteratur schreibt, weil, wie du sagtest, Angst ein Gefühl ist, das Gott – falls es ihn gibt – nie empfunden hat.

Auf dem Nachttisch lag der Block, auf dem du dir während unserer Spaziergänge Notizen gemacht hattest: »Früher war diese Stadt von Kanälen durchzogen. Also eine Art Venedig, mit einem Hafen, Schiffen …« Und du hast aufgehorcht, als ich erzählte, dass es hier früher viele Brunnen gab, in denen die Mörder ihre Opfer versteckten …

Ich bestelle mir noch einen Kaffee.

Wer weiß, Marcel, woran du dich erinnern wirst, von den fünfunddreißig Kilometern Arkaden, dem Neptunsbrunnen, von Nicolò dell'Arcas »Madonna mit Kind«, von der gotischen Chiesa San Francesco, von der Torre degli Asinelli oder der Torre della Garisenda. Und von mir, die neben dir stand und dir erzählte, hier seien schon Leopardi, Byron und Rossini durchgekommen.

»Oh, Leopardì, celui de la haie, celui de l'infini?«

»Ja, genau, *Das Unendliche* …«

Danke, dass du meine fünf Kilo Übergewicht mit der üppigen Fleischlichkeit einer Rubensfigur verglichen hast, danke, dass du gesagt hast, die Schönheit einer Frau wachse mit dem Alter, und meine so unorthodoxe, aus dem Rahmen fallende Schönheit habe dich berührt, weil du Schriftsteller bist. *»Les* *jeux sont faits«*, hätte ich dir am liebsten gesagt. »Du hast mich doch schon ins Bett gekriegt. Wozu musst du noch diesen ganzen Unsinn von dir geben?« Danke, dass du mir vom Paris der Fünfzigerjahre erzählt hast, dem der Keller der *Music-halls*, des Jazz, der Chansonniers, der professionellen Nachtschwärmer der *Rive Gauche*, diesen Märtyrern der Nacht, von denen du die Ringe unter den Augen und die Revoluzzerlieder geerbt hast. Danke, dass du *Un poison violent, c'est ça l'amour* von Serge Gainsbourg für mich rezitiert hast. Und vielen Dank vor allem dafür, dass du mir all diese Stunden geschenkt hast, von denen man dann als schöne Erinnerung zehren kann. Es war genau die richtige Anzahl, keine zu viel, keine zu wenig.

Hier, in dieser Bar, habe ich deine Hände betrachtet, eine gehört Dr. Jekyll, die andere Mr. Hyde. Wir haben alle solche Hände, Marcel, selbst wenn wir keine Kriminalromane schreiben.

»Embrasse-moi«, hast du gesagt und meine Hände gedrückt, die rechte und die linke, die gute und die böse.

»Porte-toi bien … écris-moi!«

»Mach's auch gut, und ja, ich schreibe dir.«

Du hast geseufzt, während du die Zigarettenkippe auf den Boden ins Sägemehl geworfen hast, und gesagt: *»Ah, et … comment on dit? Une passion … ça ne peut pas durer … je le sais.«* (Ach ja … wie sagt man noch? Eine leidenschaftliche Liebe kann nicht von Dauer sein … das weiß ich.)

»Ne te fais pas de soucis pour moi …« (Mach dir um mich keine Gedanken.)

»Bologna c'est une ville fantastique.« (Bologna ist eine großartige Stadt.)

Ich lächle vor mich hin: »Willkommen zu Hause, Giorgia.«

Dann stelle ich die Tasse auf dem Tresen der Bar ab und begebe mich zum Ausgang des Flughafens. Dort steige ich ins erste freie Taxi und sehe gedankenverloren aus dem Fenster, hinaus auf die Leuchtreklamen.

~ 2 ~

Ich sitze im Freien an einem Tisch vor einer Bar in der Via Indipendenza, nippe an einem Bier und spiele mit dem Zündmechanismus meines Feuerzeugs. Wie sagt man in Deutschland noch in so einer Situation? Kopf hoch! Anscheinend hilft das, die Traurigkeit zu vertreiben.

Hier sitze ich nun mit meiner krummen Nase, dem unregelmäßigen Pony über meinen dunklen, tiefliegenden Augen, gedankenverloren wie eben jemand, der am Abend noch ein letztes Bier trinkt, um dann nach Hause zu gehen, seine Koffer auszupacken und das Regal mit ein paar Souvenirs aus Tunesien zu verschönern. Mir geht es gut. Es ist alles in Ordnung.

Ich bin gerade vierzig geworden. Ich habe zwar nicht die Religion, um mich zu betäuben, aber den Alkohol, und dann noch meinen Instinkt, der eigentlich mehr Wachhund als Instinkt ist. Und der sagt mir gerade: »Nur nicht übertreiben« und verbietet mir, ein weiteres eiskaltes Becks zu trinken.

Zwei Männer um die fünfzig mit grauen Schläfen und sonnengebräunten Gesichtern trinken Bellinis und starren den Mädchen, die vereinzelt an den anderen Tischen sitzen, auf den Bauchnabel. Einer von beiden sagt, es sei an der Zeit, zu kapitulieren und zu heiraten, natürlich eine Frau, die noch jung ist. Der andere meint, er wolle seine Freiheit nicht aufgeben und könne dem Anblick all dieser nackten Bäuche nicht widerstehen.

Ich lausche ihren anzüglichen Bemerkungen und frage mich, ob sie in den Taschen ihrer Leinenjacketts neben Atemgold auch Viagra mit sich herumtragen. Barock ist die Welt, wie schon Gadda sagt, leben und leben lassen. Wir reden schon alle wie die im Fernsehen.

Nein, es ist nicht der Alkohol, der unsere Gedanken so banal werden lässt. Heute kannst du jeden Tag ein Buch lesen, aber sobald du einen Blick auf den Fernseher oder in die Zeitung wirfst, sind Tolstois gesammelte Werke so gut wie vergessen. *»The world is TV«* hat schon Jimmy Hendrix gesagt. Das ist einfach, aber treffend. Liegt wahrscheinlich daran, dass Musiker die Welt von außerhalb der Gesellschaft betrachten.

Als ich in einer zerknitterten Ausgabe des *Resto del Carlino* blättere, lese ich, dass der amerikanische Soziologe Michael G. Zey behauptet, wir würden im Jahr 2050 durchschnittlich einhundertdreißig Jahre alt werden. Die Nanotechnologie wird die Alterungsprozesse der Zellen aufhalten können, und der größte Traum der Menschheit – so lange wie möglich jung zu bleiben – wird sich endlich verwirklichen lassen. Na ja, denke ich, jetzt ist es aber noch nicht so, und diese beiden alten Knaben wissen, dass die Zeit knapp wird und sie sich nicht bis in alle Ewigkeit einen schönen Lenz machen können.

»Sechs von zehn Akademikern sind Frauen. Sie sind fleißig, gebildet, gut organisiert, aber nicht sehr innovativ«, sagt der eine. Und der andere: »Meine Studentinnen sagen, heute sind die Männer entweder frauenfeindlich oder schwul.«

Ich habe es doch geahnt: Die beiden sind Dozenten. Sie witzeln vor sich hin, trinken ihre Bellinis und behalten dabei die Mädchen an den anderen Tischen im Blick, ihre dünnen, nervösen Körper unter transparenten Sommersachen, die Gesichter, auf denen das Alter noch keine Spuren hinterlassen hat, die noch unendlich viel Zeit haben, während die alt gewordenen Schwerenöter der Universitätsstadt Bologna besorgt auf ihre tickenden Uhren starren.

Bologna um zehn Uhr abends ist angenehm kühl, obwohl sich immer noch einige Frauen Luft zufächeln, und ein Kellner mit schweißüberströmter Stirn zwischen den Tischen umherrennt. Er scheint es nicht abwarten zu können, dass sich die Stadt endlich leert, damit er zu seiner Familie an irgendeinem Badeort in Apulien oder auf Sardinien stoßen kann.

Bologna. Stadt mit hoch entwickelter Dienstleistungsbranche, voller genossenschaftlich organisierter Betriebe, die gleichzeitig ihr Reichtum und ihre Krux sind. Stadt der Unternehmer, der großen Firmen, der Krankenhäuser, der zahllosen Angestellten, die jeden Morgen ihre Stechkarte bei Unipol, Manutencoop, Ima oder Camst abstempeln …

Als Marcel mich fragte, warum ich mich hier wohl fühle, habe ich ihm geantwortet: »Hier sind meine Erinnerungen, ich kenne hier alles, das ist die Stadt, in der ich geboren bin.« Aber ich habe ihm nicht erzählt, dass diese Stadt früher einmal eine Seele hatte. Jetzt verstopft der Verkehr alle Straßen, die Leute werden immer misstrauischer und rümpfen die Nase über die Immigranten.

Darüber würde ich gern mit den beiden Dozenten vom Nachbartisch reden, wenn deren Sinne nicht so sehr damit beschäftigt wären, möglichst unauffällig nach nackten Lendengegenden oder frei unter T-Shirts wippenden Brüsten zu stieren.

Es wird Zeit, meine Biere zu bezahlen, dem Kellner ein Trinkgeld zu geben und meine müden Knochen und mein Gepäck bis zur Bushaltestelle zu schleppen. Eine Blondine in Shorts aus Jeansstoff fragt mich, ob ich Feuer habe. Eine andere Frau erzählt, es gäbe heute im Parco della Montagnola Kabarett. Das erinnert mich an die Sommer, die ich mit meiner Schwester in Konzerten oder bei Rezitationsabenden verbracht habe, und ich sage mir, dass diese Zeiten vorbei sind.

Ada wollte Schauspielerin werden. Eines Abends kam sie nach Hause, nachdem sie im Palazzo dei Congressi Carmelo Bene mit Byrons *Manfred* gehört hatte. Überdreht und überglücklich stellte sie sich vor den Spiegel und deklamierte mit weit ausholenden, theatralischen Gesten: »Jetzt zittre ich und fühl auf meinem Herzen seltsam kalten Tau. Doch ich kann tun, was mir am meisten widert.« Als ich vom Tisch aufstehe, kommt mir der Gedanke, dass meine Schwester vielleicht genau an diese Worte gedacht hat, bevor sie sich aufgehängt hat.

~ 3 ~

Seit Lucio Spasimo zu seinem Liebsten Josh nach Sacramento geflogen ist, ist sein Arbeitszimmer mein Lieblingsplatz zum Nachdenken geworden. Ich lege die Füße neben die PC-Tastatur auf den Schreibtisch und schnipse die Asche meiner Camel in die Dose Budweiser, die ich gerade ausgetrunken habe.

Bevor Lucio sich verliebt hat, verbrachte er ganze Tage in diesen paar Quadratmetern ohne Fenster, dabei klebte er mit seiner runden Brille beinahe am Bildschirm, sein Kinn war schlecht rasiert, er hatte die Pausbacken eines zu gut genährten Jungen, schrieb Computerprogramme, überprüfte die Sicherheit von Firmennetzwerken und schützte sie vor Hackerangriffen.

Er verbrachte auch ganze Nächte hier, schlief ein paar Stunden auf diesem Sofa, das mehr einem Feldbett ähnelt, gehüllt in weich fallende Pullover in grellen Farben, um ihn herum Einwickelpapier von Schokoriegeln und leere Pepsiflaschen.

Das erreicht Liebe, wenn sie erwidert wird: Da nimmt jemand plötzlich ein Flugzeug, der Zeit seines Lebens sogar Angst davor hatte, in einen Bus zu steigen.

Und lässt mich hier zurück, mit heruntergelassenen Rollläden, in einem stillen Halbdunkel, in dem es keine dringend zu bearbeitenden Akten gibt, das Telefon seit Tagen nicht klingelt und mein Vater und ich, das bescheidene Ermittlerteam dieses Detektivbüros, uns mit einem Nicken und einem Brummen grüßen, wenn wir uns – was selten genug passiert – einmal begegnen.

Vor zwei Wochen hat sich der ehemalige Maresciallo Maggiore Fulvio Cantini Urlaub genehmigt und ist zu Jole aufs Land gezogen, einer Frau in seinem Alter, die er bei einem Bingoabend kennen gelernt hat. Ich hoffe und wünsche mir nur eins: dass sie es schafft, ihn vom Anisschnaps wegzubekommen.

Deshalb muss ich den Laden jetzt allein schmeißen …

Anfangs hat das Detektivbüro Cantini auch für Anwälte und Kleinunternehmer gearbeitet, aber heute kümmern wir uns meist um Fälle von ehelicher Untreue, vermisste Personen, Kinder, die die Schule schwänzen und in schlechte Gesellschaft geraten sind, Ehemänner, die wissen möchten, ob ihre Frauen, wie sie behaupten, in den Töpferkurs gehen oder zu den Treffen der Anonymen Alkoholiker, und Ehefrauen, die wissen möchten, ob ihre Männer, wie sie behaupten, zum Hallenfußball gehen oder zur donnerstäglichen Pokerpartie.

Mein Vater will mit Ehebruchgeschichten nichts zu tun haben, die gibt er an mich weiter, denn er meint, er sei in diesen Dingen sentimental. Offensichtlich hält er mich nicht gerade für romantisch. Laut Fulvio Cantini bin ich kaltblütig genug, den Leuten das Herz zu brechen, die es ganz genau wissen möchten, statt klugerweise der Wahrheit nicht auf den Grund gehen zu wollen.

Mein Vater überschätzt mich. Es lässt mich keineswegs kalt, Männer und Frauen zu sehen, die mir gegenüber ihre

Liebesqualen auskotzen. Wenn ich Liebende fotografiere, die vor einem Vorstadthotel oder einem abgelegenen Restaurant Zärtlichkeiten austauschen, fühle ich mich außerdem wie ein Spion, der gleich Details ihrer heimlichen Beziehung an den Feind verraten wird; als wäre ich die moralische Instanz, die dem Vater oder dem rechtmäßigen Ehemann den Stock für die Bestrafungshiebe in die Hand legt. Und diese Rolle behagt mir nicht unbedingt.

Ich betrachte die kahlen Wände in Lucios Arbeitszimmer, die Spinnweben oben in den Ecken. Ich hebe ein gelbes Post-it vom Boden auf, das er beschrieben hat, und mit ihm Staubflocken, die ich in einem Papierkorb aus Plastik entsorge. Ich reibe mir Daumen und Zeigefinger am Stoff meiner Jeans sauber und denke, wäre er jetzt hier, würde ich ihm von meinem deprimierenden Urlaub in Hammamet erzählen, vom dreckigen Wasser in dem Pool voller Kinder, den stolzen Vätern, die deren Sprünge ins Wasser mit der Videokamera verewigten, der afrikanischen Sonne, die mir einen lästigen Sonnenbrand beschert hat. Von Eros Ramazotti, der ständig auf Höchstlautstärke dudelte, einem depressiven, knochendürren Kamel, das als Hintergrund für die üblichen Fotos herhalten musste, und schließlich von meinen einzigen Freunden dort: zwei Jungs mit Essstörungen, die sich genau wie ich am Büfett die Teller mit all diesen Scheußlichkeiten vollluden.

Das Schrillen der Türklingel holt mich in die Wirklichkeit zurück, zwingt mich dazu, aufzustehen und schnell zur Eingangstür zu laufen.

Eine junge Frau mit langen blonden Haaren scharrt ungeduldig mit den Füßen auf der Matte, zeigt auf das Schild

DETEKTIVAGENTUR CANTINI und fragt mich: »Bist du das?«

»Was?«

»Na, der Detective.«

»Wir sind hier nicht in Amerika.«

»Okay.«

»In Ordnung.«

»Okay.«

Ich gebe auf.

»Ich heiße Dora Arienti. Können wir hier irgendwo reden?«

Während ich ihr die Tür zu meinem Büro aufhalte, stelle ich fest, dass sie schön genug ist, um als Model arbeiten zu können. Sie trägt ein pinkfarbenes T-Shirt, Jeans mit Rissen über dem Knie und schwarze Pumps mit zwölf Zentimeter hohen Absätzen.

Ich fordere sie auf, im Ledersessel Platz zu nehmen, den ich meist meinen Klienten anbiete. Bevor ich mich auf die andere Seite des Schreibtischs setze, schließe ich mit einem schnellen Fußtritt einen offen stehenden Karteikasten.

Metallregale und Rollschränke von Ikea, ein überfüllter Papierkorb, Zeitungsstapel und vergilbte Fotos vom einstigen Bologna an den Wänden füllen den übrigen Raum aus.

Dora Arienti verschränkt die Hände auf dem Schreibtisch, an ihren Daumen trägt sie dicke Silberringe. Sie beugt sich ein wenig vor, als wolle sie die Entfernung zwischen uns verkürzen, und stützt dabei ihre knochigen Ellbogen auf die Nussholzplatte. Mein Blick verharrt einen Moment auf ihrem üppigen Mund, ihren grünen Augen und ihrer Barbienase, die offensichtlich vom Schönheitschirurgen stammt.

»Deine Nummer war die erste, die ich im Telefonbuch gefunden habe. Es gibt nicht viele Detektivbüros in der Stadt.«

Ihre Stimme klingt unangenehm laut, anscheinend ist sie eher an erregte Diskussionen als an zivilisierte Unterhaltung gewöhnt.

»Meine Freundin ist verschwunden. Schon seit sechs Tagen. Ich bin nicht zur Polizei gegangen, weil ich den Bullen nicht über den Weg traue«, erzählt sie und sieht nervös zur Tür, als könne dort jeden Moment ein ganzes Rollkommando hereinstürmen. »Sie geht nicht an ihr Handy, und bei ihr zu Hause ist sie auch nicht.«

Ich öffne eine Schreibtischschublade und hole einen Block heraus. »Lebst du mit ihr zusammen?«

»Nein.«

»Wie heißt deine Freundin?«

»Vanessa Liverani, aber ich nenne sie Van. Jeder nennt sie Van, außer ihrer dämlichen Mutter.«

Ich verziehe keine Miene und notiere mir die ersten Informationen. »Alter?«

»Einunddreißig. Ich bin ein Jahr älter.«

Ich schaue sie erwartungsvoll an und warte auf mehr.

»Sie niest, wenn sie nervös ist.«

Ich lehne mich in meinem Drehstuhl zurück. »Das ist ein bisschen wenig.«

Sie atmet tief ein. »Also, bis vor ein paar Jahren hab ich noch in einer Bank gearbeitet und mit einem Traummann zusammengelebt. Und dann habe ich mir gesagt, das kann es doch nicht gewesen sein.«

Seufzend frage ich sie: »Was wolltest du denn noch?«

»Reisen, Geld verdienen, sehen, was es sonst noch gibt außer einer vorprogrammierten Zukunft.«

»Ich verstehe«, lüge ich.

»Van ist so eine, die alle Aufmerksamkeit auf sich zieht. Ein Typ hat sie mir auf irgendeiner Party vorgestellt … Darf ich hier rauchen?«

Ich nicke und schiebe eine Muschel, die ich als Aschenbecher benutze, zu ihr hin.

Aus ihrer Umhängetasche, die so winzig wie eine etwas größere Geldbörse ist, holt sie ein silbernes Zigarettenetui und ein Feuerzeug.

»Na ja, und zwischen zwei Cuba Libres gesteht sie mir, sie hätte keine Lust mehr, nach Mailand zu fahren und dort Castings zu machen, inzwischen wäre sie zu alt dafür, aber früher hätte sie in vielen Fernsehshows mitgewirkt.«

»Als was?«

»Das, was man halt so macht, wenn man ein Meter achtzig groß ist, einen so scharfen Hintern hat wie eine Brasilianerin und Körbchengröße D.«

»Ach so.«

»Sie hat gesagt, dass sie als Edelnutte arbeitet.«

»Erklär mir das.«

»Sie hat mir erzählt, dass es ein einträgliches Geschäft ist, sich die Lippen bei Blowjobs wundzublasen.«

Ich gebe ihr Zeichen fortzufahren.

»Dann hat sie mich zu Spaccesi mitgenommen, der macht in Immobilien und hat eine Menge Freunde, Selbständige, Geschäftsleute auf der Durchreise … Da waren wir auch am letzten Abend, an dem ich sie gesehen habe. Um ein Uhr nachts haben wir uns verabschiedet.«

»Wer war sonst noch dabei?«

»Drei Freunde von Spaccesi. Ich hatte den Nachmittag mit Malerba verbracht, er baut Yachten. Das ist mein Lieblingskunde, auch weil der nie zum Schuss kommt. Zu viel Kokain. Also, wenn ich bei ihm bin, massiere ich ihm seinen halbsteifen Schwanz und lasse ihn sich auskotzen, von seinen Problemen erzählen …«

»Spaccesi … und der Vorname?«

»Gaetano. Der mag nicht, wenn du dich rasierst und Parfüm trägst.« Nervös drückt sie die Zigarette aus. »Er ist grob, aber auch nicht schlimmer als die anderen.«

Ich fege ein wenig Asche weg, die aus dem Aschenbecher geflogen ist. »Also hast du der Bank den Rücken gekehrt und angefangen, dich ebenfalls zu verkaufen?«

Sie verzieht den Mund. Ganz offensichtlich hat sie keine Lust auf eine Moralpredigt.

»Hat es Probleme mit Kunden gegeben?«

»Manche kosten es aus zu bezahlen, das ist ihre Art von Orgasmus. Andere stehen auf Dreier, dann arbeiten Van und ich zusammen.«

»Weißt du eigentlich, dass in Italien jeden Monat eine Prostituierte umgebracht wird?«

»Ja, und neunzig Prozent von denen, die auf der Straße anschaffen gehen, haben AIDS. Aber wir arbeiten nicht auf der Straße. Uns drückt keiner Zigaretten auf den Brustwarzen aus.«

»Und Vanessa …« – ich werfe einen Blick auf meine Notizen – »Liverani, warum tut sie es?«

»Weil sie einen Sohn zu ernähren hat, weil … keine Ahnung.«

Ich sehe von meinem Block auf. »Sie hat einen Sohn?«

»William. Er lebt zum Teil bei ihr, und sonst ist er bei den Großeltern.«

»Wie alt ist er?«

»Zehn, glaube ich. In der Nacht hatten wir ihn dabei … das heißt, er war in einem anderen Zimmer. Van hatte keinen Babysitter gefunden.«

»Das ist ja wohl nicht gerade der geeignete Anschauungsunterricht für ein Kind.«

»Willy hat keine Ahnung, was seine Mutter tut, er weiß nur, dass sie zu Partys geht und dort mit Freunden Spaß hat.«

Ich sehe sie lange an. Sie hält meinem Blick stand.

»Hast du ein Foto von Vanessa?«

»Natürlich«, sagt sie und holt aus ihrem winzigen Stoffhandtäschchen ein Bild heraus.

»Das ist sie?«

»Ja«, bekräftigt sie stolz. »Das ist meine Freundin.«

Die junge Frau auf dem Foto ist das exakte Ebenbild von der, die vor mir sitzt, die gleichen blonden Haare, schlanken Beine und mädchenhaften Hüften. »Ihr seht euch ähnlich«, bemerke ich.

»Ja, das sagt jeder. Aber Van hat ihre Talente vergeudet. Sie schreibt Gedichte, kann ein bisschen Gitarre spielen und hat eine schöne Stimme.«

Ich schaue mir noch einmal Vanessa Liverani an, ihren Gesichtsausdruck: eine Mischung aus Unschuld und Verführung. »Sie hat auch ein schönes Lächeln.«

»Ja, sie ist wunderschön, wenn sie lächelt. Schade, dass sie immer so schlecht drauf ist.«

»Schreibst du auch Gedichte?«

Sie nimmt sich nicht einmal die Zeit, mir zu antworten.

»Van ruft mich jeden Tag an. Es ist noch nie vorgekommen, dass …«

»Warum ist sie deiner Meinung nach verschwunden?«

»Sie hat eine Begabung dafür, sich in Schwierigkeiten zu bringen. Sie will immer allen gefallen. Vielleicht ist sie an den Falschen geraten.«

»Um ein Uhr nachts, mit einem zehnjährigen Kind im Schlepptau?«

»Ich weiß nicht … Vielleicht am Tag danach.«

»Ist sie in der Nacht mit ihrem Auto gefahren?«

»Ja. Ein roter Clio.«

Ich notiere es und reiße den Zettel ab.

»Seit einem Jahr jammert sie mir was vor, sagt, sie will ein neues Leben anfangen, zu Angelo gehen, das ist Williams Vater.«

»Wo lebt der?«

»Angelo? In Umbrien, in der Toskana, weiß ich nicht … Er arbeitet als Tontechniker für Sänger, ist immer auf Tournee. Ich habe ihn auf dem Handy angerufen, aber er hat sich nicht gemeldet.«

»Sein Nachname?«

»Fabbri.«

»Ist sie noch mit ihm zusammen?«

»Van ist mit niemandem zusammen.«

»Hat sie denn über ihre Arbeit hinaus sexuelle Beziehungen?«

»Sie hat sich mit Lele getroffen … Emanuele Dardi, falls du dir seinen Namen aufschreiben willst. So einer mit einer Villa draußen in den Hügeln und einem Geländewagen. Aber das Ganze hat nur einen Monat gehalten. Bei Van hält kaum etwas länger als einen Monat.«

Ich komme zu einem heikleren Thema. »Wenn ich mich bereit erkläre, den Fall zu übernehmen …«

Sie ist nicht dumm. »Du willst eine Anzahlung? Kein Problem«, sagt sie und legt zweihundert Euro auf den Schreibtisch.

Ich gebe ihr ein Blatt Papier und einen Stift. »Schreibst du mir inzwischen bitte deine Telefonnummern und die, die ich sonst noch brauchen könnte, auf …«

»Du musst zu den Liveranis fahren, sie leben in Sasso Marconi. Mit mir reden die nicht.«

Ich wische mir mit dem Handrücken den Schweiß von der Stirn.

»Warum?«

Sie zuckt mit den Achseln.

»Und wenn sie bei ihnen ist?«

»Ich hab dir doch gesagt, Van kommt mit ihrer Mutter nicht aus.«

Die Hitze macht mich fertig.

»Ich stell dir eine Quittung aus.«

~ 4 ~

Ich gehe auf ein Glas Chardonnay in Enzos Bar vorbei. Der überraschend gekommene neue Auftrag verdient es, mit dem Ritual des abendlichen Aperitifs bestehend aus kranzförmig angeordneten Oliven, Mortadellawürfeln und Parmesanspänen gefeiert zu werden. Ich setze mich auf einen Barhocker und schlage die Zeitung auf, die vor mir auf dem Tresen liegt. Dort steht, drei Orgasmen in der Woche schenken einem zehn zusätzliche Lebensjahre. Sex beugt Prostatakrebs vor, schützt vor Diabetes, Blutdruck und Herz- und Gefäßerkrankungen. Heilt Kopfschmerzen und beflügelt die grauen Zellen. Also, kurz gesagt, viele Orgasmen machen gesünder und klüger. Ich rechne kurz nach. Wie viel Sex habe ich in den letzten Jahren gehabt? Drei- oder viermal alle sieben, acht Monate? Mein Hang zur Keuschheit qualifiziert mich beinahe für die Seligsprechung. Das ist also des Rätsels Lösung. Deshalb bin ich immer schlecht gelaunt und vergesse Dinge, deshalb hole ich mir jedes Jahr ein paarmal die Grippe, schlucke drei Aulin am Tag gegen die Kopfschmerzen und ruiniere meine Leber mit massiven Dosen Nimesulid. Weil ich zu wenig Sex habe.

Ich trinke den Wein auf ex, wische meine von der Mortadella fettigen Finger am Rand der Zeitung ab, klappe sie zu, sage Enzo, er soll den Chardonnay auf mich anschreiben und verlasse die Bar.

Ich wohne in einer Vorstadtgegend, in der mir von morgens bis abends die unterschiedlichsten Menschen begegnen. Die Nachtbusse sind voll von Verzweifelten aller Nationalitäten und Hautfarben. Im Park vor dem Haus übernachten Menschen unter freiem Himmel zwischen Hundescheiße und gebrauchten Spritzen. Die Polizei ist ständig in Alarmbereitschaft: Schießereien, Messerstechereien und zahlreiche Handgemenge gehören hier zur täglichen Reality-Show.

Trotzdem macht sich niemand die Mühe, mir das Radio aus dem Wagen zu klauen, den ich aus Faulheit oder Schicksalsergebenheit nie abschließe. Die kleinen Wunder des friedlichen Zusammenlebens mit Menschen, die sich gerade so durchschlagen und indisch oder chinesisch essen, weil auch das letzte normale Lebensmittelgeschäft durch einen Minimarkt mit Tandoorihuhn ersetzt wurde.

Ich betrete meine Siebzigquadratmeterwohnung, die genauso chaotisch ist wie mein Leben. Während ich versuche, eine Lampe anzuschalten, bleibe ich an meinem Kelim-Teppich hängen, stolpere über ein paar noch eingeschweißte Bücher und humple dann zu meinem CD-Player. Dort nehme ich die Scheibe der Board of Canada heraus, denke kurz an *Blue Zero One* von Taxi, verwerfe die Compilation *Hôtel Costes* von Jon Cutler und lege dann *Sound Travels* von Nathan Haines ein, dabei verfluche ich im Stillen Mel, der mir in letzter Zeit nur noch Trip-Hop, Chill-out und experimentellen Jazz unterjubelt. Obwohl die Musik ziemlich laut ist, höre ich die Klingel. Ich gehe zur Tür und erkenne durch den Spion die kräftige Figur von Giovanni Riva, Künstlername Johnny, und so nennen ihn auch seine Freunde. Er ist mein Nachbar.

Vor neun Monaten hat man die Wohnung mir gegenüber neu vermietet. An einen exzentrischen Herrn um die sechzig. Ein paar Wochen lang haben wir uns nur gegrüßt, bis er eines Abends in einem Nadelstreifenanzug à la Mafiaboss an meine Tür geklopft hat. In einer Hand einen Strauß weißer Rosen, in der anderen eine Flasche Barolo.

Sein Name sagte mir irgendetwas, deshalb habe ich ihn gebeten, ihn zu wiederholen.

»Sie sehen nämlich aus wie ein Schauspieler, wissen Sie?«

»Das war ich auch. Aber ich glaube nicht, dass Sie diese Filme gesehen haben.«

Nachdem ich ihm einen Platz auf meinem grünen Sofa zwischen einer Stange Camel und einem vereinzelten Kniestrumpf angeboten und den Barolo in zwei Nutellagläser gegossen hatte, fielen mir plötzlich ein paar Filme ein, die ich vor einer Ewigkeit in der Wohnung eines Studienkollegen gesehen hatte.

»Nein … Sind Sie etwa *der* Johnny Riva?«

Er breitete die Arme aus, als fühle er sich ertappt. »Höchstpersönlich.«

Ich prustete los. »Entschuldigen Sie, aber es passiert schließlich nicht alle Tage …«

Er hat den Satz für mich beendet: »… dass man einen Ex-Pornostar als Wohnungsnachbarn bekommt.«

»Ex?«

»Na ja, in meinem Alter …«

An der Stelle haben wir dann beide laut gelacht.

Von da an wurden Johnny und ich gute Freunde, und manchmal esse ich bei ihm zu Abend. Obwohl er Vegetarier ist, brät er für mich blutige Bistecca alla Fiorentina oder Pferdesteaks, die esse ich am liebsten, und es endet dann damit, dass wir ein paar Flaschen Wein köpfen, die er zunächst zeremoniell und fachmännisch entkorkt, sich davon einschenkt und daran riecht.

Menschen, die dem Alkohol zugetan sind, erkennen einander sofort, man findet beim Gegenüber gewisse Anzeichen, Blicke, aufgedunsene Körperpartien wieder. Man muss seine Schwäche nicht verstecken oder moralische Entrüstung vorschützen, kann auf den ganzen Firlefanz verzichten und gleich auf den Punkt kommen. Johnny ist immer noch ein attraktiver Mann, er hat blaue Augen und dichte, schwarze Haare. Mit vierzig muss er den gleichen dekadenten Charme wie Alain Delon in *Scorpio 2* gehabt haben, darauf habe ich ihn einmal aufmerksam gemacht. Er hat mir geantwortet, Filme dieser Art habe man ihm leider nie angeboten.

Von Treffen zu Treffen erfahre ich mehr über ihn: Er liest und angelt gern und lebt allein, seit Loredana vor vier Jahren an einem Lungenödem gestorben ist. »Nicht jeder stirbt mit hundert einfach im Schlaf«, sagte er, als er mir von ihr erzählte. Und dabei sah ich in seinem Blick eine Abfolge von Bildern: Krankenzimmer, Leute in weißen Kitteln, denen man im Gang nachlaufen muss, damit sie einem die ungeschminkte Wahrheit sagen, ein Telefon, das nachts klingelt, und die Stimme einer Krankenschwester, die sagt: »Ihre Frau ...« – »Wir sind nicht verheiratet.« – »Wie auch immer, sie ist vor ein paar Minuten verstorben.«

Nur einmal hat er mir von seiner früheren Arbeit erzählt.

»Ich bin durch einen Freund da reingekommen. Hab auch

nie angenommen, ich sei ein Laurence Olivier, aber ich hatte auch Schauspielunterricht. Na ja, ich hatte kein Geld, und die Mädels sagten, ich sei gut im Bett ... Ich bin in ganz Europa und Amerika rumgekommen und habe alle möglichen Leute kennen gelernt. Was so in der Welt vorging, 1968, Freud oder Che Guevara waren mir egal. ER ...«, sagte Johnny und deutete auf seinen Hosenschlitz, »hat mir die Miete, den Whisky und die schicken Klamotten bezahlt. Dann drehst du Film auf Film, und schließlich kommst du ans Set und schaust keinem mehr ins Gesicht. Du wünschst dir ein anderes Leben. Aber das wünscht sich ja jeder ... Na ja, ich wurde alt. Ich war nicht mehr der Johnny Riva, dem man zusammen mit den berühmtesten Pornostars der Siebziger ganze Titelseiten gewidmet hatte, und ich war es leid, mit ausgestreckten Beinen dazuliegen, Rückenschmerzen zu haben und auf mir Weiber, von denen ich nicht mal den Namen wusste. Und als ich Loredana kennen gelernt habe, wollte ich nur noch mit einem einzigen Menschen schlafen.«

Inzwischen interessiert sich Johnny dafür, was in der Welt vorgeht, er liest Chandler und Pedro J. Gutiérrez, liebt Western, Flüsse voller Karpfen und Kreuzworträtsel. In seinem Leben ist ihm so viel Absurdes untergekommen, dass er heute eine tiefe Zärtlichkeit für die gesamte Menschheit empfindet. Er hat nie eine feste Meinung zu etwas, trotzdem vermittelt er einem Sicherheit wie niemand sonst.

Ich öffne die Tür und sehe ihn in einer Plastikschürze schwitzen, in der Hand einen hölzernen Kochlöffel.

»Passierte Gemüsesuppe«, sagt er und klingt dabei wie ein Gastwirt, der das aktuelle Tagesgericht ankündigt.

»Bist du verrückt? Bei dieser Hitze?«

»Genau, dann schwitzen wir kräftig und verlieren ein paar Pfunde. Möchtest du etwa im Urlaub keinen Bikini tragen?«

»Ich bin gestern aus Tunesien zurückgekommen«, erinnere ich ihn, schiebe meine Tür weiter auf und zeige ihm den Koffer, den ich noch nicht wieder im Schrank verstaut habe.

»Na prima«, sagt er begeistert. »Ich erwarte dich, dann kannst du mir alles erzählen.«

»Ich habe einen neuen Fall! Lass uns feiern! Soll ich den Cabernet mitbringen?«

Aber Johnny ist schon wieder weg.

~ 5 ~

Um zehn Uhr morgens sitze ich am Steuer meines Citroëns und höre im Autoradio *Il sintetizzatore* von Bugo auf Höchstlautstärke. In ein paar Kilometern lasse ich die Stadt hinter mir, fahre an Casaleccio vorbei und sehe das Reno-Tal vor mir liegen. Ich fahre also dahin, wo die Luft noch gut ist.

In Pontecchio komme ich an der Villa Griffone vorbei: In dem großen gelben Gebäude auf der Collina dei Celestini nutzte vor hundert Jahren Guglielmo Marconi die von Hertz entdeckten elektromagnetischen Wellen und übertrug die ersten Telegrafensignale über eine größere Entfernung. Seine Botschaft überwand ohne Hilfe von Verbindungskabeln den Hügel, und man bildete sich ein, dass die Welt von diesem Tag an friedlich miteinander kommunizieren würde. Jetzt beherbergt das Haus des Wissenschaftlers eine Stiftung, die Marconis Forschung über den Funkverkehr weiterführt. Die Villa ist eine Art Museum und enthält eine Bibliothek mit tausenden Büchern.

In Sasso Marconi stelle ich meinen Wagen in der Nähe der Piazza dei Martiri ab. Der Ort heißt Sasso wegen des berühmten Felsens, von dem Anfang des zwanzigsten Jahrhunderts erstmals etwas abbrach, ein Unglück, bei dem fünfzehn Menschen umkamen. Das letzte Mal sorgten deutsche Minen für einen Felssturz. Im Zweiten Weltkrieg wurden Kirche und Rathaus zerstört, es sind nur zwei Kirchtürme stehen geblieben. Vor fünfzig Jahren wurde der Ort dann wieder aufgebaut.

Ich steige aus dem Wagen und suche mir eine Bar, um einen Espresso zu trinken. Ich lese die Plakate an den Mauern: Todesanzeigen, Ankündigungen von Gemeindefesten, Gedenkveranstaltungen zu den Massakern der Nazis. Gehe an Banken, Zahnarztpraxen und Geschäften vorbei. Vor der Osteria *La Taverna dei Sassi* bleibe ich stehen und studiere die Speisekarte, die neben der Holztür hängt und Gerichte von toskanischer Gemüsesuppe bis zu apulischen Orecchiette bietet, und das alles zum Einheitspreis von sechs Euro. (Irgendwann muss ich mal hierher zum Essen kommen.)

Ich öffne die Eingangstür zur Osteria, um zu fragen, ob ich hier auch nur etwas trinken kann, aber drinnen sehe ich nur einen schlafenden Hund, Bierreklame von Stella Artois und brennende Lampen über den noch nicht eingedeckten Tischen.

Eine Frau mittleren Alters in Schürze kommt durch eine Falttür und informiert mich, dass die Osteria erst um zwölf Uhr aufmacht. Ich frage sie, ob sie mir sagen kann, wie ich nach Badolo komme, den kleinen Ortsteil, in dem die Liveranis leben.

»Sie müssen dorthin fahren, wo der Setta in den Reno mündet. Das können Sie gar nicht verfehlen, der Kreisverkehr wird gerade neu gebaut. Fahren Sie über die Selbstmörderbrücke und …«

»Warum heißt die denn so?«

Sie wundert sich über meine Frage. »Von dort sind schon einige Leute runtergesprungen.«

»Ach so«, sage ich leise.

»Fahren Sie am *Piccolo Paradiso* vorbei, das ist ein Areal mit Campingplatz, Reitschule und Eislaufbahn. Nach ein paar Kurven sehen Sie dann Fosso Raibano vor sich, später den Berg, den man *Il Generale* nennt. Auf der linken Seite Sand- und Zementgruben für den Straßenbau. Wissen Sie, die Autobahn zwischen Sasso und Rioveggio soll jetzt doppelt so breit werden …«

»Ist das Richtung Florenz?«

»Ja, und sie bauen einen größeren Tunnel, damit es weniger Unfälle gibt … Sie fahren also geradeaus. Dann sehen Sie die Ortsschilder von Brento, Battedizza und Badolo. In dieser Gegend stehen alte, wegen der Erdrutsche einsturzgefährdete Häuser mit Rissen in den Mauern. Da müssen Bäume gepflanzt werden, um sie zu erhalten, also die Häuser, meine ich. Weiter oben gibt es nur noch Kletterschulen und Wanderwege …«

Ich unterbreche den Fluss ihrer Erklärungen mit einem entschiedenen »Vielen Dank« und verspreche zurückzukommen und ihre Küche zu probieren.

Nach zwanzig Minuten und doch der einen oder anderen Orientierungsschwierigkeit stehe ich vor dem offenen Tor zu einem alten Bauernhaus mit angebautem Stall und Scheune – vor der ein kräftiger schwarzer Hund an der Kette liegt –, einem Kiesvorplatz und einem kleinen runden Brunnen mit einem Rand aus vertrocknetem Unkraut. Ich weiche einem auf dem Boden liegenden Kinderfahrrad aus. Dann parke ich und steige aus.

Ein mürrisch wirkender, sommersprossiger Mann mit rötlicher Brustbehaarung, die aus seinem verschwitzten Unterhemd quillt, steigt wortlos auf eine Apecar, ohne mich eines Blickes zu würdigen. Da höre ich hinter mir eine Frauenstimme: »Machen Sie sich nichts draus, Sergio ist eben so … Sind Sie wegen Wein gekommen?«

Ich gehe auf eine große, üppige Frau in einem gelben, ärmellosen Kleid zu. Blauer Lidschatten betont ihre wasserblauen Augen. Ein dunkelroter Lippenstift lässt die schmalen Lippen voller wirken.

Sie ist blond.

»Sie müssen Lena sein, Vanessas Mutter.«

Der Name reicht schon, damit sie in die Defensive geht.

»Und wer sind Sie?«

»Giorgia Cantini, Privatdetektivin. Ich arbeite für Dora Arienti. Kennen Sie sie?«

Sie nickt kurz angebunden. »Ja, ja, die kenne ich.«

»Sie sucht Ihre Tochter.«

Die Frau verengt erstaunt die ausdruckslosen Augen. »Meine Tochter?«

»Ja, Ihre Tochter.«

Sie mustert mich ein paar Minuten lang misstrauisch, dann fordert sie mich auf hereinzukommen.

Im Halbdunkel des Hauses erkenne ich eine Holztreppe, die wahrscheinlich zu den Schlafzimmern führt, außerdem einen großen gusseisernen Ofen, der an einer Wand des langen, verzweigten Flurs steht, und irgendwo auf dem Buchenholzboden liegt ein Fußball. Lena führt mich in die Küche. »Möchten Sie Tee?«

»Danke, gern, ich habe wirklich Durst.«

Am langen Tisch mit der karierten Plastikdecke sitzen ein

alter Herr und ein Junge. Sobald er mich sieht, steht der Mann auf und reicht mir die Hand: »Sehr angenehm, ich heiße Rolando.«

Ich gehe im Geiste Doras Angaben durch: Rolando Bassi, etwa dreiundachtzig Jahre alt, lebt bei Tochter und Schwiegersohn. Er ist Vans Großvater und Williams Urgroßvater.

Ein großer, dürrer Mann, doch seine Hagerkeit wirkt gesund und sportlich. Aus seinem sonnengebräunten Gesicht, das von schneeweißen Haaren umrahmt wird, leuchtet mir ein blaues Auge voller Leben entgegen, das andere ist aus Glas.

»Sehr erfreut«, sage ich und gebe ihm die Hand. »Giorgia Cantini.«

Dann sehe ich mir den Jungen an.

William hebt seinen aschblonden Schopf, und sein Blick geht einem sofort durch und durch. Ich habe noch nie solch stolze Trauer in den Augen eines Kindes gesehen. Allerdings treffe ich ehrlich gesagt zu wenige Kinder, um wirklich Vergleiche anstellen zu können. Dann beugt er sich wieder über sein Heft und zieht den alten Mann an einem Zipfel seines Hemdes, damit er sich wieder hinsetzt und sich mit ihm beschäftigt.

Lena holt eine Glaskaraffe aus dem Kühlschrank und gießt Tee in ein Glas. »Ich muss noch etwas erledigen«, sagt sie und reicht mir das Getränk. »Wenn Sie sich inzwischen setzen wollen …«

Ihre Stimme lässt jede Spur Höflichkeit vermissen.

Während ich höre, wie sie in Holzpantinen den Flur entlangklappert, setze ich mich ans andere Tischende und schaue aus dem Fenster, um die beiden nicht beim Lesen eines Bildbands zu stören.

»Die Insekten sind vor zweihundert Millionen Jahren auf die Erde gekommen«, sagt Rolando Bassi. »Am ältesten sind die Kakerlaken.«

»Kakerlaken find ich eklig.«

»Willy, wenn es die nicht gäbe, würden viele Vogel- und Fischarten verhungern.« Er liest weiter. »Ihr Panzer heißt Ektoskelett, ihre Sinnesorgane sind die Fühler …«

»Können wir gleich mit den Schmetterlingen weitermachen?«, unterbricht ihn sein Urenkel.

»Und die Wespen sind dir egal? Und die Ameisen? Weißt du eigentlich, dass eine Ameise sieben Jahre lebt?«

»Das hast du mir schon erzählt«, sagt Willy ungeduldig.

»Also gut, die Schmetterlinge … Die größte Art heißt Agrippina, kommt in Südamerika vor und hat eine Flügelspannweite von dreißig Zentimetern. Der größte europäische Schmetterling heißt Saturnia pyri …«

Als Willy den seltsamen Namen hört, prustet er los und trommelt mit den Händen auf das Heft.

Rolando lächelt ihn an, dann wendet er sich mir zu und fragt: »Und Sie, Signora, was mögen Sie lieber?«

Verwirrt sage ich: »Wie meinen Sie das bitte?«

»Grillen oder Zikaden?«

Ich denke nach. »Ganz bestimmt die Zikaden.«

»Und warum?«

»Na ja … sie machen Musik.«

Auf diese Weise gewinne ich die Aufmerksamkeit von Vanessas Sohn. »Die machen Musik?«

»Ja, das heißt, sie erzeugen Töne.«

»Grillen machen auch Musik«, berichtigt mich Rolando. »Aber nur die Männchen, um die Weibchen anzulocken.«

»In China und Japan isst man Zikaden. Wusstest du das?«

Willy reißt die Augen auf, er ist ganz gespannt. »Wirklich?«

»Aristoteles hat gesagt, sie seien äußerst köstlich.«

»Wer ist Aristoteles?«

Ich wage es, die einzige Antwort zu geben, die ich kenne, nämlich die, die ich auch einem Erwachsenen geben würde: »Ein Philosoph.«

Der alte Mann kommt mir zu Hilfe: »Willy, ein Philosoph ist jemand, der über das, was in der Welt geschieht, nachdenkt und seine Ansichten dazu hat …«

Lena betritt wieder das Zimmer. »Es ist dunkel hier«, sagt sie und schaltet die Lampe mit dem Stoffschirm an, die über dem Tisch hängt. »Möchten Sie noch Tee?«, fragt sie mich, ohne mich anzusehen.

Ich schüttle nur wortlos den Kopf und starre auf die goldenen Sandaletten, die sie inzwischen angezogen hat.

»Also gut«, sagt sie seufzend und lässt sich schwer auf einen Flechtstuhl fallen. »Warum sind Sie hier?«

Ich wende mich an Rolando: »Ich suche Vanessa. Wissen Sie, wo sie ist?«

Seine Tochter kommt ihm zuvor: »Das wissen wir nicht. Sie hat Willy vor sechs oder sieben Tagen bei uns abgeliefert und ist dann verschwunden.«

»Hat sie Ihnen erzählt, wohin sie wollte?«

Die Frau nimmt eine Klatschzeitschrift vom Tisch und fächelt sich damit Luft zu. »Urlaub machen.«

»Wo?«

Sie legt die Zeitschrift hin, reißt ein Blatt von der Küchenrolle ab und wischt sich damit den Schweiß von der Stirn.

Ihre Stimme klingt ungehalten. »Wissen Sie, meine Tochter erzählt uns nie etwas. Sie kommt und geht, halst uns das Kind auf, wenn sie sich nicht um es kümmern kann. Über sich erzählt sie kein Wort.«

Vorsichtig erkunde ich das Terrain. »Hat sie Ihnen erzählt, was sie beruflich macht?«

»Wir haben sie ein paarmal im Fernsehen gesehen.«

»In letzter Zeit auch?«

»Nein, in letzter Zeit nicht«, gibt sie widerstrebend zu.

»Hat sie sich gemeldet? Sie angerufen?«

Sie rollt die Augen und seufzt: »Nein.«

»Ihre Freundin macht sich große Sorgen«, beharre ich.

»Wer? Dora? Dass ich nicht lache …«

Ich möchte ihr entsprechend antworten, aber ich erstarre, weil Willy sehr seltsam reagiert, als er den Namen meiner Klientin hört. Er springt plötzlich auf, lässt das Heft auf den Boden fallen, dann schaut er sich der Reihe nach alle Gegenstände im Zimmer an, als habe er gerade etwas Kostbares verloren. Ich sehe, wie seine bleistiftdünnen Beine in den grünen Bermudashorts zittern, während eine gelbliche Flüssigkeit ihre Spur über eines seiner Knie zieht.

Rolando legt ihm behutsam eine Hand auf die Schulter. »Komm, wir gehen raus, Willy.« Dann sagt er zu seiner Tochter: »Wann hörst du endlich damit auf, in seiner Gegenwart schlecht über seine Mutter zu reden?«

Ich sehe, wie der alte Mann Willy aus der Küche schiebt, und weiß nicht, was ich davon halten soll. Vielleicht hätte ich Lena gegenüber darauf bestehen sollen, dass wir uns nicht vor dem Jungen unterhalten. Das habe ich nicht getan, ich weiß eben nicht, wie man mit Kindern umgeht.

»Meine Tochter ist eine Egoistin«, sagt sie gerade. »Und mein Enkel muss darunter leiden. Wissen Sie eigentlich, dass er seinen Vater noch nie gesehen hat?«

Ich bin abgelenkt. »Wen? Angelo?«

»Genau, Angelo … Ihre erste Liebe«, fügt sie noch hinzu, und das klingt ein bisschen verächtlich. »Vor zehn Jahren ist er nach Orvieto abgehauen, sobald er erfahren hatte, dass sie schwanger war. Er hat das Kind nicht einmal anerkannt. Wollen Sie sonst noch was wissen?«, fragt sie zum Schluss und massiert sich ihren schweißüberströmten Hals.

»Nein, danke für den Tee.«

Als ich das Haus verlasse, treffe ich Rolando und Willy in der Nähe der Hundehütte.

»Bitte, wenn Sie etwas über meine Enkelin erfahren …« sagt der alte Mann, nimmt meine Hand und hält sie kurz.

»Ich werde noch mal mit Ihnen reden müssen«, informiere ich ihn.

»Kommen Sie vorbei, wann immer Sie möchten.«

Willy kniet auf dem Boden, sein Gesicht ist halb hinter den Ohren des Hundes verborgen.

Ich streiche über seine Haare, die nach Honigshampoo duften, und empfinde dabei eine mir unbekannte Zärtlichkeit. Aber ihm scheint es vollkommen egal zu sein, was ich empfinde.

~ 6 ~

Ich drücke ein paarmal auf die Klingel. Keine Reaktion. Darauf hole ich den Ersatzschlüssel aus der Tasche, den mir Dora Arienti gestern gab, bevor sie die Agentur verließ, und öffne damit die Stadtwohnung, die Vanessa gemietet hat. Als ich eintrete, finde ich mich in einem hellen Wohnzimmer mit offener Küche wieder. Ich werfe meine Tasche auf ein halbkreisförmiges blaues Sofa und schaue mich um. Auf dem Tisch mit der geblümten Decke liegt eine Gitarre. Als ich sie in die Hand nehme, stelle ich erstaunt fest, dass die Saiten fehlen.

Ich sehe mit zusammengekniffenen Augen gegen das Licht, das durch die Balkontür hereinfällt. Hinter der Scheibe bemerke ich eine Reihe leerer Blumenkübel aus Terrakotta. Ich sehe mich weiter im Zimmer um: Auf einer Anrichte liegen wild durcheinander Visitenkarten, Einladungen zu Restauranteröffnungen, Postkarten und Rechnungen. In einer Ecke des Raumes bemerke ich einen Sechzehn-Zoll-Fernseher und eine Videokassette mit der Aufschrift ITALIEN-BULGARIEN. Das muss eine Aufnahme von dem Spiel sein, das Italien zwar 2:1 gewonnen hat, dann aber trotzdem aus der Europameisterschaft rausgeflogen ist, weil Schweden und Dänemark unentschieden gespielt hatten. William liebt also Fußball, folgere ich.

Im Kühlschrank finde ich nichts weiter als einen Blaubeerjoghurt und eine Packung Milch mit abgelaufenem Haltbarkeitsdatum. Ich halte mich nicht mit dem Bad auf und betrete gleich Vanessas Zimmer. Ein französisches Bett, graue Bettwäsche, die zusammengeknüllt an der Wand liegt, ein Nachttisch, auf dem sich Bücher stapeln, vor allem Gedichtsammlungen. Ich öffne eine Ausgabe von Cristiano Campo und lese eine Zeile, die mit Bleistift unterstrichen ist: »So hat mein Leben sich darin verbraucht, die Liebe fernzuhalten.« Ich finde auch ein altes Video von *Die roten Schuhe*. (Wenn ich mich nicht irre, spielt Moira Shearer darin eine Tänzerin, die sich nicht zwischen der Kunst und der Liebe entscheiden kann und schließlich unter einem Zug endet.) Und *Nächte in New York* von Diane di Prima. Auf einem Sessel in der Ecke liegt ein weißes Satinkleid. Was das wohl gekostet hat? Als ich es hochhebe, entdecke ich darunter einen Reisesack, ein Feuerzeug, das wie ein Colt geformt ist, und ein Top im Nude-Look. Der Schrank ist vollgestopft mit Klamotten. Wenn sie weggefahren ist, dann nur mit dem, was sie am Körper trug.

Ich betrachte die Fotos von Vanessa, die hier und da an den Wänden hängen, auf einigen ist sie wirklich nicht wiederzuerkennen: Die junge Frau kann ihr Aussehen verändern wie ein Chamäleon. Am meisten beeindruckt mich ein Kinderbild, es wurde am Meer aufgenommen, sie trägt ihr blondes Haar in Zöpfen und schlingt die Arme eng um die Knie. Hinter ihr ruht Lenas matronenhafter Körper, sie hat einen weiß-rosa geblümten Badeanzug an, und nur sie lächelt auf dem Bild. Neben einem Foto von Björn Andresen, dem Tadzio aus Viscontis *Tod in Venedig*, hängt der

Druck eines Gemäldes von Balthus, es heißt *La victime* – Das Opfer.

Ich setze mich auf die Matratze, die nach Patschuli riecht, und starre das Bild an: Eine nackte Frau liegt wie hingegossen auf einem Laken, ihre Lippen sind halb geöffnet, und sie hat die Beine gespreizt. Auf dem Boden vor ihr liegt ein Messer, ihr Körper weist jedoch keine Verletzung auf. Ich meine mich zu erinnern, dass der Maler kein Blut mochte.

Unter dem Kopfkissen lugt ein Heft mit Spiralbindung hervor, auf dessen Umschlag ein Labradorwelpe abgebildet ist. In der Mitte steht *Schlapp!*. Ich hebe es auf und blättere darin. Hier hinein hat Vanessa in winziger, beinahe unentzifferbarer Schrift ihre Gedichte geschrieben. Eines ist Angelo, Willys Vater, gewidmet, und dort heißt es: »Die einzige Liebe ist die vergangene.« Mit dem Heft in der Hand gehe ich ein paar Schritte durch das Zimmer.

Hier schläft also eine dreißigjährige Frau, die für Geld von einem Mann zum anderen wechselt und niesen muss, wenn sie nervös ist. Eine, die in Programmen wie *Der Preis ist heiß* die spärlich bekleidete Assistentin gemimt hat, die aber so sensibel und gebildet ist, dass sie mich an die Kurtisanen der Renaissance erinnert oder an die ausgeflippten Mädels, mit denen ich in meiner Schulzeit zusammen war.

Ich mache mir eine mentale Notiz, dass es in der gesamten Wohnung kein Festnetztelefon gibt.

Die Regale im winzigen Bad quellen über vor Tages- und Nachtcremes, Lidschatten, Make-up und Parfüms. Während ich mir einen Hauch *Poison* von Dior aufs Handgelenk sprühe, bemerke ich auf der Waschmaschine eine Packung *Tampax* und einen Kosmetikkoffer mit Leopardenmuster. In einem Glas stehen zwei Zahnbürsten und eine Tube Zahnpasta mit einem Donald Duck darauf.

Willys Zimmer ist ein drei Quadratmeter kleines Loch: ein Kinderbett, ein Fenster, ein Poster, das die Milchstraße zeigt, und eins von Stürmerstar Christian »Bobo« Vieri. Auf einem Schreibtisch aus Furnierholz liegen Bücher mit Geronimo Stiltons Abenteuern, Bildbände über Dinosaurier, Geschichten über das Meer, nur ein Mickymausheft, ein Tütchen zu zwei Euro fünfzig mit neun Fußballerbildern für das Sammelalbum und andere, japanisch, von einem gewissen Yu Gi Oh, auf denen Monster, Drachen und Zombies in Rüstung abgebildet sind. Auf dem Boden liegen cremefarbene Wildlederschuhe von Geox mit Klettverschlüssen, normale Schnürsenkel wollen die Kinder von heute nicht mehr. Von einer Playstation ist nichts zu sehen.

Bevor ich die Wohnung verlasse, gehe ich noch einmal in Vanessas Zimmer, um dort das Heft mit ihren Gedichten zu holen, und da ich schon mal dort bin, bleibe ich noch einen Moment und sehe mir die CDs und die wenigen LPs an, die ich vorher übergangen habe. Ich nehme eine CD von Depeche Mode in die Hand, die Single *Nothing compares 2 U* von Sinéad O'Connor, eine LP von Japan. Ich muss lächeln, als ich eine komplette Sammlung der Smiths entdecke.

Ich nehme eine Platte von Morrissey in die Hand, und aus der Hülle fallen die Noten zu *Nowhere Fast* mit einer italienischen Übersetzung des Textes.

Ich lese den Satz, der mit einem grünen Marker unterstrichen ist:

»Auf dem Bett grüble ich über das Leben nach
und denke an den Tod,
aber nichts von beidem zieht mich besonders an.«

Wie ging die Melodie noch? Ich erinnere mich nicht.

Nowhere Fast, wiederhole ich. *Schnell nach Nirgendwo* heißt der Titel übersetzt. Bist du dorthin gegangen, Vanessa?

Erklär mir eins …

Warum lässt sich eine, die Musik und Dichter liebt, für Sex bezahlen? Tust du das, damit du nicht an deine Mutter denken musst, an deinen Sohn, an Angelo Fabbri, der sich davongemacht hat, weil es mit zwanzig ganz schön hart ist, Vater zu werden – na ja, was das betrifft, das gilt auch mit dreißig oder vierzig. Tust du das, um dir einen Satz Bleistifte kaufen zu können, mit denen du dann die Zeilen von Leuten unterstreichst, die sich umgebracht haben? Um ein weißes Satinkleid tragen zu können, das du später in die Reinigung bringen musst, weil Spermaflecken eines Managers drauf sind? Um jemandem einen zu blasen, wie andere eine Überweisung tätigen oder den Einkaufswagen durch den Supermarkt schieben? Weil man dir erzählt hat, ein Hintern wie der einer Brasilianerin verdiene es, im Fernsehen groß rauszukommen? Um zu vergessen, dass es eines Tages nicht einfach sein wird, Willy erklären zu müssen, dass das Geld für seine Fußballer- und Monsterbildchen vom Auspeitschen eines Masochisten kam? Um deinen Körper hinzugeben und deine Seele zu behalten? Eine Seele, die du eifersüchtig in einem Heftchen mit der Aufschrift *Schlapp!* eingeschlossen hast, zusammen mit deinen kleinen Gedichten, deinen Geheimnissen, deinem Privatleben? Glaubst du etwa, dass sie dir nicht auch das nehmen, zusammen mit deiner Möse, deinem Hintern, deinen Titten, Van?

Ich stecke das Heft sowie das Foto von ihr und der Mutter am Strand in meine Tasche und ziehe die Wohnungstür hinter mir zu.

~ 7 ~

Draußen auf der Straße weiche ich einer Gruppe verschwitzter Passanten aus, die es eilig haben. Ein paar Meter später sehe ich plötzlich das Schaufenster einer Buchhandlung vor mir. Sie liegt in der Nähe von Vanessas Wohnung, und ich frage mich, ob sie hier ihre Lieblingsdichter entdeckt hat. Ich nehme noch einen letzten Zug, dann zerquetsche ich den Zigarettenstummel mit der Sohle meiner Sandale und betrete die Buchhandlung.

Die Wände sind mit Regalen zugepflastert, auf denen Bücher jeden Typs stehen, von hochwertigen Kunstbüchern bis zu Billigtaschenbüchern, von Neuausgaben zu Wiederauflagen. In der Mitte des Raums steht ein großer runder Tisch, auf dem Sachbücher, Zitatensammlungen, Klassikergesamtausgaben und Belletristik von kleinen Verlagen ausgebreitet sind. (Es ist wirklich erstaunlich, dass der tapfere Ladeninhaber sein Geschäft noch nicht aufgegeben hat.) Ich sehe mich um und behandle die Bücher mit der Vorsicht eines Menschen, der gerade einen Porzellanladen betreten hat. Nicht nur, weil man in der Buchhandlung keinen Platz hat, um sich zu bewegen, nein, hier herrscht einfach eine strenge, würdevolle Atmosphäre, die einem einen gewissen Respekt abnötigt.

Vor dem Kassentisch steht ganz aufrecht ein alter Herr, er ist Jean-Paul Sartre wie aus dem Gesicht geschnitten, und gibt einem Kunden den Kassenzettel. Er wirkt so müde und mitgenommen, als habe er alle Bücher, die hier zum Verkauf stehen, auch selbst gelesen. Ich frage mich, ob er sich eines Tages mit Zolas *Der Totschläger* oder Mark Aurels *Selbstbetrachtungen* in der Hand begraben lassen wird.

Ich weite meine Nasenlöcher, um mehr von dem eigentümlichen Duft des bedruckten Papiers einzuatmen, den ich, aus irgendeinem Grund, mit dem Geruch von Brot oder dem eines Regengusses assoziiere. Hier liegen weder Bücher von Politikern noch von Popsängern oder Köchen, auch nicht von Leuten, deren Gesichter man aus dem Fernsehen kennt, keine Managerbibeln oder erotischen Ergüsse von minderjährigen Autorinnen, keine Bücher der Marke *Wie verkaufe ich mich gut?* oder *Wie schleppe ich erfolgreich jemanden ab?*, oder von Giampaolo Pansa, der mal wieder einen alten Partisanen fertig macht, oder von Bruno Vespa, der Paolo Crepet trifft und ihn, da er schon mal da ist, gleich wieder in seine Talkshow *Porta a Porta* einlädt. Hier liegen keine Bestseller oder Longseller, hier sieht man keine Buchumschläge, die den eventuellen Käufer heiß machen sollen wie Stripteasetänzerinnen. Großartig. Als ich nach einer Ausgabe von *Penthesilea* greife, höre ich hinter mir jemanden sagen: »Heinrich von Kleist hat das Stück während seiner französischen Gefangenschaft in der Festung von Joux geschrieben. Man beschuldigte ihn der Spionage …«

Wüsste man schon vorher, was man riskiert, wenn man einfach nur den Kopf dreht, würde man sich in bestimmten Situationen sicher nicht umdrehen. Ein junger Mann mit ovalem, sehr blassem Gesicht und dunklem Lockenschopf sieht mich mit metallgrauen Augen an, dabei schwankt sein Blick zwischen Spott und äußerster Ernsthaftigkeit.

»Ich weiß nicht, ob du das weißt«, fährt er fort, »aber Kleist suchte Freunde, die ihm in den Freitod folgen sollten. Er wollte nicht allein sterben. Dann erschien Henriette Vogel auf der Bildfläche, eine Tuberkulosekranke mit pockennarbigem Gesicht, und sagte zu ihm: ›Ich mache mit, bringen wir uns gemeinsam um.‹ Oh, solche Frauen findet man heute nicht mehr«, sagt er noch und haucht mir seine Schönheit mit der verheerenden Wucht einer Naturkatastrophe ein. Ich kann ihn nur atemlos anstarren, außerdem fallen mir schlagfertige Antworten immer erst hinterher ein. Also deute ich ein höfliches Lächeln an, dann wende ich ihm wieder den Rücken zu und halte mich dabei an Victor Hugos *Les Misérables* fest. »Ach, Hugo«, meint er, und weicht keinen Zentimeter zurück, »Der Vordenker der Volksbewegung … Noch so ein Romantiker.«

Entweder arbeitet er hier in der Buchhandlung oder er ist verrückt, vermute ich. Aber wie sagt Stephen Segal in *Alarmstufe Rot*? Die Vermutung ist die Mutter allen Unsinns. Ich glaube nicht, dass ich diesem gebildeten jungen Mann gegenüber derartige Zeugnisse der Hochkultur zumuten sollte. Ich halte den Atem an und versuche, mir ins Gedächtnis zu rufen, dass ich in vierzig Jahren nicht ein einziges Mal an Liebe auf den ersten Blick geglaubt habe, beziehungsweise nicht einmal an die Liebe überhaupt.

»Welches Buch suchst du? Kann ich dir dabei helfen?«

Dieses »Wesen« arbeitet hier. Dieses »Wesen« hat bestimmt eine Freundin in seinem Alter, mit einem Schmetterlingstattoo auf dem unteren Rücken, eine Magersüchtige, die er mit seiner alles verschlingenden Neugier auf die Welt zuquatschen kann, mit Kleist, Hugo und wem zum Teufel auch immer. Und dieses »Wesen« ist fabrikneu, gerade erst vom Hof des Autohändlers gefahren, und hat nichts mit einer alten abgewrackten Karre wie mir zu schaffen. Je länger ich ihn anschaue, desto mehr fühle ich mich meiner Magnetkraft beraubt wie eine entladene Scheckkarte.

»Arbeitest du hier?«

Er nickt und kratzt sich dabei am Unterarm.

»Und … und wie läuft's so?«

»Als es noch kein Fernsehen gab, haben die Leute mehr Bücher gelesen.«

»Ja, das hab ich auch schon gehört.«

»Pasolini hat schon Anfang der Siebzigerjahre von der kulturellen Nivellierung durch das Fernsehen gesprochen.«

Er hängt praktisch auf mir drauf. »Entschuldige«, sage ich und weiche einen Schritt zurück, »ich bin erkältet und möchte dich nicht anstecken.«

»Das Risiko gehe ich ein.«

(Ich schwöre, wenn ich jetzt noch *Der Teufel im Leib* von Radiguet in die Finger bekomme, fange ich an zu kotzen.)

»Ich suche einen Band mit Gedichten für eine Freundin, sie wohnt hier in der Gegend, vielleicht kennst du sie ja …, blond, groß …«

»Van?«

Ich bin erleichtert. »Ja, Vanessa. Und ich bin Privatdetektivin und beauftragt worden, nach ihr zu suchen.«

»Warum?«

»Weil sie sich vor einer Woche in Luft aufgelöst hat.«

»Stimmt, ich sehe sie schon seit einer Weile nicht mehr … ich hatte ihr ein Buch von Vivian Lamarche zurückgelegt.« Er lächelt anzüglich und fragt mich: »Möchtest du es ihr geben?«

»Seid ihr befreundet?«

»Wir reden oft über das Schreiben.« Er reibt sich nachdenklich mit dem Daumen übers Kinn. »Ich habe gerade mein Philosophiestudium abgeschlossen, hier arbeite ich erst seit sechs Monaten, ich verdiene wenig, aber der Chef ist ein großartiger Mensch.«

»Der?«, frage ich und deute auf Jean-Paul Sartre, der immer noch mit dem Kunden an der Kasse diskutiert.

»Ja, aber ich habe ihm schon gesagt, das hier ist für mich nichts auf Dauer.«

»Na ja, hier sind nicht gerade viele Kunden …«

»Es ist Sommer, und wir führen keine Schmöker für den Strand.«

»Das hab ich gemerkt.«

Er starrt mich immer noch an.

»Möchtest du Schriftsteller werden?«

Er breitet die Arme aus und meint: »Weiß ich nicht.«

Ich blättere ein paar Bücher durch. »Wer ist dein Lieblingsautor?«

»Thomas Bernhard.«

»Als ich jung war, habe ich nur Fante und Bukowski gelesen.«

»Ging mir genauso«, antwortet er sofort. »Ich meine«, jetzt wird er knallrot, »als ich noch jünger war als heute.«

»Vanessa liebt Gedichte …«

»Lyrik sollte so organisch sein wie Kopulieren.«

Als ich das Wort »Kopulieren« höre, werfe ich, ohne es zu wollen, mit dem Ellenbogen ein Buch herunter.

»Ich zitiere bloß Dylan Thomas«, sagt er, hebt das Buch auf und legt es zurück.

Die Stimme des »Chefs« unterbricht unsere Unterhaltung: »Nicola, kommst du bitte mal kurz?«

»Ich komme.«

»Ich gehe dann.«

»Nein, ich bin gleich wieder da.«

Ich sehe ihm nach, während er seinen beinahe schon unverschämt perfekten Körper in Richtung Kasse bewegt. Nicola. Er heißt also Nicola. (Zum Glück bin ich nicht mehr in dem Alter, in dem man ganze Tagebuchseiten mit einem Namen vollkritzelt.)

Dann kommt er zu mir zurück und gibt mir einen Zettel. »Hier ist meine Handynummer. Wie heißt du?«

»Giorgia.«

Er fährt sich mit einer Hand durch die Haare: »Darwin hat gesagt, eines Tages wird die Sonne abkühlen und wir alle erfrieren. Ich glaube nicht, dass ich diesen Tag erleben werde. Deshalb, ruf mich vorher an, Giorgia.«

»Wenn du mit zwanzig schon so zynisch bist, wie wirst du dann mit vierzig sein?«

»Dann bin ich tot.«

»Na, toll«, sage ich und stecke den Zettel mit der Handynummer in eine Tasche meiner Jeans.

~ 8 ~

Ich komme pünktlich zu meiner Verabredung mit Mel vor *Nannucci*, dem traditionellen Plattenladen in der Via Oberdan, der Tag für Tag mehr Personal abbaut, weil niemand mehr CDs kauft. Davide Melloni, genannt Mel, ist ein Plattensammler, er kauft und verkauft auf den einschlägigen Börsen und neuerdings auch über eBay, der Webseite, auf der man alles findet, von Geschenkartikeln, Haushaltswaren bis zu Vinyls, von Gebrauchtwagen bis zu einem T-Shirt von Paul McCartney.

Mel lebt in einer Einzimmerwohnung in der Via Pietralata, deren Wände von der Fußleiste bis zur Decke mit tausenden Platten, Kassetten und CDs zugepflastert sind. Wir haben uns vor über zwanzig Jahren in einem eigentlich als Probenraum gedachten Keller kennen gelernt, wo wir Platten von den Ramones, den Clash und den Dead Boys hörten, und wo unsere erste und einzige Band entstand, mit Mel am Bass und mir am Schlagzeug.

Warren Cann von Ultravox hat mal gesagt, er liebe das Schlagzeug, weil es als Instrument nicht so sehr dem Fortschritt unterworfen sei und deshalb für den, der es spielen lerne, eine gewisse Sicherheit darstelle. Ich glaube, ich habe mir das Schlagzeug ausgesucht, weil ich schüchtern war: Mich hinter den Trommeln und deren Fellen zu verkriechen vermittelte mir ein Gefühl von Schutz.

Als ich zum ersten Mal die Stöcke in die Hand nahm, wusste ich noch nicht einmal, dass hinten an der großen Trommel ein Pedal ist, und es ist auch nicht so, dass ich mit der Zeit große Fortschritte gemacht hätte. Mein Vorbild war Rat Scabies von den Damned, ein Autodidakt, der spielte wie Keith Moon, der legendäre Schlagzeuger von den Who. Ich liebte die Damned, weil sie von allen am schnellsten spielten. Ihr Gitarrist, Captain Sensible, liebte es, sich mit Ballettröckchen und falschen Titten als Ballerina zu verkleiden, deshalb nahmen ihn viele nicht für voll. Ich jedenfalls war verrückt nach ihm.

Mel behauptet, heute sei der Punk hochkommerziell, und Musik diene nur noch als Soundtrack für Werbespots. »Die jungen Leute hören nur noch die Hits von Radio Deejay, kaufen CDs für fünf Euro bei den Afrikanern auf der Piazzola, oder lassen sie sich von Freunden brennen. Den Undergroundgruppen ist das egal, Schlägereien regen niemanden mehr auf, und die Sex Pistols unserer heutigen Zeit sind halbseidene Typen aus dem Fernsehen wie unser toller Kunstkritiker und Exminister Vittorio Sgarbi.«

Tim, der Junge, der mir bis vor einem Jahr in der Detektei zur Hand ging, stand auf Hip-Hop. Er war ein Fan von Joe Cassano, einem jungen Rapper aus dem Barca-Viertel. Viele Jugendliche aus den Vorstadtgegenden identifizierten sich mit seinen Texten.

»Ich sag dir was, das hier ist deine Welt, das hier ist dein Tag, ohne Rückfahrkarte geht die Fahrt. Bologna, Tag und Nacht, Italien, Tag und Nacht, ist rundherum ein Ghetto, nur der Starke hat die Macht.«

Mel kommt abgehetzt angerannt, mit einer Ausgabe von *Record Collection* unterm Arm. Er trägt ein blau-weiß kariertes Hemd, abgetragene Jeans und Adidas-Turnschuhe. Graumelierte Locken umrahmen sein längliches Gesicht, aus dem dichte, zusammengewachsene Augenbrauen herausstechen.

»Heute ist ein Glückstag«, sagt er und küsst mich auf die Wange. »Ich habe gerade einem Griechen einen Katalog von *ZigZag* von 1981 für dreihundert Pfund verkauft … Was wollen wir machen?«

Während wir in Richtung Piazza Santo Stefano schlendern, ist mir schon klar, dass wir unserer Nostalgieparty freien Lauf lassen und die eine oder andere Flasche später über unsere ehemaligen Freunde herziehen werden, die geheiratet und Kinder bekommen haben. »Verdammt, Mel«, werde ich zu ihm sagen, »warum kapitulieren wir nicht endlich davor, dass die Zeit nicht stehen bleibt?« Und er wird seine dicke Nase bearbeiten, bevor er mir antwortet: »Giorgia, hältst du mich schon für so verblödet?«

Wir werden am Tisch einer Pizzeria sitzen, in unsere Erinnerungen eintauchen, die Jahre noch einmal Revue passieren lassen, in denen wir uns nach den Proben mit unserer namenlosen Punkrockband auf ein Mäuerchen setzten und Bier tranken, rauchten und bis zum Morgen quatschten und dabei riskierten, dass uns Leute eine Schüssel kaltes Wasser überschütteten, weil sie schlafen wollten.

Wir werden daran zurückdenken, wie feucht unsere Augen an dem Tag schimmerten, als wir auf dem Teppichboden eines schäbigen, schallgedämmten Kellers lagen und unsere Band auflösten. Im Raum hingen all die Worte, die wir nicht auszusprechen vermochten, aber das brauchten wir auch nicht, schließlich hatten wir uns immer auf andere Weise verstanden. Wir werden also die zarten Pflänzchen unserer Nostalgie mit der Sorgfalt eines Chefgärtners wässern: der Sehnsucht danach, was wir für ein anderes Leben hätten haben, welche Dinge wir hätten tun können. Wir werden über Ada sprechen, und ein paar Minuten lang werden wir sie so deutlich vor Augen haben wie etwas, das man tatsächlich sehen und berühren kann, dann reden wir natürlich über unseren ehemaligen Gitarristen – auch er wird bei uns sein, wie er den Löffel über den Gasbrenner hält, das Gummiband fest um den Arm gewickelt, wie er den Kolben der Spritze runterdrückt – und werden uns zum tausendsten Mal sagen, wir hätten doch irgendetwas tun können.

Während wir die dritte Flasche leeren, werden wir die Namen aller Opfer unserer gefühlsmäßigen Unentschlossenheit wieder ausgraben und schließlich in mein Auto steigen, um dort *Tago Mago* von den Can zu hören und uns an diesem Krautrock aus den Siebzigern begeistern.

Bevor er aussteigt, wird Mel zu mir sagen: »Hey, Giorgia, warum haben wir eigentlich nie miteinander geschlafen?« Und gleich danach wird er brummen: »Ja, ja, du hast Recht, so wichtig ist Sex auch wieder nicht …«

Es ist sechs Uhr morgens, der Tag verspricht, glühend heiß zu werden, ich wälze mich in meinem Bett. Die Flügel des Ventilators drehen sich, ihr Geräusch vermischt sich mit dem Summen einer Mücke, die um meine Ohren herumschwirrt. Seit vielen Monaten schlafe ich nicht mehr als fünf oder sechs Stunden pro Nacht. Es ist aber nicht der Schlaf, der mir fehlt, sondern mein idiotisches Lächeln, mit dem ich mein Kopfkissen küsse, weil ich es für das Gesicht eines bestimmten Menschen halte. Aus und vorbei. Das liegt hinter mir. In meinem Innern hat jetzt eine entschiedene Realitätsfanatikerin ihre Zelte aufgeschlagen. Ich öffne die Augen und sehe nur ein Buch mit Comics, eine Flasche Gin und die CD von den Rachel's auf dem mit Asche übersäten Bettvorleger. Sonst nichts.

Kein Mann in meinem Bett, kein Geschenk unter dem Weihnachtsbaum, nichts als Einsamkeit. Von der Sorte, die sich ab und zu selbst gestattet zu verschwinden, aber immer wieder nach Hause zurückkehrt. Nach fast zwanzig Jahren Arbeit in der Detektei, in denen ich gebrochenen Herzen zugehört habe, kommt mir inzwischen jedes Gefühl lächerlich vor. Ich verstehe die Leute nicht, die eine gescheiterte Ehe nur weiterführen, um zu spüren, wie sich ein anderer Pyjama an ihren Pobacken reibt, und mich treiben die zur Weißglut, die sich Weihnachten oder an einem anderen Feiertag umbringen, weil sie der aktuelle Lebensabschnittsgefährte verlassen hat. Na ja, wenn ich es recht bedenke, fände ich es gar nicht so übel, wenn ich mich jetzt umdrehen und jemanden bitten könnte, in die Küche zu gehen und mir ein Alka-Seltzer zu holen …

Es ist sechs Uhr morgens, und ich habe einen heftigen Kater. Ich trinke, seit meine Schwester sich einen Gürtel um den Hals geschlungen und sich einfach davongemacht hat, ohne sich zu verabschieden, aber das ist wieder die übliche Entschuldigung.

Adas Foto, auf dem sie achtzehn Jahre alt ist, lächelt mir vom Nachttisch aus zu: Sie sieht genauso aus wie meine Mutter in dem Alter. Den beiden verdanke ich das Erste von vielen Gläsern. Ich habe jahrelang getrunken. Wenn etwas passiert, das dir so schrecklich weh tut, musst du es wegtrinken. Dann habe ich weitergetrunken, um mich fern vom Leben der anderen zu fühlen. Fern von denen, die ständig an dir kleben, die machen, dass du dich schuldig fühlst, dich zur Strafe in die Ecke stellen. Und ich werde vermutlich nicht aufhören zu trinken.

Es ist Sommer, ich habe keinen Cent, ich habe keinen Mann, nur das Heft, das einer Frau gehört, die irgendwohin verschwunden ist und vielleicht nicht gefunden werden will. Sie heißt Vanessa und schreibt Gedichte, um Dinge zu vergessen, die mit Poesie absolut nichts zu tun haben. Aber bestimmte Dinge vergisst du nicht einmal, wenn du eine ganze Weinbar austrinkst, nicht einmal, wenn du deine Seele auf ein paar Blatt Papier auskotzt, so wie es meine Schwester in all ihren Briefen getan hat. Ich ziehe die letzte Camel aus dem Päckchen auf dem Bettvorleger und zünde mir die erste Zigarette dieses Tages an. Mühsam rapple ich mich aus dem Bett auf und schiebe eine CD von den Velvet Underground & Nico in den Player, das ist die mit Warhols Banane auf dem Cover.

Ich war ein Teenager, als ich angefangen habe, Songtexte aus dem Englischen zu übersetzen und sie zu Hunderten auswendig zu lernen. Hätte ich mit sechzehn nicht *My Sex* von John Foxx gehört und dabei die LP zerkratzt, weil ich die Nadel des Plattenspielers immer wieder in die gleiche Rille gesetzt habe, wäre ich nicht die, die ich heute bin, was auch immer ich heute sein mag. Ich glaube, in einer Welt ohne Musik könnte ich nicht leben, und frage mich, ob Vanessa Liverani vielleicht genauso empfindet.

~ 9 ~

Ich nehme einen Kaffee und ein Hörnchen in Enzos Bar, dann gehe ich in die Detektei hinauf und rufe Dora Arienti an. Sie antwortet mit der rauen, matten Stimme von jemandem, der gewaltsam aus dem Schlaf gerissen wurde. Ich entschuldige mich bei ihr und informiere sie über meinen Besuch bei den Liveranis, dann frage ich sie nach der Telefonnummer von Emanuele Dardi, Vanessas letztem »Abenteuer«. Sie sagt, dass sie die nicht habe, aber ich könne Lele jeden Tag ab sechs Uhr abends in einer Bar an der Piazza delle Mercanzie treffen, dort nehme er meist seinen Aperitif.

Ich fahre eine halbe Stunde in Richtung Pianoro, biege schließlich in die Via Zena ein und stelle meinen Wagen auf einer Grünfläche ab. Dann betrete ich das *Lago dei Castori*, bestelle einen Kaffee und frage den Barmann, ob Johnny heute schon da war.

Er zeigt mit dem Arm auf eine von Fliegen übersäte Glasscheibe, durch die man einen sonnengebräunten Mann in khakifarbenen Shorts und T-Shirt auf einem Campingstuhl am Ufer eines höchstens zwei Meter tiefen Tümpels sitzen sieht.

Ich zahle meinen Kaffee, verlasse die Bar und gehe zu meinem Nachbarn.

Wie immer, wenn er einen Platz gut kennt, hat Johnny nur das Notwendigste mitgenommen: drei Haken in der Tasche, zwei Senkbleie und seine fünf Meter lange Sportangel aus Carbon.

Irgendwann hat er mir mal erklärt, Angeln sei ein Hobby für Einzelgänger, und das Schöne daran sei dazusitzen, ohne an etwas zu denken. »Du schüttelst deinen Stress ab und konzentrierst dich nur auf die Natur, das Wasser, die Gerüche. Wenn deine Sinne wachsam sind, kannst du spüren, wo der Fisch ist. Beim Angeln zählt nur der Instinkt. Dort unten im Wasser kann alles Mögliche sein. Das ist ein Rätsel. Und ich mag Rätsel.«

Johnny versteht Hemingways epische Ausführungen zum Thema Fischen nicht. Er kann darin nichts Heroisches oder Romantisches sehen.

»Du harrst stundenlang bei Bremsen und Mücken aus, und wenn du einen Fehler machst, entwischt dir vielleicht der Fünfzehn-Kilo-Karpfen, um den du seit Monaten herumschleichst. Bei Karpfen braucht man wirklich die Geduld eines Heiligen.«

An Wettbewerben nimmt Johnny nicht teil. »Wer es sich in den Kopf setzt, den größten Fisch der Welt zu fangen, ist kein echter Angler. Angeln ist nur dazu da, dich wohl zu fühlen, schöne Orte zu sehen, das Rauschen des Flusses zu hören, denn jeder Fluss hat seinen eigenen Klang. Ja, vielleicht ist Moby Dick die Obsession eines jeden Anglers. Aber was hat Kapitän Ahab eigentlich gesucht? Den Tod? Melvilles Wal ist etwas, das nur im Kopf existiert. Und im Angesicht der Natur ist der Mensch immer der Schwächere.«

Als ich näher komme, sehe ich, dass er gerade seine Angelruten mit Maiskörnern präpariert. Ein Katzenfisch windet sich im Netz. Am Ende des Tages wird Johnny ihm wieder die Freiheit schenken.

Ich lege ihm zur Begrüßung nur die Hand auf die Schulter.

»Na«, sagt er lächelnd, »du hast noch nichts zu dem Sanct Valentin Sauvignon gesagt, den du neulich Abend bei mir getrunken hast.«

»Ich spüre hier immer noch sein Aroma von unreifen Früchten«, sage ich und drücke mir eine Faust auf die Brust.

»Ein Wein mit einer ausgeprägten Nase, mit Körper und Tiefe«, versichert er und klingt dabei wie ein Sommelier.

»Entschuldige, aber der Cervaro della Sala danach …«

Er schnalzt zufrieden mit der Zunge. »Du hast Recht.«

Ich setze mich mit übergeschlagenen Beinen aufs Gras. »Ich bin gestern in Sasso Marconi gewesen.«

»Der Abschnitt des Reno dort ist der fischreichste Platz in der gesamten Emilia. Da findest du alles, Forellen, Barben, einen Haufen Fische. Warum warst du in Sasso?«

»Weißt du, der Fall, den ich gerade verfolge …«

»Ah ja, die Edelnutte«, meint er, ohne dabei den Schwimmer aus dem Auge zu lassen.

»Na ja, so edel auch wieder nicht …«

»Ist sie hübsch?«

Ich hole ein Foto von Vanessa aus der Tasche, das mir Dora gegeben hat, und auch das aus ihrer Wohnung. Johnny legt die Angel auf den Boden und betrachtet aufmerksam beide Bilder. Die Sonne brennt erbarmungslos, ich will ihn gerade fragen, wo die Thermoskanne mit dem Wasser ist, als er mich mit den folgenden Worten erstarren lässt: »Die kenne ich.«

»Bist du sicher?«

»Als junge Frau war sie sehr schön.«

Ich brauche ein bisschen, bis ich begreife, dass er nicht Van, sondern Lena meint, die auf dem Foto am Strand hinter ihrer Tochter zu sehen ist.

Johnny nickt langsam und verliert sich in Erinnerungen, die anscheinend angenehm sind.

»Ich habe sie vor über dreißig Jahren in Marzabotto in einem Tanzlokal kennen gelernt, wo ich mit Freunden hingegangen war. Ich habe ihr erzählt, ich sei Schauspieler, ohne das weiter auszuführen. Nach einer Weile sind wir auf einer Wiese in der Nähe des Lokals gelandet. Die Frau hatte Talent, für gewisse Dinge war sie wirklich begabt.«

Ich glaube zu wissen, worauf er anspielt.

»Giorgia, ich habe eine Unmenge Frauen gehabt, auf dem Set und auch außerhalb, aber Lena Bassi …«

»Sie war schon verheiratet?«

»Ja, sie hatte eine Tochter«, antwortet er mir, ohne sein Gedächtnis bemühen zu müssen.

»Nach der suche ich jetzt.«

»Jahre später habe ich aus der Zeitung von dem hässlichen Vorfall erfahren.«

»Was für ein Fall?«

»Ihr Ehemann wurde verhaftet.«

»Warum?«

»Er hatte den Geliebten seiner Frau zu Tode geprügelt. Während ich den Artikel las, dachte ich, das hätte auch mich treffen können, aber wenn du so eine heiratest …«

»Was denn für eine?«

»Wer weiß, wie viele Liebhaber sie noch hatte … Sie ist

mit mir mitgegangen, weil sie gehofft hat, ich würde sie wegbringen, ihr die Welt des Films zeigen, das süße Leben. Sie hätte alles dafür getan, von Sasso wegzukommen. Sie hatte Ambitionen.«

»Wollte sie Schauspielerin werden?«

»Aber nein … Sie wollte nur ein anderes Leben, raus aus dem Dorf …«

»Sie ist aber nicht rausgekommen aus dem Dorf. Und lebt noch mit ihrem Ehemann zusammen.«

»Er wird seine Jahre im Gefängnis abgesessen haben und dann … Hast du ihn gesehen?«

»Nur flüchtig.«

»Der arme Kerl …«

Ich habe ihm schon den Rücken zugedreht, als ich ihn fragen höre: »Und wie ist Lena heute? Ich meine, hat sie sich gut gehalten?«

Luca Bruni trinkt nicht, raucht nicht und läuft nicht anderen Frauen nach. Er hat schließlich schon eine, seine Ehefrau Giusy, und vielleicht läuft nicht mal mit ihr noch was. Sie leben in derselben Wohnung, kümmern sich um ihren gemeinsamen Sohn, aber darüber hinaus ist Luca ein Gefangener seines Berufs, den er mit eiserner Disziplin erfüllt, ohne jemals Nerven zu zeigen. Wenn es stimmt, dass es faschistisch ist, jemandem den Arsch aufzureißen, ist der Leiter des Polizeipräsidiums von Bologna der demokratischste Mensch, den ich kenne. Er reagiert nie impulsiv, und ich habe ihn nie die Stimme gegen einen Untergebenen erheben hören. Er ist geschickt darin, dem emotionalen Ballast menschlicher Leidenschaften auszuweichen, den Dramen, die blutig enden, aber auch den nicht ganz so extremen, und sich die Probleme der Leute anzusehen, ohne sich selbst mit hineinziehen zu lassen. Seine Mission lautet, alles Ungefähre zu bekämpfen und dabei Konflikte und Widersprüche aufzulösen. Obwohl er begriffen hat, dass Gut und Böse keine Gegensätze sind, dass die Bösen gut sein können und umgekehrt, tut er alles, um die Dinge auf eine logische Ebene zu bringen. Er mag keine Unordnung. Er mag Waffen. Und geht keinen Schritt ohne seine Beretta 92 FS, die er als die sicherste und vertrauenswürdigste Waffe aller Zeiten bezeichnet.

Als wir uns in der Bar in der Nähe des Präsidiums treffen, weiß Bruni, warum ich ihn sehen will. Ein Anruf, die Erwähnung eines Namens, eines alten Kriminalfalles haben genügt, und seine Datenbank stand mir zur Verfügung. Bruni trägt einen grauen Bürstenschnitt, seinen wachsamen Augen entgeht nichts, und er sieht immer ein bisschen zerknittert aus.

»Ich habe die Nacht in der Wohnung eines Typen verbracht, der sich mit einer Kaliber 7,65 in die Schläfe geschossen hat. Seine Nachbarn waren verreist und haben daher den Schuss nicht gehört. Ich sage dir lieber nicht, wie er jetzt aussah, bei dieser Hitze. Der Mann hatte gerade herausgefunden, dass seine Exfrau mit einem seiner Kollegen schlief, einem Lastwagenfahrer.«

»Na ja, wenigstens hat er weder sie noch seinen Nebenbuhler erschossen.«

»Ja, sicher. Aber das war der dritte Selbstmord innerhalb von ein paar Tagen. Anscheinend warten alle bis zum Sommer, um Schluss zu machen.« Er sieht mich an und erstarrt. Dann sagt er: »Entschuldige bitte.«

(Natürlich denkt er an meine Schwester.)

»Möchtest du einen Kaffee?«

»Aber ja, das ist heute schon der vierte. Ich muss wach bleiben.«

Ich bestelle zwei Kaffee.

»Was ist nur aus dieser Stadt geworden …«, brummt er nach einer Weile. »Neulich Nacht hat ein Albaner einen Taxifahrer erstochen, weil der es gewagt hatte, ihn an einer Ampel zu überholen. Ich habe die Nase voll Leuten, die glauben, das Leben sei ihnen etwas schuldig geblieben, und dann völlig Unbeteiligte dafür verantwortlich machen. Diese Stadt …«

Ich falle ihm ins Wort. »Das hängt davon ab, aus welcher Perspektive du eine Stadt erlebst.«

»Giorgia«, sagt er und knöpft seinen Hemdkragen auf, »du weißt doch, dass wir darüber verschiedener Meinung sind.«

Ich starre gedankenverloren auf seine schlanken Finger, die dichten Härchen auf den Knöcheln, während ich den Zucker im Kaffee umrühre.

»Was den Fall angeht, nach dem du mich gefragt hast«, nimmt er das Gespräch wieder auf und klingt jetzt offiziell. »Sergio Liverani hat seine Frau in flagranti erwischt und Ilario Frassi, ihren Geliebten, mit einem Spaten erschlagen, den er sonst zur Feldarbeit benutzte. Hier wäre das Wort erbarmungslos angebracht. Der Mann starb nicht im Krankenhaus, sondern noch dort im Wohnzimmer.«

»Wann war das?«

»Vor achtzehn Jahren.« Bruni trinkt seinen Kaffee und fährt dann fort: »Im Dorf erzählte man sich, sie holte sich ziemlich viele Männer ins Haus, während ihr Mann auf dem Feld war. Die übliche Geschichte …«

»Jeder wusste es, nur er nicht.«

»Das klingt banal, aber genauso ist es.«

»Wie lange war er im Gefängnis?«

»Acht Jahre. Dann ist er wegen guter Führung vorzeitig entlassen worden. Von da an gab es keine Probleme mehr.«

»Seine Frau hat ihn zurückgenommen. Und Vanessa, ihre Tochter, ist seit Tagen verschwunden.«

»Richtig, das kleine Mädchen. Damals war sie zwölf. Sie hat gesagt, sie sei in ihrem Zimmer gewesen, habe Hausaufgaben gemacht und nichts gehört und gesehen. Auf den Fotos sieht das Haus sehr groß aus. Es ist aber möglich, dass das Kind gelogen hat, um seinen Vater zu schützen. Der trank und, glaubt man der Verwandtschaft, war er seiner Frau wohl hörig.«

»Warum hast du gesagt, sie hat vielleicht gelogen? Hat Liverani denn nicht gestanden?«

»Nicht sofort. Die Frau hat gesagt, ein Zigeuner sei ins Haus eingedrungen und hätte Frassi den Kopf eingeschlagen, nachdem er ihm das Portemonnaie abgenommen hatte. Die Aussage hielt natürlich nicht stand. Unsere Archive sind voll mit solchen Fällen. Die sind einfach. Grundeinfach. Banale Eifersuchtsdramen.«

»Wäre da nicht dieses Mädchen, das vielleicht alles mitangesehen hat.«

»Vielleicht.«

Ich zahle die beiden Kaffees, Bruni bedankt sich ein bisschen verlegen bei mir.

»Soll ich wegen der Tochter was unternehmen?«

»Die Liveranis sagen, sie sei vielleicht nur ein paar Tage verreist. Na ja … Vielleicht ist sie ja zu diesem Typen gefahren, der sie vor zehn Jahren geschwängert hat. Wahrscheinlich komme ich nicht drum herum, nach Umbrien oder in die Toskana zu fahren. Wo liegt eigentlich Orvieto? In Geografie war ich schon immer eine Null.«

Brunis Lachen klingt fast wie Musik.

»Sie und ihre Freundin Dora Arienti verkaufen sich auf den netten Partys reicher Leute.«

»Dagegen kann die Polizei nichts tun.«

»Ich weiß.«

»Aber du weißt auch, was ich davon halte.«

»Ja, das weiß ich.«

»Wie geht es deinem Vater?«

»Lange nicht gesehen! Ist jetzt mit einer aus Bentivoglio zusammen und dorthin gezogen.«

»Und du?«

»Was ist mit mir?«

»Deine Probleme mit ...«

»Ich trinke nicht mehr.«

~ 10 ~

Obwohl es schon später Nachmittag ist, regt sich kein Lüftchen, die Hitze klebt an mir, und weil es so feucht-schwül ist, hängen meine Haare kraftlos herunter. Bologna wirkt nicht so ausgestorben wie in den vergangenen Jahren, denn ich begegne vereinzelten Touristen.

In der Bar an der Piazza delle Mercanzie bestelle ich einen Gin Lemon, dann setze ich mich nach draußen auf einen freien Hocker, um den Auftrieb von Mittvierzigern zu beobachten, die gerade von der Arbeit, einem Segelausflug oder einem Urlaub am Roten Meer kommen. Während ich darauf warte, dass der Alkohol seine betäubende Wirkung entfaltet, wohne ich dieser Inszenierung krampfhaft konservierter Jugendlichkeit bei. Die Bar wimmelt von rastlosen Menschen, die träge miteinander anstoßen und das Ende der eigenen Jugend künstlich zu verlängern suchen, als gäbe es dafür ein Kabel wie bei einem Telefon. Ich bin umgeben von Leuten, die den echten Dingen die Vorstellung von den Dingen vorgezogen haben. So wie ich.

Ich nenne sie die »Generation Umberto Galimberti«, nach diesem Philosophen, dem neuen Guru vieler meiner Altersgenossen. Seine Gedanken über Sex und Liebe helfen anscheinend zu verstehen, was sich hinter den unvorhersehbarsten Verhaltensweisen eines Lebensgefährten, eines Freundes und des eigenen Selbst verbirgt. Wenn's hilft … Ich sehe mir die Frauen an. Sie halten sich gut in Schuss, gehen ins Fitnessstudio oder zum Schwimmen, beziehen gute Gehälter, arbeiten in Rechtsanwaltskanzleien, bekleiden verantwortungsvolle Posten in irgendwelchen Firmen, kaufen in den angesagten Outlets ein, tragen jede Menge Goldschnickschnack auf ihrer gebräunten Haut zur Schau, finden sich wohl oder übel mit One-Night-Stands ab, obwohl sie doch am liebsten heiraten und ein Kind in die Welt setzen möchten, ehe es zu spät dafür ist. Da gibt es Frauen vom Typ »Ich werde dich retten«, die entschlossen sind, einen verkorksten Kerl auf den rechten Weg zu bringen. Oder die, die »Fick mich« flüstern und den Eindruck erwecken, als hätten sie ständig Sex ohne Vorspiel, aber dann, wenn er sich im Morgengrauen ohne ein Versprechen davonmacht, eine hysterische Krise bekommen. Dann gibt es noch die moderne Geschäftsfrau, die Bridget Jones, die den netten Kumpel gibt, die moderne Salome, die »Er liebt mich, er weiß es nur noch nicht!« schreit und bei der man befürchten muss, dass sie, um sich selbst davon zu überzeugen, dem Erstbesten den Kopf abschlägt.

Dann sind da die Männer, die »Kreativen« aus Grafik und Informatik, oder die, die dir erzählen: »Ich bin im Import/Export tätig«, woraufhin du das Ganze lieber nicht vertiefst. Die, die mit vierzig immer noch nicht bereit sind, sich auf eine Beziehung einzulassen – und beim Verlassen ihres Einzimmerappartements im Zentrum einen Sack schmutzige Wäsche unterm Arm tragen, um ihn ihrer Mama vorbeizubringen.

Die, die ihre Mahlzeiten immer außer Haus einnehmen. Die, die die Schnauze vollhaben von nervenden Weibern und nach einem anstrengenden Arbeitstag nichts anderes mehr aufgabeln wollen als eine Olive aus ihrem Martini. Die zwar schon gern mal wieder Sex hätten, aber dann, wenn es ernst wird, die Lust verlieren: Einen geblasen zu bekommen wäre zwar schön, aber diese ganze Anmacherei davor ist doch viel zu anstrengend …

Ich habe keine Schwierigkeiten, Lele Dardi zu erkennen, der in der Tür der Bar steht (Dora hat ihn mir gerade am Telefon beschrieben). Er ist groß und schlank, hat ausgeprägte Geheimratsecken und eine Zigarette im Mundwinkel.

Ich gehe zu ihm. »Ich müsste mal mit dir reden. Hast du einen Moment Zeit?«

Es endet damit, dass er mir einen zweiten Gin Lemon spendiert und sich mir gegenüber auf einen Hocker setzt, in der Hand ein Glas Prosecco. Ich teile ihm mit, dass ich eine Privatdetektivin bin und seine Exfreundin suche. Amüsiert lächelnd stellt er klar, Van sei niemals seine Freundin gewesen, Schlampen wie die machten ihn einfach scharf, so sei das nun mal.

»In der Bar hier habe ich sie fast alle durchgezogen«, sagt er und schildert mir in wenigen Worten sein Leben als müßiger Schicki-Micki-Playboy. »Hier fehlt irgendwie das Risiko, weißt du, wilde Leidenschaft. Ich langweile mich, verstehst du? Ich verbringe mein Leben damit, meinem Ständer dabei zuzugucken, wie er von einer Frau in die nächste gleitet. Nur die Partnerinnen wechseln, die Stellungen bleiben immer gleich. Und dann taucht eines Tages Van auf, blond, verrucht, mit einem wahnsinnsheißen Arsch, und du bist sofort hin und weg. Ich wusste, dass sie nur auf mein Geld stand, aber das war es mir wert.«

»Hast du sie für ihre Dienste bezahlt?«

»Nein, das niemals. Ich habe ihr nur Geschenke gemacht.«

Ein leichter Windhauch lässt Asche von seiner Zigarette auf seine beigefarbenen Tod's fallen. Dardi wirft die brennende Kippe einfach auf den Boden.

»Ich steige mit verheirateten Frauen ins Bett, die beteuern, dass sie ihren Mann lieben, während sie meinen Schwanz in den Mund nehmen. Letzte Nacht habe ich ihn bei einer von denen kaum hochgekriegt, da hat sie, um mich heiß zu machen, geschrien: ›Los, reite mich, Cowboy‹.« Er lacht freudlos auf, dann erzählt er weiter. »Van war eine echte Nutte. Kalt wie ein Eiswürfel. Doch Frauen wie sie sind im Bett am versautesten.«

Na, toll. Jetzt weiß ich so viel wie vorher. Ich danke Emanuele Dardi und überlasse ihn wieder seinen lustlosen Verführungen.

Zu Hause streife ich meine Jeans ab und laufe nur in T-Shirt und Slip rum. In der Küche lege ich zwei Scheiben Brot in den Mikrowellenherd, lasse sie ein wenig rösten und bestreiche sie schließlich mit Mayonnaise. Ich mache eine Flasche Pinot Grigio auf, gieße mir ein Glas ein und schleppe mich kauend und trinkend den Flur entlang zum Schlafzimmer. Dort öffne ich das Fenster, um frische Luft reinzulassen. Ich hole mir vom Nachttischchen das Heft mit dem *Schlapp!*-Aufdruck und blättere darin: ein paar flüchtige Gedanken, Liedtexte mit den entsprechenden Begleitakkorden am Ende der Seite; die Gedichte sind weder mit Datum noch Titeln versehen. Ein Tagebuch oder so was in der Art.

Ich habe nie Tagebuch geführt. Ich spreche die Dinge lieber

laut aus, und wenn ich eins kann, dann etwas in knappen Worten zusammenfassen. In dieser sparsamen Verwendung von Worten komme ich nach meinem Vater: Er hat selten mehr als zwei oder drei benötigt, um die Welt zu beurteilen, die aber waren präzise gesetzt. Meine Mutter war anders. Ihr zuzuhören war wie stundenlang Dias zu gucken, während der Projektor überblendet, ohne einem die Zeit zu lassen, die Landschaften zu bewundern. Sie schuf mit ihren Worten Bilder, Visionen, von denen jede eher einen Ton als einen Sinn hatte. Mit ihrer Vorliebe für Klangfarben und ihrem Hang, den Faden zu verlieren, war sie für mich als Kind so etwas wie *Fantasia* von Walt Disney. Ich fand es schön, so eine Mutter zu haben, die nicht wie die Lehrerinnen sprach, die einen Satz begann, ohne ihn zu beenden, und den Rest jedermanns Vorstellungskraft überließ.

Eines Tages sagte mein Vater bei einem Streit zu ihr: »Ilaria, du bist überdreht«. Er hätte kein besseres Wort finden können. Meine Mutter war überdreht. Ich wusste zwar nicht, wer an ihr gedreht hatte oder ob sie sich selbst drehen konnte, doch wenn sie den Mund aufmachte, kam Musik heraus wie bei einem Plattenspieler.

Vielleicht war sie deshalb immer so bezaubert, wenn sie Ada Klavier üben hörte. Sie betrat dabei nie das Wohnzimmer, sondern blieb im Türrahmen stehen, die Augen halb geschlossen, und lächelte bei jedem falschen Akkord, jedem falschen Ton. Meine Mutter liebte Dissonanzen und kombinierte zum Beispiel eine rote Bluse mit einem lila Rock, ohne zu verstehen, warum diese Zusammenstellung für andere ein Schlag ins Gesicht war. Eines Nachmittags hörte ich, wie Tante Lidia, Papas Schwester, zu ihr sagte: »Du bist verrückt«, und so lernte ich, dass verrückt und überdreht das Gleiche bedeutete.

Manchmal denke ich, dass mein Leben den ständigen Versuch bildet, diesem Wort zu entfliehen. Ich habe es immer wie eine geflüsterte Drohung in meinem Nacken gespürt und jede Menge Alkohol runtergekippt, nur um nicht darüber nachdenken zu müssen, nur um nicht mehr die Stimme meines Vaters zu hören, der vierzigmal am Tag wiederholte: »Giorgia, jetzt sei doch vernünftig«, »Ada, jetzt sei doch vernünftig«, als ob die Vernunft etwas wäre, was man so leicht festhalten könnte wie einen Zementblock, ein Kettenhemd.

Ich strecke mich auf dem Bett aus und setze meine Lesebrille auf, um Vans Worte besser entziffern zu können. Wenn sie noch einmal zurückkehrt, werde ich ihr den Grund für mein Eindringen erklären und ihr sagen müssen, dass meine Arbeit darin besteht, im Leben anderer Leute herumzuwühlen, und dass ich damit gerade das Nötigste verdiene. Ich werde ihr sagen müssen, dass es mir keinen Spaß macht, dass ich nicht zu denen gehöre, die den ganzen Verkehr aufhalten, nur um bei einem Unfall zu gaffen, dass ich schon jetzt, während ich in ihr Heft mit dem *Schlapp!*-Aufdruck Mayonnaise-Flecken mache, weiß, dass ich keine Antwort gefunden haben werde, wenn ich zur letzten Seite komme, weil nun mal jeder auf dieser Welt zwischen diesen beiden Worten hin- und herpendelt: »überdreht« und »vernünftig«, weil eben ein Gedicht allein nicht ausreicht, um mir zu erzählen, wie sie sich verbiegt, um eine Blume zu pflücken oder sich von hinten nehmen zu lassen, denn ich habe nur Willys Augen im Kopf, die so verloren, so einsam schauen wie eine einzelne Socke, und ich weiß genau, was man fühlt, wenn man eines Morgens aufsteht und fragt: »Wo ist meine Mama?« Meine war in einem Renault, ist mit Schädelbruch und mit ihrer Musik gestorben. Und seine?

SCHWARZER STERN

Der Mond braucht siebenundzwanzig Tage,
um einmal um die Erde zu kreisen,
ich verbringe siebenundzwanzig Minuten
mit jedem Mann.
Der Mond wendet der Erde
stets dieselbe Seite zu,
ich bin aus Wasserstoff und Staub gemacht,
ich bin Proxima Centauri,
Sternschnuppe, Meteorin.
An dem Tag, an dem ich gehe,
werde ich Nemesis sein,
die Rachegöttin,
ein verloschener Astralkörper,
ein schwarzer Stern.

Es ist schon Ewigkeiten her, dass ich ein Gedicht gelesen habe, und ich bin sicher kein Literaturkritiker.

Auf jeden Fall aber hat Van ein ausgeprägtes Selbstbewusstsein.

Ich lese weiter …

AUF DER FLUCHT

Wie Kassandra, die Apollo zurückwies,
habe ich ein tragisches Schicksal.
Ich sehe die Katastrophen des Herzens kommen,
doch keiner glaubt mir.
Ich habe Angst.
Furcht vor Pan, dem Gott der Wälder.
Furcht davor,

in den Untiefen der Meere zu verschwinden wie
Atlantis,
in den Schlünden der Erde,
wie Pompeji
auf der Flucht.

Mit einem Bleistift unterstreiche ich die Worte, die mir am bedeutungsvollsten erscheinen: »Angst« und »Flucht«. (Wer weiß, vielleicht spricht sie ja mit ihren Kunden über Kassandra, Atlantis oder Pan. Allerdings glaube ich das nicht …)

DIE ZUFLUCHT
Sie öffnete die Tür.
Wenn du jemandem davon erzählst, kommst du
aufs Internat.
Ich hielt mir die Ohren zu,
jedes Mal, wenn es klingelte.
Dort verborgen,
zwischen Frottee und Mottenpulver,
verfolgte ich das Kommen und Gehen,
den Spalt fest im Blick.
Ich hörte Keuchen, Geräusche,
und presste meinen rosaroten Panther fest an mich.

Der rosarote Panther … Der rosarote Panther …

Ada schlief mit einer Flickenmaus namens Max …

Mir fallen die Augen zu. Ich lege eine Camel als Lesezeichen ins Heft und schließe es.

~ 11 ~

Gegen Mittag wache ich mit einem Bärenhunger auf. Zwanzig Minuten später betrete ich einen indischen Schnellimbiss, um etwas fürs Büro mitzunehmen. Als ich an Enzos Bar vorbeigehe, winke ich ihm fröhlich zu; meine gute Laune verfliegt allerdings schlagartig, als ich Clara Esposito erblicke, die mit gesenktem Kopf vor dem Haus auf und ab marschiert und den Bürgersteig anstarrt.

»Ich habe auf Sie gewartet«, sagt sie zu mir.

Sie hat verquollene Augen und wirkt erschöpft. Trotz der Hitze trägt sie eine kamelfarbene Wolljacke über dem Karorock.

»Wie geht es Ihnen?«

(Die Antwort kann ich mir denken.)

Wortlos steigen wir die Treppe ins zweite Stockwerk hoch.

Als wir in meinem Büro sind, lasse ich sie im Ledersessel Platz nehmen.

Clara ist pensionierte Grundschullehrerin, sechzig Jahre alt, und hat einen Sohn, der sich Heroin spritzt.

In den letzten zehn Jahren ist Giuliano aus drei Entziehungskliniken geflüchtet, hat, weil er gedealt hat, ein paar Jahre hinter Gittern verbracht und mehrfach die Familie ihrer wenigen Habe beraubt. Normalerweise schüttet Clara ihr Herz bei ihrem Gemeindepfarrer aus, oder sie kommt hierher, um sich bei mir Rat zu holen. Sie weiß zwar, dass ich mich nicht mehr mit ihrem Fall beschäftigen möchte, trotzdem kommt sie immer wieder.

Ich baue meine Schälchen auf dem Schreibtisch auf, lege das Plastikbesteck dazu und stelle mich darauf ein, mein Mittagessen in ihrer Anwesenheit einzunehmen, während sie ihre aufgestaute Anspannung los wird, indem sie mir jeden dieser Sätze wiederholt, die ich schon auswendig kenne.

»Gestern Abend ist er wieder gekommen«, sagt sie zu mir. »Ich habe ihn durch den Türspion beobachtet, er war mager, das Gesicht grau, die Augen ganz wirr. Er hat mir Angst gemacht. Ich habe ihm gesagt, dass ich ihm kein Geld mehr für dieses Zeugs geben würde, dass ich alles versucht habe, dass er auf meine helfende Hand gespuckt hat. Da hat er losgebrüllt und mit den Fäusten gegen die Tür getrommelt. Nach einer Weile ist er gegangen. Und ich habe vor lauter Gewissensbissen kein Auge zugetan. Ich habe ihn nicht reingelassen, verstehen Sie? Ich habe ihn weggeschickt.«

Ich kaue ein paar Linsen. »Egal, wie wir uns entscheiden, es ist immer richtig.«

»Das mag sein«, erwidert sie nicht sehr überzeugt, »aber wie kann man seinem eigenen Kind dabei zusehen, wie es leidet, und nichts tun?«

Ich lege die Gabel auf der Papierserviette ab. »Warum sehen Sie nicht endlich ein, dass Sie nichts machen können?«

Sie richtet sich auf. »Wer denn dann, entschuldigen Sie bitte?«

»Halten Sie sich da raus.«

»Aber es ist doch mein Sohn, ich habe ihn geboren!«

»Giulianos Leben ist keinen Pfifferling mehr wert. Verstehen Sie mich?«, frage ich und esse weiter.

»Soll ich denn einfach daneben stehen und tatenlos zusehen, wie er sich umbringt?«

Ich drehe den Kopf zum Fenster und schließe einen Moment die Augen, dann wende ich mich wieder ihr zu. Und sage nur: »Ja.«

»Eine Mutter kann nicht aufhören, an Wunder zu glauben.«

»Eine Mutter ist nicht unbesiegbar.«

»Ja sicher, aber wenn es um meine Kinder geht, dann trotze ich allen Krankheiten, dem Tod, Gott und dem Schicksal. Ich gebe nicht auf. Niemals!«

Ich schon. Ich senke den Blick auf die mit Käse gefüllten Kartoffeln und lasse sie reden, entschlossen, sie nicht mehr zu unterbrechen.

»Sobald ein Kind auf die Welt kommt, beginnt ein Alptraum, der nie endet. Man fragt sich: »Bin ich in der Lage, es zu beschützen?«, und wie kann man sich verzeihen, wenn man das nicht schafft? Das Kind wächst heran, ist hübsch, gesund, steckt voller guter Anlagen, und von einem Moment zum anderen hat es sich verändert, ist plötzlich gewalttätig, und kein Exorzist oder Heilmittel oder Gefängnis bringt es fertig, dass es wieder so wird wie früher!«

Sie stützt ihre fleischigen Hände auf die Schreibtischplatte.

»Ich bin in eine Selbsthilfegruppe gegangen, ich wollte mit Müttern reden, die dasselbe Problem haben wie ich, wollte von ihnen hören: ›Genau das ist mir auch passiert, ich weiß, was du durchmachst‹. Aber nichts davon, alle dort hielten sich für die besten Eltern der Welt. Keiner wollte die Wirklichkeit sehen. Es ist wie im Fernsehen. Nie sagt mal jemand, wie schwierig es ist, ein Kind großzuziehen. Signora Cantini, sehen Sie auch manchmal diese Talkshow, *La vita in diretta*?«

Ich schüttle den Kopf.

»Dort werden Schauspielerinnen und andere berühmte Frauen interviewt, und alle sagen, dass die Mutterschaft ein Gottesgeschenk ist, die schönste Erfahrung auf der Welt. Aber so ist das nicht, es funktioniert nicht so wie in der Werbung, das Leben ist kein Zuckerschlecken!«

Sie beginnt zu schluchzen.

»Sie wissen doch, wie das ist … Die haben eine Haushälterin, einen Babysitter, Kindermädchen. Sie bekommen ihr Kind erst zu Gesicht, wenn ihm eine andere bereits den Hintern abgewischt hat«, sage ich und reiche ihr ein Papiertaschentuch.

Sie schnäuzt sich.

»Im Lauf der Zeit habe ich mich informiert, habe Bücher gelesen und mit Ärzten gesprochen. Drogenabhängigkeit ist ein sicheres Geschäft, das allen zupass kommt. Genauso wie Kriege. Alles ist nur ein großes Geschäft, Signora Cantini, das habe ich dabei gelernt.«

Jetzt ist mir der Appetit vergangen.

Ich schiebe die Schälchen zur Seite. »Hören Sie, die Welt ist nun mal nicht schön.«

Sie nickt heftig. (Gut, wenigstens darin sind wir uns einig.)

»Ehemänner erschlagen ihre Frauen, weil die sich von ihnen

scheiden lassen wollen, Mütter springen mit einem Neugeborenen im Arm von der Brücke, Kinder ermorden ihre Eltern, Kinder nehmen Drogen … Clara, Sie bürden sich da ein bisschen viel Verantwortung auf …«

»Sie haben ja Recht, Sie haben Recht«, wiederholt sie fast nur für sich.

»Die Familien lösen sich auf, haben Sie das nicht bemerkt? Keiner kann mehr den Druck der Gefühle ertragen. Das geht über unsere Kräfte.«

»Was soll ich denn tun?«, flüstert sie.

»Absolut gar nichts.«

Clara Esposito beginnt wieder zu weinen.

»Denken Sie an Ihr Leben, an Ihre anderen Kinder, an Ihren Mann …«

»Wollen Sie mir etwa sagen, ich soll egoistisch sein?«

»Ich rate Ihnen nur, Ihr eigenes Leben zu leben und nicht auch das von Giuliano. Sie beide sind eben nicht eins. Es ist jetzt dreißig Jahre her, dass die Nabelschnur zwischen Ihnen beiden durchtrennt wurde. Erinnern Sie sich?«

Sie schüttelt den Kopf. »Man merkt wirklich, dass Sie keine Mutter sind …«

»Sie haben Recht, Clara, und ich nehme Verhütungsmittel seit dem Tag meiner ersten Menstruation. Das Letzte, was ich sehen möchte, ist jemand, der mir ähnlich sieht.«

Verständnislos blickt sie mich an.

»Hören Sie …«

»War es richtig von mir, dass ich ihn gestern Abend nicht reingelassen habe?«

(Endlich ist der Moment für das *Ego te absolvo* gekommen.)

»Vollkommen richtig, Clara. Vollkommen richtig.«

Ich stehe auf, werfe Schälchen und Besteck in den Papierkorb und bringe sie zur Tür.

Es ist sieben Uhr abends. Nachdem ich den Nachmittag damit verbracht habe, auf Lucio Spasimos unbequemer Couch vor mich hin zu qualmen und ins Leere zu starren, sitze ich nun draußen an einem Tisch einer Bar in dem Viertel, in dem Vanessa Liverani lebt. Ich trinke einen Gin Lemon, spiele mit ihren Schlüsseln herum und versuche, einen Grund für eine weitere Hausdurchsuchung bei ihr zu finden. (Hat es mir denn nicht gereicht, bis zum Morgengrauen in ihrem Heft mit den Gedichten zu lesen? Bin ich nicht schon genug demoralisiert?)

Als ich aufblicke, sehe ich ihn auf mich zukommen, mit einem entwaffnenden Lächeln im Gesicht. Er trägt ein verwaschenes blaues T-Shirt, und ich muss an einen Vers aus einem Gedicht von André Frénaud denken, der in Vans Heft stand: »Das Leben, so süß, wenn es ihm passt …«

Nicola, der Verkäufer aus der Buchhandlung, hockt sich auf den leeren Stuhl mir gegenüber.

»Ciao.«

»Ciao.«

»Was trinkst du?«

»Gin Lemon.«

Katzenhaft springt er auf und betritt die Bar.

Dann kommt er mit einem Glas Bier zurück und setzt sich wieder.

»Ich habe seit heute Urlaub. Und ich habe große Lust, den Rucksack in meinen Ford zu schmeißen und in die Toskana zu fahren. Ich liebe diese Gegend, die Farben, den Wein …« Er verschränkt die Arme und schlägt vor: »Kommst du mit?«

Aus dem Radio eines in zweiter Reihe geparkten Autos dröhnt ein alter Hit von Adriano Celentano herüber; ich beiße auf den Strohhalm und muss lachen.

»Los, nicht erst groß nachdenken. Tu es einfach, und basta.«

Ich schüttle entschieden den Kopf. Dann überlege ich es mir und sage: »Nur wenn du mit mir nach Orvieto fährst.«

»Das ließe sich einrichten.«

»Wann?«

Er nimmt einen Schluck Bier. »Auch sofort.«

»Entscheidest du immer alles so schnell? In drei Sekunden?«

»Hast du eine Zigarette für mich?«

Ich schiebe Päckchen und Feuerzeug zu ihm rüber: Beide gleiten über Gin Lemon und Bier, werden feucht und in ihrem Schwung gebremst. Nicola wirft den Kopf zurück, summt: *»Azzurro, il pomeriggio è troppo azzurro …«*

Was mir nun durch den Kopf schießt: meine ersten erotischen Fantasien, die ich mit zehn Jahren zu einer Platte von Donna Summer hatte; die pfeilförmigen Ohrhänger, die ich bei meinem ersten Mal in einer Ente verloren habe; Joints auf einem Hügel, mit einem Grashalm zwischen den Zähnen und warmem Bier, das die Kehle hinunterglitt; ich und ein Schulfreund, wie wir uns gegenseitig überall befummeln, für immer jung – und glücklich.

Ich hebe meinen Blick wieder, schaue auf sein verschlafenes Lächeln, das nach Frühstück, Ruderbootsausflug und frisiertem Moped aussieht.

»Was erwartest du?«

»Wovon zum Teufel redest du?«

»Ich kenne dich nicht, und ich möchte keinen Ärger.«

»Das heißt?«

»Es gibt ein paar Regeln.«

»Was für Regeln?«

»Ich nehme nichts, und ich gebe nichts.«

Er pustet den Rauch in meine Richtung. »Wenn du nichts nehmen und nichts, geben willst, dann erschieß dich doch gleich.«

Ich bin versucht, mir noch einen Gin Lemon zu bestellen. »Ich sollte lieber gehen.«

»Ich begleite dich zum Auto.«

Wir schweigen den ganzen Weg über: Ich schwanke, und er betrachtet die Schaufensterauslagen.

Nachdem ich in meinen Citroën gestiegen bin, verbarrikadiere ich mich darin, als ob ich mich vor einem Autodieb schützen müsste.

Nicola klopft ans Seitenfenster, und ich lasse die Scheibe zwei Zentimeter hinunter.

»Morgen, hier, um drei. In Ordnung?«

Ich vergrabe den Kopf zwischen den Schultern, und vielleicht sage ich auch ja. Er sieht mir nach, während ich wende und davonfahre.

~ 12 ~

Ich bin früh aufgestanden und habe eine kleine Reisetasche mit dem Nötigsten für ein paar Tage gepackt. Und ich habe Dora Arienti angerufen, um ihr mitzuteilen, dass ich nach Orvieto fahre, um Angelo Fabbri, Williams Vater, aufzusuchen, wobei ich nur hoffe, dass Vanessa bei ihm ist. Dora hat mir bestätigt, dass sie bislang immer noch nichts von ihrer Freundin gehört hat. »Dieser verrückte Einfall kostet Van jede Menge Kunden. Es sieht ihr gar nicht ähnlich, einfach so zu verschwinden. Scheiße nochmal, ich bin doch ihre beste Freundin!«

Jetzt stehe ich seit ein paar Minuten neben Willy und seinem gelben Fahrrad, das an einem Holzstapel bei der Hundehütte lehnt.

»Ist das ein Mountainbike?«, frage ich ihn.

»Ja, und es hat eine Kettenschaltung«, antwortet er voller Stolz und schwingt sich auf sein Rad.

»Magst du Fußball?«

»Hm, spiel ich«, gibt er zu.

»Als was?«

Er wird rot. »Früher war ich Stürmer, aber jetzt als Torwart.«

»Wer ist denn dein Lieblingstorwart?«

»Kahn.«

»Ah, ja«, rufe ich anerkennend aus und tue so, als wüsste ich, wer das ist.

»Pass auf, dass du dich nicht dreckig machst!«, ruft Rolando Willy nach.

»Seine Großmutter hat ihm Squalos gekauft«, sagt er erklärend, als er zu mir kommt, »diese Schuhe kosten ein Vermögen …«

Willy tritt wild in die Pedale und stürzt sich in das Gelände rund ums Haus.

Rolando und ich sehen ihm nach, bis er unseren Blicken entschwindet.

»Fehlt ihm seine Mutter?«

»Ach, er ist daran gewöhnt. Es ist nicht das erste Mal, dass meine Enkelin ihn für längere Zeit bei uns lässt. Manchmal packt es Vanessa einfach. Na ja, was wollen Sie, sie ist zu früh Mutter geworden.«

»Hat Willy denn keine Freunde?«

»Hierher hat er zumindest noch niemanden mitgebracht.«

»Fußball wird er wohl kaum allein spielen …«

»Das müssen Sie seine Mutter fragen. Ich kann Ihnen bloß sagen, dass er ein aufgewecktes Kind ist, vielleicht ein wenig verschlossen, aber mit uns versteht er sich gut.«

»Und wie ist er so in der Schule?«

»Durchschnittlich, würde ich sagen.«

»Möchte er Fußballspieler werden, wenn er mal groß ist?«

»Seit Vanessa ihn in der Laurentiusnacht in den Parco Cavaioni mitgenommen hat, um die Sternschnuppen zu beobachten, sagt er, dass er Astronom werden möchte. Ich wollte früher mal Chirurg werden, weil ich den Metzger von Sasso so mochte.« Er lacht. »Ich sah keinen Unterschied zwischen den beiden Berufen …«

»Und Lena?«

»Sie ist beim Friseur. Möchten Sie reinkommen?«

Neben der Gartenlaube bemerke ich einen Tisch mit Stühlen und frage:

»Könnten wir uns hier hinsetzen?«

»Wie Sie möchten, hier ist es schön schattig, und heute ist es ja nicht so heiß.«

Wir setzen uns.

Auf dem Korbtisch liegt eine kleine doppelläufige Pistole.

»Sieht aus wie ein Spielzeug«, sage ich, als ich sie hochhebe.

»Damit schieße ich auf Ratten und verjage die Raben. Willy sagt, dass sie zu klein ist, um den Tieren wirklich weh zu tun. Auch die Patronen dazu, von Flobert, sind winzig. Sie reichen gerade, um im Hof Blechbüchsen runterzuschießen. Manchmal machen wir so was zum Zeitvertreib.« Er kratzt sich mit einem Finger an der Nasenspitze. »Aber ich habe auch eine richtige Pistole.«

Ich runzle die Stirn.

»Sind Sie gegen Waffen?«

»Ich habe noch nie eine besessen.«

»Ich habe eine alte Steyr 12. Als ich Partisan war, hatte ich auch ein Maschinengewehr, ein Sten, das konnte wirklich höllisch viel Blei spucken!« Er lehnt sich zurück. »Ich war im Krieg, Signora. Können Sie sich vorstellen, wie viel Prügel ich auf der Piazza di Sasso von den Faschistentrupps einstecken musste? Sie kamen in ihren schwarzen Hemden, den Totenschädel mit gekreuzten Beinknochen auf der Brust und mit Schaufeln bewaffnet …« Er blinzelt mit dem linken Auge, das andere ist aus Glas und unerbittlich starr. »Wer keinen Mitgliedsausweis der Faschisten besaß, hatte es schwer, den traf Arbeitslosigkeit, die Löhne wurden gekürzt. Niemand hatte damals eine Toilette im Haus, und das Wasser musste man noch am Brunnen holen. Meine Frau und ich, wir haben auf Matratzen aus Heu geschlafen, inmitten von Flöhen und Mäusen … Ich weiß, für den, der das nicht selbst mitgemacht hat, ist es schwer vorstellbar.«

Ich zünde mir eine Camel an, und er reicht mir ein Einmachglas als Aschenbecher.

»Renata liegt schon seit vielen Jahren auf dem Friedhof von Rasiglio. Eine schlimme Krankheit hat sie mir genommen … Alle meine Freunde sind tot. Echte Freunde, wissen Sie? Wir haben kommunistisches Propagandamaterial in Getreidesäcken versteckt, auf unseren Fahrradstangen Körbe mit Gewehren transportiert und Munition unter einer Schicht von Äpfeln oder Zucchini. Am Ende des Kriegs war das Land zerstört, von Hunger und Typhus ausgezehrt. Es gab nicht genug Wasser. Auf dem Grund des Reno waren überall Minen, die die Faschisten vor ihrer Flucht noch gelegt hatten.« Er deutet auf sein Glasauge. »Das hier habe ich ihretwegen verloren. Und Annibale, meinen Bruder, 1944 in einem Konzentrationslager von Carpi.«

Es tut mir leid, dass ich den Fluss seiner Erinnerungen unterbrechen muss, aber mir bleibt nicht viel Zeit: Lena könnte jeden Augenblick zurückkehren, und ich habe keine Lust, ihr zu begegnen.

»Wo ist eigentlich Sergio?«

»Wo soll er schon sein? Auf dem Feld, oder auf einen Campari in der Bar. Er ist ein guter, anständiger Mann. Die Frauen aus unserer Familie haben immer Männer gefunden, die besser als sie waren.«

»Inwiefern besser?«

»Gutmütige Männer.«

»Und die Frauen?«

»Bei den Frauen weiß man nie, was die wollen. Bei einem Mann ist ein Ja ein Ja und ein Nein ein Nein, aber bei den Frauen ist nichts so, wie es ist. Renata hat mich oft verwirrt, sie dachte an eine Sache und sagte dann etwas ganz anderes. Sie hat zwar nur die Volksschule besucht, aber sie war schwerer zu verstehen als eine Intellektuelle.«

Ich drücke die Kippe in dem Glas aus. »Signor Bassi ...«

»Ich heiße Rolando. Ich bin zwar alt, aber ich bin und bleibe ein Bauer. ›Signore‹ passt nicht zu mir.«

»Rolando ... Vor achtzehn Jahren hat Ihr Schwiegersohn den Liebhaber Ihrer Tochter umgebracht. Mir scheint er daher doch nicht ganz so gutmütig zu sein.«

Er hebt einen Arm, um eine Fliege zu verscheuchen. »Haben Sie Durst? Möchten Sie etwas Wasser?«

»Nein danke.«

»Sergio hat ein Herz aus Gold, das können Sie mir glauben. Aber er ist manchmal aufbrausend und grob. Und Lena hatte schon immer diese Bedürfnisse. Das liegt in ihrer Natur. Jetzt sind sie Vergangenheit. Jetzt ist sie alt.«

Er steht mühsam auf und stützt sich deshalb mit seinen dunklen geäderten Händen auf dem Tisch ab. »Im Leben vergibt man früher oder später alles. Die Zeit ist gnädig.«

»Sergio hat jemanden umgebracht.«

»Ja, und er hat seine Strafe dafür abgebüßt. Mein Schwiegersohn ist nicht besonders gläubig, er spricht nicht viel, lässt nichts heraus. Und doch plagt ihn sein Gewissen, und er leidet mehr als ich, der ich jeden Sonntag in die Kirche gehe.«

Ich folge ihm bis zur Haustür.

»Bringen Sie uns bitte Vanessa wieder. Sie und ihre Mutter streiten sich ab und zu, aber nach jedem Streit versöhnen sie sich wieder.«

Er lächelt und fährt sich durch die schneeweißen Haare. »Als meine Enkelin klein war, hatte Lena einen Nervenzusammenbruch, und Sergio konnte mit Kindern nichts anfangen. Ich war zwar da, aber ich kannte keine Märchen. In meinem Leben habe ich kaum etwas anderes als *Das Kapital* von Marx, *Die Hefte* von Gramsci gelesen. Ich hörte leidenschaftlich gern Tenöre und kannte bloß diese Geschichten: *Tosca, La Traviata, Rigoletto*. Also habe ich ihr als Gutenachtgeschichte die Handlungen der klassischen Opern erzählt ...« Er legt mir eine Hand auf die Schulter. »Ich habe Ihren Namen vergessen.«

»Giorgia.«

»Auf Wiedersehen, Giorgia. Es ist zu warm geworden, um draußen zu sitzen.«

~ 13 ~

Ich bin erst in ein paar Stunden mit Nicola verabredet; mein schlechtes Gewissen drängt mich, in der Agentur vorbeizuschauen und nachzusehen, ob sich jemand gemeldet hat. Das rote Lämpchen des Anrufbeantworters blinkt, eine neue Nachricht; gespannt drücke ich die Taste.

»Ich heiße Stefano Boschi«, sagt eine unsichere, aber angenehm tief klingende Stimme. »Ich habe Ihre Nummer von einem Bekannten, einem Freund von Lucio Spasimo, der, soweit ich weiß, bei Ihnen arbeitet. Ich hätte gern mit Giorgia Cantini gesprochen ... Vielleicht hat die Agentur ja gerade Betriebsferien, aber ich wollte es zumindest mal versuchen. Meine Handynummer ist ...«

Ich rufe Stefano Boschi zurück, und auf sein »Ich muss Sie dringend treffen« entgegne ich, dass ich gerade im Aufbruch begriffen sei und ihn erst in ein paar Tagen treffen könne. Er bleibt freundlich, aber beharrlich, sagt, dass er nicht weit weg wohne und gleich mit der Vespa vorbeikommen könne. Als ich an die jahreszeitlich bedingte Kundenflaute denke, fordere ich ihn auf, sofort vorbeizukommen, um mir sein Problem zu schildern.

Eine Viertelstunde später lässt sich ein Mann um die fünfunddreißig, schlank, mittelgroß, ein hübscher Kerl bis auf eine vorzeitige kahle Stelle am Hinterkopf, in den Ledersessel meines Büros fallen. Sein Gesicht wirkt angespannt, als sei er soeben nur knapp an einer Katastrophe vorbeigeschrammt.

»Ich wusste einfach nicht, an wen ich mich wenden soll«, sagt er seufzend, »vielleicht muss ich bloß mal darüber reden … Ich befinde mich wirklich in einer etwas merkwürdigen Lage.«

Ich deute ein höfliches Lächeln an. »Ich habe nicht viel Zeit. Erzählen Sie bitte.«

»Ich bin seit neun Jahren verheiratet. Chiara, meine Frau, ist mit den Kindern in Cervia. Ich habe zwei, einen Jungen, der ist sechs, und ein dreijähriges Mädchen. Vor etwa einem Jahr hat meine Affäre mit Susi, also eigentlich … Susanna, begonnen. Wir trafen uns manchmal abends bei ihr zu Hause, wenn ich konnte, ich hatte nie Probleme, für meine Frau eine Ausrede zu finden. Vor vier Monaten hat sie auf einmal angefangen, mich zu bedrängen, ich solle mich doch scheiden lassen und zu ihr ziehen. Mich hat fast der Schlag getroffen.« Er verzieht ärgerlich seine schmalen Lippen. »Susi ist ein hübsches Mädchen, und zu Beginn war es … wie soll ich sagen … prickelnd, außergewöhnlich, so unkompliziert. Ich hätte nicht gedacht, dass sie die Kontrolle verlieren würde …«

»Was verstehen Sie unter ›außergewöhnlich‹?«

»Susi arbeitet als wissenschaftliche Mitarbeiterin an der Italianistik-Fakultät, sie ist gebildet, unabhängig. Als ich sie kennen gelernt habe, hat mich ihre Art zu lachen erobert, also … sie hat über meine Witze gelacht. Chiara sagt immer, ich sei verschlossen und launisch, Susanna dagegen …« Er massiert sich die Schläfen. »Dann ist sie plötzlich … wie soll ich sagen … durchgedreht.«

Er verschränkt die Arme und lässt den Blick über ein paar auf einem Stuhl gestapelte Akten und andere Haufen auf dem Boden schweifen. »Das heißt also?«, frage ich ihn und hoffe, dass er nicht bemerkt, welche Unordnung im Raum herrscht.

»Sie hat gedroht, Chiara alles zu erzählen, wenn ich aufhören würde, mich mit ihr zu treffen. Zuerst habe ich gedacht, dass sie es nicht ernst meint, aber dann hat sie begonnen, uns zu verfolgen, uns aufzulauern. Wenn ich meine Frau beim Einkaufen begleitet habe, stand sie auf einmal mit ihrem Einkaufswagen neben uns an der Kasse. Genauso in der Bar, beim Kindergarten, vor dem Haus, überall. Regelrecht aufdringlich.«

»Ihre Frau weiß von nichts?«

»Nein, und sie hat auch keinen Verdacht.«

(Ich frage mich, wie er sich da so sicher sein kann.)

»Seit Chiara am Meer ist«, fährt er fort, »reißt Susi mich jede Nacht aus dem Schlaf. Sie lässt es dreimal klingeln und legt dann auf, und das alle zwei Stunden.«

»Warum legen Sie nicht den Hörer daneben?«

»Meiner Mutter geht es nicht so gut, sie lebt allein, und es könnte sein, dass sie mal jemand ins Krankenhaus fahren müsste …«

»Ich verstehe.«

Er lächelt nervös. »Haben Sie *Eine verhängnisvolle Affäre* gesehen, diesen Film mit Glenn Close?«

Ich nicke.

»Mir passiert gerade genau das Gleiche.«

»Hat Susi schon Ihr Kaninchen gekocht?«

Falls er meinen Sinn für Humor teilt, zeigt er es jedenfalls nicht.

»Wir haben keine Haustiere.«

Ich lehne mich zurück. »Was machen Sie beruflich?«

»Ich verkaufe Computersysteme, aber eigentlich habe ich Physik studiert … Ich wollte in die Forschung, aber unser auf Produktion ausgerichtetes System kann mit Forschung nichts anfangen. Jetzt bin ich Manager mit sechstausend Euro im Monat, arbeite auch am Samstag und verbringe die meiste Zeit im Firmenwagen auf der Fahrt kreuz und quer durch Italien.«

»Na ja, es scheint Ihnen ja ganz gut zu gehen …«

Er möchte wieder zum Thema kommen.

»Ich hatte schon Affären«, sagt er und beugt sich vor, »vor und auch nach unserer Hochzeit, aber keine ist mir je außer Kontrolle geraten. Ich hänge an meiner Familie. Es ist nur so, dass ein Mann von Zeit zu Zeit das Bedürfnis hat, sich ein anderes Leben zu erfinden.«

»Sie haben sich das aber nicht erfunden, das andere Leben, Dottor Boschi. Sie haben es wirklich.«

»So bin ich nun mal«, gibt er zu und wirkt jetzt wie jemand, der chronisch unzufrieden ist. »Mir fehlt immer irgendwas.«

»Das geht uns allen so.« Ich sehe auf die Uhr. »Was kann ich also für Sie tun?«

»In einer Woche kommt Chiara aus den Ferien zurück, und Susanna hat damit gedroht, ihr alles zu sagen.«

»Das heißt ja noch nicht …«

»Aber verstehen Sie denn nicht? Sie ist völlig durchgedreht!«

»Warum reden Sie nicht mit Ihrer Frau?«

Er kratzt sich an seinem kantigen Kinn. »Sie würde es nicht verstehen. Ich war ihr erster und einziger Mann …«

(Ich frage mich, wie er sich auch hier so sicher sein kann.)

»Schauen Sie«, meint er und stützt sich mit den Ellenbogen auf dem Schreibtisch ab. »Es wäre absurd, wenn ich Ihnen jetzt erzählte, dass ich mich wegen meines schlechten Gewissens schlaflos im Bett wälze oder dass ich mich mies fühle. Die Wahrheit ist, dass ich schon bei meiner Hochzeit gewusst habe, dass ich meine Frau betrügen würde. Ich glaube nicht an die Treue, und ich möchte nicht für einen schwachen Moment ans Kreuz genagelt werden. Ein Freund von mir hat vor Jahren einen kleinen Jungen angefahren, und darunter leidet er heute noch. Ehrlich gesagt glaube ich nicht, dass ein untreuer Ehemann dasselbe ist wie …«

Ich schaue auf meine Uhr.

»Ich brauche einfach den Kitzel, das ist alles.«

»Und warum finden Sie den nicht bei sich selbst?«

Er fährt sich mit der Zunge über die Lippen. »Haben Sie niemals das Bedürfnis auszubrechen?«

»Wo denken Sie hin … sehr oft.«

»Ich wollte nie am Unglück anderer schuld sein.«

»Oh, na ja … Das ist unmöglich.«

»Ich war mir sicher, dass Susanna intelligent genug sei, um das zu verstehen.«

»Sie können ihr doch nicht vorwerfen, dass sie sich verliebt hat.«

»Sie hat sich nicht an die Abmachung gehalten.«

»Das kommt vor.«

Ich erhebe mich aus meinem Drehstuhl.

»Wenn ich Sie recht verstanden habe, möchten Sie, dass ich mit Ihrer ehemaligen Geliebten spreche und sie zur Vernunft bringe.«

»Machen Sie ihr klar, dass ich Vorsichtsmaßnahmen getroffen habe … und wenn sie nicht aufhört, werde ich gezwungen sein, zur Polizei zu gehen. Entschuldigen Sie, ich habe Sie gar nicht nach Ihren Tarifen gefragt.«

»Wenn ich zurückkomme, werde ich sehen, was ich tun kann … Ich kann Ihnen nichts versprechen«, schließe ich und erwidere seinen Händedruck, »und über das Finanzielle reden wir später. Wenn Sie mich jetzt entschuldigen …«

Und mit diesen Worten zeige ich zur Tür.

~ 14 ~

Nicola steuert seinen Ford ohne Eile und redet dabei über Wittgenstein und andere Philosophen; das Radio ist auf einen Sender eingestellt, der nur klassische Musik spielt. Hinter Arezzo versenke ich den Blick in das hügelige Umland, das einen warmen Kastanienbraunton trägt. »Umbrien ist schön«, meine ich.

Darauf er: »Wir sind in der Toskana.«

In Cortona halten wir für einen Aperitif an einer Bar und sitzen an einem Tisch mit einem merkwürdigen Pärchen: Er kommt aus der Gegend und ist um die fünfzig, sie eine junge Rumänin. Der Mann sagt zu ihr: »Wie kannst du dich langweilen? Ich habe dir doch sogar eine Satellitenantenne gekauft!« Und sie wiederholt betrübt: »Mein Leben, mein Leben« und schüttelt dazu ihre gelbblond gefärbte Mähne. Als sie gehen, lassen sie auf dem Tisch ein noch halb gefülltes Glas Grappa und einen Lippenstiftabdruck auf einem Espressotässchen zurück. Nicola stellt die Hypothese auf, die Rumänin sei eine ehemalige Prostituierte, die nun mit einem ihrer ehemaligen Kunden zusammenlebe, und eine Weile haben wir unseren Spaß, uns das Leben dieser beiden auszudenken, als wäre es die Handlung eines Krimis.

Wir essen in der Osteria del Teatro zu Abend und trinken dazu zwei Flaschen Vino Nobile di Montepulciano. Der junge Kellner, der an den Tischen bedient, ein großer Typ mit Locken und tellergroßen Augen, trägt ein so stetig strahlendes Lächeln zur Schau, dass es schon fast aufdringlich ist.

»Wahrscheinlich ist er verliebt«, meint Nicola.

Ich sehe ihn schräg von der Seite an und bestelle zwei Espresso.

Nachdem wir die Rechnung bezahlt und die Osteria verlassen haben, entscheiden wir uns für einen »Verdauungsspaziergang«.

Wir biegen in die Via della Trinità ein und erklimmen dunkle enge Gässchen, die nach Glyzinien duften. Dann, als wir auf einer Bank vor dem Panorama des Valdichiana sitzen, beginnt Nicola, Verse zu deklamieren.

»Das ist aus *Anlässe*, kennst du diese Gedichtsammlung?«

Ich habe keine Ahnung, wie lange ich geschlafen habe. Unter seinem verblüfften Blick reibe ich mir die Augen und antworte ihm, dass ich von Montale nur ein paar Motetten im Gymnasium gelesen habe.

»Eigentlich«, meint er, »war das Gedicht gar nicht von Montale, sondern von mir. Du bist mittendrin eingeschlafen. Ich muss dich wohl fragen, ob es dir gefallen hat.«

Um Mitternacht stehen wir nun in Zimmer 36 des *Albergo Italia* vor einem Doppelbett und sind beide hinreichend müde, um die Peinlichkeit der Situation überwinden zu können.

Nicola holt aus seinem Rucksack den *Zauberberg* von Thomas Mann, ich verkrieche mich in eine Ecke des Betts und wende ihm den Rücken zu.

»Gute Nacht.«

»Gute Nacht.«

Ein paar Minuten später höre ich, wie das Buch mit dumpfem Aufschlag zu Boden fällt und er in Tiefschlaf sinkt.

Am nächsten Morgen versuche ich Angelo Fabbri auf dem Mobiltelefon zu erreichen, und beim vierten Mal habe ich endlich Erfolg. Nein, Vanessa sei nicht bei ihm, sagt er etwas angefressen. Trotzdem verabreden wir uns für den nächsten Tag in Orvieto.

Nicola und ich bezahlen das Hotel und steigen wieder ins Auto.

»Das hier ist das Val D'Orcia«, erklärt er mir irgendwann.

Ich lehne mich aus dem Fenster und sehe mich am Panorama aus Zypressen, Eichen, Olivenbäumen und Weinbergen satt. Eine neurosenfreie Landschaft, die mich entspannt.

Nach einem Halt in Pienza zum Mittagessen fahren wir nach Montalcino und dann weiter, um die Abtei von Sant'-Antimo zu besichtigen. Nachdem uns eine Horde übergewichtiger Pfadfinder überholt hat, quetschen wir uns in eine Bank und lauschen den gregorianischen Gesängen der weiß gekleideten Mönche. Vom Weihrauch ganz benebelt lese ich in einer Broschüre: »Selig sind, die reinen Herzens sind, denn sie werden Gott schauen. Die Gerechten leben bei Gott in Ewigkeit. Wenn ich schwach bin, dann bin ich stark.«

Wir verlassen diesen mystischen Ort erfüllt von einer inneren Gelassenheit, als hätten wir uns gerade sieben Joints reingezogen.

Am Abend, nach einem üppigen Abendessen und zwei Flaschen Brunello, setzen Nicola und ich uns in den Park des Hotels *Il Chiostro*; am Gartentisch hat jemand vor kurzem eine halbe Zigarre geraucht und den Stumpen glimmend im Aschenbecher neben einem Glas mit einem Rest Brandy liegen lassen.

»Warum hast du keine Freundin?«, frage ich ihn.

»Die sind alle vergeben … oder bloß nett.«

Er wirkt jetzt nicht mehr so selbstsicher wie in der Stadt, und es rührt mich zu sehen, wie er mehr vor Verlegenheit als wegen der Hitze schwitzt.

Im Zimmer 208 strecken wir uns auf der Bettdecke aus und rauchen: Ich habe ein ausgeleiertes Everlast-Sweatshirt an, das mir bis zu den Knien geht, und er ein Paar gestreifter Boxershorts. Auch wenn man mich zwingen würde, könnte ich ihm nicht über die Haare streichen, die jetzt nass von einer schnellen Dusche auf dem Kissen ausgebreitet liegen.

Ich spüre eine Art Zauber, den meiner Hand, die einen Zentimeter entfernt von seiner ruht.

Einen wertvollen Zentimeter.

Nicola knipst die Nachttischlampe aus. »Bist du müde?«

Im Halbdunkeln kann ich seinen perfekten Körper erahnen. (Giorgia, deine Anfang zwanzig sind dort, in der Ente, auf einer Anhöhe, bei einem warmen Bier geblieben. Und sie kehren nicht zurück.)

Er bewegt sich langsam zu mir hin, und ich rücke einen weiteren Zentimeter ab.

»Ja«, sage ich schließlich, »ich bin müde.«

~ 15 ~

Wir wachen früh auf, und nach einem kurzen Halt in Acquapendente für einen Morgenkaffee und ein süßes Teilchen fahren wir weiter.

Als wir in Orvieto ankommen, teilt Nicola mir mit, dass er zum etruskischen Tempel beim Belvedere und zum Pozzo di San Patrizio gehen will, während ich Angelo Fabbri vor dem Dom treffe.

Punkt zwölf Uhr dreißig nimmt Willys Vater die Marlboro aus dem Mund und schüttelt mir die Hand. Er ist um die fünfunddreißig, hat dunkle Augen und Haare und die wendige und kräftige Figur von jemandem, der sein Leben mit dem Auf- und Abbau von Tonanlagen auf Bühnen verbringt.

Wir nehmen in einer Bar Platz und bestellen zwei Bier.

Er erzählt mir, dass er vor zehn Jahren nach Orvieto gezogen sei: Hier habe er Verwandte und außerdem möge er die Gegend. Er behauptet, er sei schon immer ein Magier der Klänge gewesen.

»Es gibt keinen Tonmischer, der für mich noch Geheimnisse bereithält. Als junger Kerl habe ich davon geträumt, in einer Band zu spielen … Aber so ist es auch recht, so groß ist der Unterschied nicht. Ständig ist man auf Achse, auch nachts unterwegs und verbringt sein Leben in Autobahnraststätten. Überall ist der Bühnenstaub, den wird man nicht los, er wird zu einer zweiten Haut.«

»Hast du Vanessa für die Musik begeistert?«

»Ja, und sie hat immer noch alle meine Platten.« Er zuckt mit den Schultern. »Ich beneide alle, die ihre Freundin aus der Schulzeit heiraten. Seit Jahren habe ich nur noch Tournee-Geschichten.«

»Das heißt?«

»Groupies, die keinen Rockstar abbekommen haben, Barfrauen, PR-Tanten oder Mädels, die beim Catering arbeiten ...«

»Wie war Van als Teenager?«

»Sie hatte ihre Krisen. Weißt du, sie ist so eine, die gerade noch ganz ruhig wirkt und dir im nächsten Moment ins Gesicht springt. Zuhause hat sie sich nicht wohl gefühlt. Sie hatte da so ein Geheimversteck, schon seit sie ein kleines Mädchen war, und dorthin hat sie sich immer zurückgezogen, um ihre Ruhe zu haben.«

»Was für ein Geheimversteck?«

Er zündet sich eine Marlboro an. »Ich weiß es nicht ... Sie hat es mir nie gesagt.«

»Warum hast du sie verlassen?«

»Sie wollte Show-Girl werden, dabei wurde ihr Bauch schon immer dicker. Ich hatte sie gebeten abzutreiben, aber sie ...« Er stoppt den Kellner und bestellt noch ein Bier. »Ich bin abgehauen und habe mich nie mehr bei ihr gemeldet. Von William habe ich erst ein Jahr später erfahren. Ab und zu schickt mir Van ein Foto. Er ist ein hübscher Junge, nicht wahr? Er sieht ihr ähnlich. Wer weiß, was er von mir geerbt hat ...«

»Wenn du ihn nicht kennen lernst, wirst du das nie erfahren.«

Er reißt die Zellophanfolie vom Zigarettenpäckchen und knüllt sie zusammen. »Irgendwann mal, vielleicht.«

»Weißt du, womit sie ihr Geld verdient?«

»Ja, und das ist schade«, erwidert er gleichmütig. »Sie hätte studieren sollen. Sie war gut in der Schule, las viel, meinte, dass die Dichter ihr das Leben gerettet hätten.«

»Und warum wollte sie dann Show-Girl werden?«

Er hob die Augen zum Himmel. »Um sich frei zu fühlen … Sie war schön und hatte keinen Pfennig.«

»Aber jetzt ist sie nicht mehr nur das … Show-Girl.«

»Das ist merkwürdig.«

»Was?«

»Sie hatte keinen Spaß am Sex. Sie wollte zwar immer, aber dann gefiel es ihr nicht. Ich bin mir da nicht ganz sicher, aber …«

Er zieht zwei Fünfeuroscheine aus seiner Brieftasche und legt sie auf den Tisch.

»Vor etwa zehn Tagen hat sie mich angerufen. Sie war betrunken oder zugedröhnt, aber das ist ja nichts Neues. Sie hat gesagt, dass auf einer Party jemand William was getan habe und dass irgendjemand, wer, weiß ich nicht, dafür bluten solle.«

»William was getan?«

»Irgendwer wird ihn angeschnauzt oder ihm eine Ohrfeige verpasst haben«, spielt er es herunter.

»Hast du sie nicht gefragt, was ihr Sohn auf einer Party zu suchen hat?«

Er sucht mein Verständnis. »Da habe ich wirklich ein schlechtes Gewissen.«

»Mehr hat sie nicht gesagt?«

»Sie hat mich gefragt, ob sie mit ihm für ein paar Tage herkommen könne, aber ich habe eine Ausrede vorgeschoben und ihr gesagt, ich hätte gerade Tontechniker aus England zu Besuch. So was Blödes. Ich habe auf einmal Angst bekommen. Vor ihr, vor dem Kind. Also, ich hätte mehr Zeit gebraucht, darüber nachzudenken.«

»Hast du noch mal von ihr gehört?«

»Nein.«

»Wo könnte sie denn deiner Meinung nach sein?«

Angelo Fabbri leert das zweite Bier in einem Zug. »Van?«

»Ja, Van.«

Er steht auf. »Oh, an vielen Orten.«

Ich beschleunige meine Schritte in Richtung Piazza Cahen, wo ich mit Nicola in der Bar Jennis verabredet bin. Dort setze ich mich ihm gegenüber und nippe an seinem Frizzantino. Auf dem Tisch liegen neben einem Schälchen Oliven und einem Aschenbecher die Zeitschrift *Orvieto News* und ein Buch von Caproni, das er gerade in einer Buchhandlung gekauft hat.

»Seite hundertfünfundzwanzig.«

Nicola hat das Spiel sofort begriffen.

Er blättert im Band bis zu dieser Seite, dann liest er mir das entsprechende Gedicht laut vor.

»Seite dreiundsiebzig«, sage ich, als er mit Lesen fertig ist.

Und das Spiel beginnt von vorn.

Ich könnte mich jetzt in aller Ruhe betrinken, während ich diese Nummern wie Lottozahlen hinwerfe und seiner Stimme lausche, die Gedichte vorliest. Es ist schön, hier zu sein, weit weg von allem, von denen, die sich darauf versteifen, alles erklären und deuten zu wollen, von den Gymnasiallehrern: »Cantini, was wollte uns der Dichter mit diesem Hexameter sagen?«, weit weg wie Van in ihrem Geheimversteck.

»Also, bis auf meine scheinen dir Gedichte ja zu gefallen«, sagt er zu mir.

Ich lächle ihn an, doch seine Miene verfinstert sich plötzlich, und er schließt den Gedichtband. »Ich weiß nicht, was ich machen soll.«

»Wie meinst du das?«

Er verzieht die Lippen zu einer Grimasse. »Wenn ich mal groß bin.«

»Willst du nicht mehr in der Buchhandlung arbeiten?«

»Nein. Ich möchte etwas anderes machen.«

»Und was?«

»Wenn ich das bloß wüsste ...«

Wir bestellen Wein, und beim dritten Glas erzählt mir Nicola, dass er Angst vor der Zukunft habe, da diese ein schwarzes Loch sei, bereit, ihn zu verschlingen. Die Vergangenheit sei so übermächtig, über '68 oder '77 hat er nur in Büchern oder den Comics von Andrea Pazienza gelesen, und seine Gegenwart ein nutzloser Uniabschluss summa cum laude. Ich muss an mich denken, als ich in seinem Alter war, ich quoll über vor Utopien, ich ging ins Kino, um mir *2001 – Odyssee im Weltraum* anzusehen, und stellte mir eine Zukunft vor, in der die Menschen Raumschiffe steuern würden. (Und so sieht diese *Zukunft* heute aus: vom Verkehr verstopfte Straßen und immer noch Autos, höchstens mit ein paar Extras mehr.)

»Weißt du, dieser Kellner in Cortona …«, sagt er und wechselt das Thema.

»Der mit dem verliebten Lächeln?«

»Ich frage mich, wer von euch beiden Recht hat.«

Mein Gesicht ist ein einziges Fragezeichen.

»Na ja, du lächelst nie.«

Nach diesem Statement steht er auf und betritt die Bar auf der Suche nach einer Toilette; ich werde vom Klingeln meines Handys abgelenkt. Ich gehe ran.

»Giorgia?«

»Ja?«

»Hier ist Bruni. Wir müssen uns sehen.«

»Das ist ein bisschen schwierig. Ich bin in Orvieto.«

Der Tonfall seiner Stimme verheißt nichts Gutes.

»Was gibt's denn?«

»Die Frau, nach der du gesucht hast …«

»Vanessa Liverani?«

»Ihre Leiche wurde heute Morgen in einer Grotte in der Nähe des Hauses ihrer Familie gefunden. Die Leute dort nennen sie die Feengrotte. Wie es aussieht, hat man sie von hinten erschossen.«

~ 16 ~

Während wir auf dem Bahnhof von Orvieto auf meinen Zug warten, trinken Nicola und ich noch einen Kaffee in der Bar. Wir sind beide aufgewühlt, und es gibt nicht viel zu sagen. Er hat Van gekannt, ich nicht. Das Einzige, was ich von ihr kenne, sind Worte aus einem Heft, das ich noch nicht einmal zu Ende gelesen habe.

»Abgesehen von ihrem Geschmack bei Gedichten«, sagt er, »wusste ich wenig über Van. Mir werden ihre Besuche bei mir in der Buchhandlung fehlen.«

Ich denke an die Liveranis, die es mit Sicherheit schon erfahren haben, Dora weiß es wahrscheinlich noch nicht, auch Angelo nicht, und vielleicht werde ich sie informieren müssen.

»Hattest du damit gerechnet?«

»Das war eine Möglichkeit.«

»Magst du deine Arbeit?«

Ich spähe ungeduldig auf die Wanduhr in der Bar. »Es ist eine Arbeit.«

Ich gehe zur Kasse, um die Kaffees zu bezahlen, und Nicola sagt mir, dass er für ein paar Tage nach Castelluccio zu Freunden fahren werde und hoffe, rechtzeitig zur Beerdigung wieder zurück zu sein.

»Hat es dir mit mir gefallen?«

Ich wende mich ihm zu. Das Grau seiner Augen erinnert mich an die metallic lackierten Motorhauben einiger Autos. Ich verziehe meine Lippen zu einer Art Lächeln, dann sehe ich ihm hinterher, während er die Bar verlässt.

Ich rufe Dora Arienti an, um ihr die schlimme Nachricht zu überbringen, doch als ich höre, wie sich der Anrufbeantworter einschaltet, beschließe ich, mich nicht einem Tonband anzuvertrauen.

Die Zugfahrt wird ziemlich lange dauern, und ich habe nichts zu lesen dabei, um mich bis zur Ankunft abzulenken. Im Drehständer des Zeitschriftenkiosks finde ich ein Buch von James Ellroy, *Schwarze Dahlie*, und instinktiv kaufe ich es. Auf der Bank auf Gleis 3, während ich auf den Zug nach Bologna warte, denke ich noch einmal über Nicolas Frage nach: »Magst du deine Arbeit?«

Vor siebzehn Jahren fehlte mir zu meinem Juraabschluss bloß noch die Diskussion meiner Examensarbeit, als ich alles hinschmiss. Seither habe ich nie mehr etwas zu Ende gebracht. Ich gebe immer vorher auf, wie ein Läufer, der einen Schritt vor dem Ziel langsamer wird, weil ihn das Gefühl, es sei alles sinnlos, zu Boden drückt. Im Grunde genommen könnte man mein Leben so zusammenfassen: Ich streiche mich immer im letzten Moment von der Tageskarte, wie ein Gericht, das sowieso niemanden lockt.

Cantini senior hat damals die Agentur eröffnet, um mich davon abzuhalten, in Depressionen zu verfallen. Ada war gerade erst begraben worden, und ich verbrachte meine Nächte damit, es nicht glauben zu wollen. Ich wartete zu Hause auf sie. Dazu trank ich literweise Bier auf nüchternen Magen, es folgten Übelkeit, Zigaretten, Beruhigungsmittel. Das Leben blieb stehen. Das Telefon ausgehängt. Ihre Sachen am üblichen Platz. Dieselben Sachen, die Tante Lidia ein paar Monate später in verschiedene Kartons verstaute.

In den ersten Jahren gefiel mir die Arbeit im Detektivbüro, sie half mir dabei, nicht nachdenken zu müssen, mir ein dickeres Fell zuzulegen und meine Schwester zur Seite zu schieben, irgendwo in meiner Erinnerung einzulagern, mit ihrem exzessiven Leben und ihrem übertriebenen Hunger nach Aufmerksamkeit.

Die Arbeit erleichterte mir den Verdrängungsprozess.

Ich verkroch mich in mein Büro wie in eine sichere Höhle, öffnete nie die Fenster; tagelang harrte ich dort im Muff aus. Dann reichte eine Kleinigkeit, eine Erinnerung, und ich fühlte sie erneut um mich wie einen Lufthauch.

Ich hatte Affären.

Ich verschränkte meine Beine hinter den Lenden von irgendjemandem, und bei jedem Stoß bildete ich mir ein, die Erinnerung würde verblassen, verwässern, sich verlieren, bis sie endgültig verschwände; dann betrachtete ich die Spermaspuren auf den Laken, und mein Hirn drehte sich wieder sinnlos im Kreis. Meine Schwester bewunderte ihre Feinde. Ihr Herz war ein durchgeknallter Hundertmetersprinter, und sie liebte denjenigen, der es ihr brach. Ich schwor mir, dass mir das nicht passieren würde. Dass ich nicht unverwundbar war, hatte ich schon früh entdeckt, beim Tod unserer Mutter. Doch bei Ada war es anders. Vor siebzehn Jahren, als sie sich das Leben nahm, war ich schon erwachsen genug, um mich darauf zu versteifen, nach hundertprozentigen und exakten Wahrheiten zu suchen. Und doch – gefunden habe ich keine.

Selbst wenn sie mir einen Abschiedsbrief hinterlassen hätte, um ihre Tat zu erklären, wäre das unmöglich die einzig wahre Antwort gewesen.

Mit ihr habe ich meine erste Zigarette geraucht, heimlich im Schutz des dunklen Kellers, wo unser Vater immer seine Weinflaschen in Regale einordnete und uns anwies, sie alle zu zählen, um zu prüfen, ob wir auch gut im Rechnen wären. »Du wirst husten«, sagte sie zu mir. Und um ihr zu zeigen, wie toll ich war, inhalierte ich den Rauch, fühlte, wie er in den Lungen kratzte, aber ich hustete nicht.

Ich steige in den Zug, setze mich in ein leeres Abteil und schlage das Buch von Ellroy auf. Ich lese die ersten Sätze: »Lebend bin ich ihr nie begegnet. Sie existiert für mich durch andere. Mich in die Vergangenheit zurückarbeitend … erstand sie vor mir als ein trauriges kleines Mädchen und eine Hure«.

Zwangsläufig kommt mir Van in den Sinn.

Und dann ein Song von Cohen, in dem es heißt: »Ich machte eine Reise, ungefähr hundert Schritte …«

Vanessa wollte noch viele Schritte machen. Sie hat ein fernes Land gesucht, vielleicht ein zu fernes, als dass es überhaupt hätte existieren können, und schließlich hat sie es – welch Ironie des Schicksals – nur wenige Meter von zu Hause entfernt in einer Grotte gefunden.

~ 17 ~

Der Vergleich der Fotos von Vanessa, die sich in meinem Besitz befinden, mit denen, die mir vor kurzem Luca Bruni im Büro der Polizeidienststelle gezeigt hat, war ein Schlag in die Magengegend. Meine Übelkeit wird so schnell nicht vergehen, auch dann nicht, wenn ich das Fenster aufreiße; die Traurigkeit allerdings könnte ich vielleicht niederkämpfen, indem ich mir die Lunge voller Nikotin pumpe, würde Bruni mir nur gestatten, mir eine Zigarette anzuzünden.

Ich richte meinen Blick auf das anonyme Mobiliar dieses Büros, das genauso aussieht wie so viele andere, und auf die ordentlichen Papierstapel auf dem Schreibtisch. Dora Arienti war auch schon hier, sie wurde als Person befragt, die sachdienliche Angaben machen konnte, und hat ihre Aussage mit den Namen der Gäste vervollständigt, die am Abend der Party in Gaetano Spaccesis Haus anwesend waren. Es lag kein Ordnungsverstoß wegen Prostitution vor, hat mir Bruni soeben erklärt, da niemand durch die sexuellen Dienstleistungen der beiden Frauen Gewinn erzielt und Spaccesi sein Haus nicht als Puff hergegeben habe. Außer ihm waren in der Wohnung in der Via Don Minzoni noch folgende Personen anwesend: Enrico Tonelli, plastischer Chirurg, Franco Vinciguerra, Rechtsanwalt, und Josef Guggemos, genannt Stepp, Geschäftsführer bei Siemens München und Freund und Gast von Spaccesi. Anfragen nach vorliegenden Straftaten sind bereits im Gange, man wartet noch auf den Rücklauf, ehe man sie befragen will.

»Wie hat die Arienti es denn aufgenommen?«, frage ich ihn.

»Es schien fast so, als habe sie es erwartet.«

»Und was kannst du mir noch sagen?«

Bruni ist ein Freund, aber vor allem ein Hauptkommissar. Andere Male hat er sehr viel Wert darauf gelegt, dass ein öffentlicher Beamter absolute Verschwiegenheit zu wahren habe und dass es Akten gebe, die der Geheimhaltungspflicht für laufende Ermittlungen unterliegen und daher nicht preisgegeben werden könnten. Bei mir macht er heute eine kleine Ausnahme von der Regel. Denn er weiß genau: Da ich mich mit Vanessas Verschwinden beschäftigt habe, könnte ich ihm hilfreiche Hinweise für seine Untersuchung geben.

»Ich gebe die Frage an dich zurück. Was hast du über die Liverani bis jetzt herausgefunden?«

Ich denke an ihr Heft und daran, dass ich es noch fotokopieren muss, ehe ich es Bruni aushändige oder der Familie übergebe.

»Giorgia, wenn du sie beschreiben müsstest …«, beharrt er.

»Keine Ahnung.«

Das Einzige, was mir in den Sinn kommt, wenn ich an Van denke, ist eine Sackgasse, die nirgendwohin führt. Ich habe das Gefühl, dass man manche Frauen nie ganz versteht, und dass ihr Tod die absurde Konsequenz ihres gesamten Lebens ist. Bruni kann seine Hände auf einen Körper legen, dem irgendjemand die Nerven, Gedanken und Gefühle gekappt hat: eine Leiche in der Gerichtsmedizin, die auf ihre Autopsie wartet. Auch wenn für ihn diese Leiche nur ein Beweisstück ist, ein

Ermittlungsgegenstand – für mich hat Van, auch wenn ich sie nicht gekannt habe, eine Seele, die immer noch lebendig ist.

Während der Autofahrt nach Badolo berichtet mir Luca Bruni zwischen zwei Kurven, dass Francesco Masi, der junge Mann, der die Leiche gefunden hat, sofort die 113 und damit das Kommissariat von Bologna angerufen hat. Hätte er dagegen die 112 gewählt, wäre der Fall bei den Carabinieri der Station von Sasso gelandet. Bruni ist sofort mit dem Staatsanwalt, Dottor Scanna, den Beamten der Mordkommission und dem Dienst habenden Gerichtsmediziner zur Grotte gefahren. Man hat die Umgebung sofort abgesperrt, damit der Tatort nicht verunreinigt wurde; die Techniker der Spurensicherung haben den Tatort vermessen und fotografiert, Fingerabdrücke und forensische Beweise gesammelt. Dann kamen die Beamten der 118, um die Leiche ins gerichtsmedizinische Institut zu bringen, wo sie dann die Autopsie und die Identifizierung durch die Angehörigen erwartete. Die Identität des Opfers war durch Dokumente geklärt worden, die sich zusammen mit dem Mobiltelefon in ihrer Handtasche befanden: Letzteres hatten sie konfisziert, um die letzten Anrufe zu überprüfen; ein ballistisches Gutachten beschäftigt sich mit der in der Grotte gefundenen Kugel.

Als wir den Wildbach Fosso Raibano überquert haben, stoppt Bruni seinen blauen Opel auf einem Parkplatz. Dort vor der Absperrung wimmelt es vor Beamten, zu denen sich auch der eine oder andere Schaulustige gesellt hat. Ein Mann sagt, dass im August die Grotte wenig besucht wird, ein anderer meint, dass bei dieser Hitze ein Toter schnell verwest, denn im

Sommer würde sogar der natürliche Zufluss zwischen Badolo und Brento versiegen. Masi ist dreiundzwanzig Jahre alt, groß und schlank, mit einer Matte roter Haare. An diesem Morgen wollte er eigentlich einer anderen seiner Lieblingssportarten nachgehen und mit seinem Drachengleiter nach Montevenere, doch wenn es zu viel oder zu wenig Wind gibt, kann man nicht fliegen, deshalb kam er hierher, um an diesen Sandsteinsteilwänden zu klettern; Rita, seine Freundin, wollte sich dann mit ihm zum Mittagessen in einem der Landgasthäuser treffen.

Er hatte bemerkt, dass etwas nicht stimmte, als er den Gestank gerochen hatte, der aus dem Inneren der Grotte kam. Als er hineinging, sah er dort die Leiche am Boden liegen, nur den Rücken und die langen blonden Haare, und holte sofort das Handy aus seinem Rucksack.

Schon seit Jahrzehnten ist Badolo das beliebteste Freiluftgelände der Kletterer Bolognas, klärt er mich auf. Die begehbare Steilwand ist zweihundertzwanzig Meter hoch und nach Schwierigkeitsgraden gestaffelt in vier Bereiche aufgeteilt. »Es gibt ungefähr hundertachtzig Routen, und alle haben ausgefallene Namen.«

»Zum Beispiel?«

»Blowing in the wind, Flüchtende Schlange, Wein von Amos, Faszination des Sinnlosen …«

(Sehr poetische Namen, Van hätten sie vielleicht gefallen.)

»Was nimmst du als Ausrüstung mit?«

»Na ja, in den Rucksack tue ich die Steigeisen, die Hebeseile, ein Siebzigmeterseil und die Karabinerhaken. Wissen Sie, die Haken in der Wand sind nämlich schon angebracht. Hier ist das Niveau sehr einfach, jeder kommt hier hoch.«

»Wo lag die Frau?«

Er hebt einen Arm und zeigt auf die Grotte. »Da drinnen, zwischen den Grabnischen, also eigentlich … direkt beim Eingang.«

»Die Grabnischen?«

»Die etruskischen Gräber. Man kann sie auch von außen sehen«, sagt er und deutet in die entsprechende Richtung.

»Ja, ja, ich sehe sie.«

»Ende des neunzehnten Jahrhunderts wurde hier eine Grabkammer mit dreiundvierzig Streitäxten gefunden … Meine Verlobte ist aus Sasso, sie weiß eine Menge über die Gegend, aber sie klettert nicht, sie leidet unter Höhenangst.«

Bruni und ich klettern an einem Baumstamm hoch, der als Leiter dient; sogar jemand, der so ungelenk ist wie ich, kommt hier hoch. Die Grotte ist etwa sieben Meter breit und hat an den Seiten zwei Öffnungen, durch die das Sonnenlicht dringt.

»In anderen Städten«, meint Bruni und deutet auf die Urnen, »würde man dafür Eintritt verlangen, aber wer schert sich hier schon um die Etrusker?« Dann zeigt er auf die Stelle, an der Van gestorben ist. Es gibt keine Umrisszeichnung der Leiche, da die Bodenbeschaffenheit dies nicht zugelassen hat. »Wir gehen davon aus, dass der, der sie getötet hat, sich vielleicht außerhalb der Grotte befunden hat. Ihr Clio stand in der Garage der Liveranis, wusstest du das?«

»Mist, das Auto hatte ich ganz vergessen …«

»Du dachtest ja auch, dass sie nach Orvieto gefahren ist, nicht wahr? Und außerdem ist der Wagen auf ihre Mutter zugelassen.«

»Wie weit ist denn das Haus der Liveranis von hier entfernt?«

»Zehn Minuten zu Fuß, höchstens eine Viertelstunde.«

»Das Projektil?«

»Für die Steyr 12 braucht man eine spezielle Patrone, die 9 mm Steyr: Eine Kugel hat genügt.«

»Die Waffe des Alten?«

»Ja, und natürlich hat er erst gestern bemerkt, dass sie nicht mehr in seinem Zimmer war. Er sagt, sie sei das Geschenk eines alten Waffengefährten, eines Partisanen, dem er das Leben gerettet hat.« Er schlägt mit einer Hand an die Wand. »Sandstein. Hart wie Granit. Das Projektil ist aus der Brust der Liverani ausgetreten und hat sich hier in die Wand gebohrt, ehe es zu Boden fallen konnte. Es hat den Körper von einer Seite zur anderen durchschlagen und ist dabei sogar durch die Lederjacke gedrungen.«

»Sie trug eine Jacke? Dann muss es kühler gewesen sein … Es ist also am Abend oder in der Nacht passiert.«

»Die Jacke ist schwarz, der Rand rund um das Einschussloch ist nicht sehr auffällig … Ich könnte mir vorstellen, dass das Geräusch des Schusses in dieser Höhle durch den Hall ziemlich verstärkt worden sein muss.«

»So sehr, dass der Lärm das Gehör des Täters geschädigt haben könnte?«

»Möglich wäre es.«

Er zieht aus der Akte ein Foto, auf dem Rolandos Pistole abgebildet ist.

»Sieh dir das an. Sie ist schrecklich. Alles an ihr ist falsch.«

»Wie meinst du das?«

»Der Griff ist zu gedrungen, mit einem fast rechten Winkel, und auf dem Schlitten sind so was Ähnliches wie zwei Warzen angebracht. Einmal habe ich mit so einer bei einem Sammler herumgespielt, man meint, ein Zeichendreieck in der Hand zu haben.«

»Es ist eine Halbautomatik, oder?«

»Eine österreichische Waffe. Das Charakteristische ist der Hahn an der Außenseite. Siehst du?«

Ich nicke, auch wenn ich von Waffen überhaupt nichts verstehe. Bruni ist nicht zu stoppen.

»Die Waffe wurde überwiegend für militärische Zwecke produziert. Um die dreihundertfünfzigtausend Stück. Sie war bis Ende des Zweiten Weltkriegs in Gebrauch.«

»Was hat denn der Gerichtsmediziner gesagt?«

»Der Körper befand sich bereits in einem fortgeschrittenen Zustand der Verwesung. Eine Stunde im Sommer entspricht vierundzwanzig Stunden im Winter, was die Zersetzungsgeschwindigkeit betrifft.«

»Wann könnte sie denn gestorben sein?«

»Vor zehn, elf Tagen … man wird wohl Schwierigkeiten haben, das Einschussloch zu finden, falls das Projektil nicht eine Rippe getroffen haben sollte. Nach zwölf Tagen sind die inneren Organe nicht mehr zu erkennen, man wird das Herz nicht mehr finden.«

»War sie sofort tot?«

»Na ja, sie wird wohl fast augenblicklich das Bewusstsein verloren haben.«

Wir verlassen die Grotte. In den nächsten Stunden soll dieser Ort wieder in einen hygienisch unbedenklichen Zustand versetzt werden. Man wird Chemikalien versprühen, um die Umgebung zu desinfizieren.

~ 18 ~

Als wir am Haus der Liveranis ankommen, ist nur Rolando da. Lena und Sergio sind unterwegs, um William nach Vergato zu Verwandten zu bringen, die ein Kind in seinem Alter haben, damit er ein bisschen Ablenkung hat.

»Seit zwei Tagen schreit meine Tochter alle an. Sie behandelt auch die Journalisten schlecht«, sagt er zu uns. »Sie kann zornig sein, die Glückliche … Willy dagegen spricht nicht, weint nicht. Zuerst hat er sich die Olympischen Spiele im Fernsehen angesehen, aber jetzt schläft er ständig und hält dabei dieses rosarote Stofftier umklammert …«

(›Ich presste meinen rosaroten Panther fest an mich‹, schrieb Van in einem ihrer Gedichte.)

»Es hat meiner Enkelin gehört. Mittlerweile ist es schon ganz schmuddelig.«

»Hilft Ihnen Ihr Schwiegersohn im Weinberg?«, fragt ihn Bruni.

»Auf diesem Boden ist der Anbau schwierig. Wir sind hier die Einzigen, die Wein machen. Inzwischen ist mein Kreuz kaputt, aber ich habe mein Leben lang Korn und Luzernen gesät.«

»Luzernen?«

»Wie sagen denn Sie dazu? Heu? Also das, was die Tiere fressen.«

Wir nehmen die Treppe ins Obergeschoss und betreten Rolandos Zimmer, in dem ein großes Bett, eine Kommode und darauf eine Schwarzweißfotografie von ihm und seiner Frau Renata an ihrem Hochzeitstag stehen.

An der Wand hängen außer dem Kruzifix vergilbte Fotos von lächelnden jungen Männern in Uniform, die Waffen in der Hand tragen. Bassi fängt gleich an, ihre Namen herunterzurattern, zusammen mit Ort und Tag ihres Todes, dann hebt er müde einen Arm und zeigt auf einen kleinen holzgerahmten Glaskasten, der in halber Höhe an der Wand befestigt ist.

»Früher lag die Pistole darin, aber ich habe sie schon vor Jahren in einer Schublade versteckt.«

Er wendet sich an mich, als wolle er Bruni ausschließen.

»Sie sagen, dass das Projektil sie mitten ins Herz getroffen hat. Meine Enkelin war noch jung, aber wie viel hatte ihr Herz schon mitmachen müssen. Das war wohl Schicksal. Etwas, das seiner ganz eigenen Logik folgt. Es war der erste Muskel, den man treffen musste, wenn man ihr weh tun wollte. Sie hatte ein großes Herz, wissen Sie.«

»Daran haben wir keinen Zweifel, Signor Bassi«, unterbricht ihn Bruni.

Doch der Alte beachtet ihn weiterhin nicht.

Wir gehen wieder hinunter ins Erdgeschoss und setzen uns in die Küche.

Während Rolando damit beschäftigt ist, die Caffettiera aufzusetzen, frage ich ihn: »Waren Sie jemals in dieser Grotte?«

»Alle waren wir dort. Ich habe auch schon ein paarmal

Willy mitgenommen und ihm erzählt, wie die Etrusker sich im Reno-Tal angesiedelt haben. Kleine Lektionen in Heimatkunde …«

»Ist Vanessa geklettert?«

»Schon seit sie ein kleines Mädchen war. Und sie hatte einen ausgezeichneten Lehrmeister, Nescio, ein alter Freund von mir.«

»Wo finde ich ihn, falls ich mit ihm sprechen möchte?«, frage ich ihn.

»In Brento, in der Trattoria *Monte Adone*. Er isst immer dort.«

»Wissen Sie, warum man sie Feengrotte nennt?«

»Es gibt da so eine Legende, in der von geheimnisvollen Erscheinungen die Rede ist«, sagt er und verschränkt die Hände auf dem Tisch.

»Was für eine Art von Erscheinungen?«

»Geister von Frauen, die ganz in Weiß gekleidet sind und aus dem Talgrund von Savena aufsteigen, um dann jenseits des Monte-Adone-Hügels zu verschwinden. Ende des achtzehnten Jahrhunderts hat ein aufgeklärter Abt der Grotte einen Besuch abgestattet und darin nur Fledermäuse und Mücken gefunden.«

»Also keine Feen«, fasst Bruni zusammen.

»Keine Feen. Aber die Grotte wird immer noch so genannt. Hier erzählt man sich viele Legenden und Sagen …«

Er steht auf und schaltet die Herdplatte aus.

»Als die ersten Gesteinsmassen vom Felsen herabgestürzt sind, noch zu Marconis Zeiten, haben sich die Leute erzählt, das sei Hexenwerk, und gegen Verwünschungen würde nur der Samen von Farnkraut helfen. Man hatte Angst vor einem erneuten Erdrutsch, und so haben sich alle in die Kastanienhaine aufgemacht, um Farnsamen zu sammeln und damit die Hexe zu verjagen, bevor sie dem Felsen einen Schubs geben konnte …«

»Sehr spannend,« bestätigt Bruni mit langgezogenem Lächeln. »Feen … Hexen … Man hat die Wahl.«

»Ich bin auch eingefleischter Badolenser, allerdings einer, der mit beiden Beinen auf dem Boden steht«, antwortet ihm der Alte. »An Hexerei habe ich niemals geglaubt. Wenn jemand meine Enkelin ermordet hat, Dottore, dann müssen Sie ihn finden.«

Als wir eine Viertelstunde später das Haus der Liveranis verlassen, werden wir von einem lauwarmen, trüben Schauer überrascht. Bruni beschleunigt seine Schritte in Richtung seines blauen Opels und hält sich dabei schützend die Akte über den Kopf. Ich schaue zum grauen, wolkenverhangenen Himmel hinauf und denke, dass die Natur viel Feingefühl beweist und sich an die triste Stimmung des Tages angleicht.

Wir steigen ins Auto.

»Was hältst du davon?«

Er lässt wortlos den Motor an. »Muss ich dich erst besoffen machen?«

»Du weißt doch, dass ich nicht trinke.« Er seufzt und lockert sich den Kragen. »Ich denke, dass sie am Samstagabend zu Spaccesis Fest gegangen ist und von dort mit ihrem Sohn zum Schlafen in ihre Wohnung in Bologna.«

Er bremst umsichtig an einer Kreuzung.

»Am Sonntag geht sie nach Aussagen der Arienti zweimal ans Telefon, als diese sie anruft, und ihre Stimme klingt ruhig.

Um sechs Uhr abends steigt sie in den Clio ihrer Mutter, die ihn ihr geliehen hat, bringt den Sohn zu den Liveranis, isst mit ihnen zu Abend, und als alle zu Bett gegangen sind, verlässt sie das Haus.«

»Hat sie jemand dabei gesehen?«

Er schüttelt den Kopf. »Vorausgesetzt, dass sie wirklich geschlafen haben und sich nicht gegenseitig decken.«

»Sie geht zu Fuß zur Grotte.«

»Wahrscheinlich, um sich dort mit jemandem zu treffen. Sie streiten. Und irgendwann kommt die Pistole von Bassi ins Spiel.«

»Vielleicht hat Vanessa sie zu ihrer Verteidigung mitgenommen.«

»Aber sie hat nicht geschossen.«

»Und ihr habt die Waffe nicht gefunden.«

»Bis jetzt noch nicht.«

»Nur die Familienangehörigen haben von der Steyr gewusst …«

Er sagt dazu nichts.

»Wenn die Arienti doch was damit zu tun hat, warum hat sie mich dann angeheuert? Um ihren Arsch zu retten?«

»Achte bitte auf deine Ausdrucksweise, wenn du mit mir sprichst.«

Ich sehe gedankenverloren der schnellen Bewegung der Scheibenwischer nach.

»Möchtest du einen Kaffee?«

Ich denke darüber nach.

»Nein, Bruni … Lass mich einfach bei meinem Auto raus.«

~ 19 ~

Ennio Nascetti, genannt Nescio, sitzt an einem Holztisch auf der verglasten Veranda der Trattoria Monte Adone. Wenn er wirklich achtzig Jahre alt ist, dann muss er einen Pakt mit dem Teufel geschlossen haben, bei diesem Aussehen: sehnig, weißer Bart, die Haut sonnenverbrannt, dazu Segelohren, die ihm etwas Koboldhaftes verleihen. Er hält ein Glas Apfelbrand in der Hand und sieht mich an: Der Mann scheint mit sich selbst im Reinen und so heiter, als sei er es gewöhnt, die Gesellschaft des Erstbesten, der vorbeikommt, anzunehmen und ihm Platz zu machen.

Ich setze mich ihm gegenüber und bestelle einen halben Liter Sangiovese. »Mir gefällt diese Gegend. In Casalecchio regnet es jetzt, während hier …«

Er sieht mich abwägend an. »Du bist keine Bergsteigerin«, sagt er und fügt sofort hinzu: »Entschuldige, aber hier duzen wir uns alle.«

»Du hast Recht, ich bin keine Bergsteigerin.«

»Schade. Ich hätte dich gern auf die Ausläufer aus dem Tertiär mitgenommen, um dir das Val di Setta zu zeigen. Die Sonne geht dort im Westen unter, und an manchen Tagen kann man sogar den Monte Cimone, den Corno alle Scale sehen … Dort gibt es eine Menge Steineichen.«

»Ich war in der Grotte.«

Er tut, als wäre nichts, und redet einfach weiter.

»In Badolo gibt es nur Eschen, Hainbuchen und viele Flaumeichen …«

»Flaumeichen?«

»Ja, das sind diese kleinen Waldeichen … Und ein paar Akazien, die die Brände überstanden haben und sich auch vom Efeu nicht kleinkriegen lassen und nur in den Spitzen Blüten tragen. Vor zwei Jahren hat ein Erdrutsch den gesamten Bewuchs weggerissen. Früher gab es in der Gegend noch Wanderfalken, aber heute sind es nur Turmfalken und Dohlen, Rabenvögel, die sich mit den Bussarden bekriegen.«

»Darf ich dich Nescio nennen?«

»Sicher.«

»Rolando Bassi hat mir gesagt, du bist hier der Chef.«

Er lächelt ohne jeden Hauch von Eitelkeit und kratzt dabei ein paar Krümel neben seinem Grappaglas zusammen.

»Das Mädchen ist tot, ich weiß. Es wird über nichts anderes mehr geredet. Jeden Winter finde ich ein Wildschwein, das von oben runtergestürzt ist und vor sich hin stinkt. Und jetzt im Sommer erst, bei dieser brütenden Hitze …«

»War sie gut im Klettern?«

»Ein richtiges Äffchen wie alle Kinder. Aber jetzt ist ja Hallensport modern. Die jungen Leute kommen nur am Wochenende her und wollen keine Opfer mehr bringen.«

»Was meinst du damit?«

»Sie begnügen sich mit den ersten Schwierigkeitsgraden, ihnen fehlt die Leidenschaft für den Sport. Ich bin immer morgens aufgestanden und dachte: ›Gott, wie gern möchte ich bis da oben kommen!‹ Zu meiner Zeit brachte man jemandem, der in den Bergen umkam, Respekt entgegen. Heute wäre er ein *imbezel*, ein Dummkopf. Es gibt keinen Sportsgeist mehr, nicht das geringste bisschen, heutzutage liegt alles in den Händen von Sponsoren und solchen Leuten.«

»Ist Klettern denn ein Wettkampfsport?«

Er kneift seine mahagonibraunen Augen zusammen: »Aber nein. Einen Berg kannst du nur zusammen mit einem Freund angehen, einem wahren Freund, dem du vertraust, den du beschimpfen und mit dem du dann fünf Minuten später wieder Frieden schließen kannst.«

»Aber wer dünn ist, kommt leichter rauf, oder?«, frage ich scherzhaft.

»Sicher, auch wenn ich über die lachen muss, die Vollwertriegel und Astronautennahrung mitnehmen. Ich hab immer eine Salami dabei.« Er kichert.

»Mochte Vanessa die Berge?«

»Sie war genauso gern draußen im Freien wie ich als kleiner Junge. Meine Familie war arm, und ich wurde in meiner Kindheit von Heim zu Heim weitergereicht. Mit dreizehn sprach ich kein Wort, habe mir meinen Hintern nur auf der Schulbank platt gesessen und bin immer wieder sitzen geblieben. Ich habe geradezu verzweifelt nach einem Fluchtweg gesucht.« Er gießt sich noch einen Grappa ein. »Dann habe ich entdeckt, dass ich gut klettern konnte, und damit begonnen, Routen anzulegen. Sandstein kann ziemlich hart sein. Um eine Route anzulegen, musst du dich abseilen, alles säubern, Nägel einschlagen.«

»Wirst du eine Route nach dem Mädchen benennen?«

»Ja, und ich hoffe, dass sie so schön wird, wie sie es war.«

Ich lege zehn Euro auf den Tisch und stehe auf. »Darf ich dich einladen?«

Er sagt zwar nichts, ist aber einverstanden. Ich gehe gerade die drei Holzstufen von der Veranda runter, als ich ihn sagen höre: »Alle, die unter ungewöhnlichen Umständen aufwachsen, werden ein bisschen zu Psychologen … Ich habe es sofort erkannt, als ich das Mädchen zum ersten Mal gesehen habe.«

Ich drehe mich um und sehe ihn an: »Was hast du erkannt, Nescio?«

»Sie hat auch nach einem Fluchtweg gesucht.«

Folgende Dinge fallen mir gleich auf, als ich Dora Arientis Dachwohnung betrete: ein Teppich mit Zebramuster, ein aufblasbarer Sessel aus rosa Plastik im Stil der Siebziger und ein Glastisch, auf dem, halb hinter einem Buch mit dem Titel »Memoiren einer Geisha« verborgen, ein Gramm Kokain liegt. Meine Klientin schwankt mit einer Flasche Glen Grant in der Hand von der Küche ins Wohnzimmer. Ihr seidener, neongrüner Morgenmantel verströmt eine Mischung aus Schweiß und *Poison* von Dior, das Parfüm habe ich auch auf dem Badezimmerregal in Vans Wohnung gefunden; ihre Haare sind zerrauft, der dunkle Ansatz verrät, dass ihr Blond keineswegs natürlich ist. Sie hat Ringe unter den Augen, und das rostfarbene Puderrouge, das sie aufgelegt hat, verleiht ihrem Gesicht eine künstliche Frische. Dora kniet sich auf den Teppich, teilt das Kokain in zwei Hälften und zieht sich eine Linie rein.

»Sie wollte verbrannt werden, aber Lena wird dagegen sein. Ich hoffe, man wird sie hier beerdigen, an der Certosa. Van hat das Dorf gehasst, aus dem sie stammte.«

Dora steht auf und stolpert bis zur Anrichte, von dort holt sie einige Bilder, auf denen man sie und ihre Freundin sieht, beide im Abendkleid, Arm in Arm. Sie schwankt vor und zurück, während sie sie mir hinhält.

»Van hat für niemanden etwas empfunden. Und deshalb haben wir alle darum gestritten, wer ihr am nächsten sein durfte. Ich dagegen bin einfach zu menschlich, und das ist ein Fehler, man sollte nicht zu menschlich sein.«

Sie setzt sich mit nackten Beinen im Schneidersitz auf den Teppich.

»Stand Vanessa auch aufs Koksen?«, frage ich sie.

Trotz all der chemischen Substanzen, die sie sich reingezogen hat, klingt ihr Lachen silberhell.

»Ja, aber die wichtigste Droge ist das Geld. Das macht uns alle high.« Sie zieht sich die zweite Linie rein. »Ich war immer nur zweite Wahl. Die, die sich die Kunden ausgesucht haben, wenn der Star gerade nicht verfügbar war.«

»Willst du damit sagen, dass ihr doch nicht so gute Freundinnen wart?«

Sie lacht noch lauter: »Du hast überhaupt nichts kapiert …«

Ihr narzisstisches Spielchen beginnt mich zu langweilen.

»Ist auch egal, Dora. Es interessiert mich nicht.«

»Und was interessiert dich?«

»Ich möchte wissen, ob du mich weiter bezahlst und ich wegen Vanessas Tod ermitteln soll, oder ob dir jetzt die Mordkommission genügt.«

Als sie wie eine Furie vom Boden aufspringt, stolpert sie über eine Teppichecke und fällt beinahe hin, dann öffnet sie eine Schublade der Anrichte und holt Hunderteuroscheine heraus. »Ich hab genug Geld, Miss Detective«, sagt sie verachtungsvoll.

Ich verziehe keine Miene.

»Und dann will ich noch etwas wissen. Du hast mir erzählt, während eurer kleinen Party hätte Willy in einem anderen Zimmer geschlafen. Vielleicht ist er irgendwann wach geworden, Kinder träumen manchmal schlecht … Hat ihm jemand was getan?«

Sie bläst sich eine Locke aus dem Gesicht. »Niemand.«

»Bist du sicher?«, hake ich nach.

»Er hat auf einer Bettcouch in Spaccesis Arbeitszimmer geschlafen. Als wir gegangen sind, hat Van ihn auf dem Arm tragen müssen. Sie hatte ihm schon den Pyjama angezogen. Das hat sie immer so gemacht.«

»Immer?«

»Er hat nicht zum ersten Mal die Nacht außer Haus verbracht.«

»Du meinst, in einer fremden Wohnung.«

»Spaccesis Wohnung ist riesig. Willy hat geschlafen wie ein Stein, und wir haben uns im Wohnzimmer aufgehalten. Ab und zu hat Van nach ihm geschaut.«

»Willst du damit sagen, dass Willy nicht wusste, was im Wohnzimmer vor sich ging?«

»Nein, das wusste er nicht.«

»Komisch«, lüge ich. »Mir hat er etwas anderes erzählt.«

Ich sehe, wie sie blass wird.

»Und Angelo Fabbri auch. Den habe ich inzwischen kennen gelernt. Van hat ihn am Tag nach der Party angerufen und ihm erzählt, irgendjemand sei nicht sehr nett zu Willy gewesen …«

»Es ist nichts passiert«, sagt sie ganz leise.

Ich zünde mir gerade in aller Ruhe eine Zigarette an, als

sie plötzlich loskreischt: »Es ist nichts passiert! Dieser Rotzlöffel denkt sich irgendwas aus! Er war doch bloß nett zu ihm, hat ihm Eis gekauft, ihm manchmal Spielsachen mitgebracht …«

Jetzt verliere ich die Fassung und fahre sie an: »Von wem redest du eigentlich?«

Sie setzt die Flasche Glen Grant an die Lippen und antwortet mir nicht.

»Wer war ›nett‹ zu ihm?«

»Vanessa ist tot«, jammert sie, »ist so gestorben, wie man es bei ihr erwartet hat, oder? Und ich werde eines Tages genauso enden.«

Ich drücke meine Zigarette in einer Blechschachtel mit Kleingeld aus. »Du solltest lieber wieder in der Bank arbeiten, Dora.«

~ 20 ~

Johnny Riva bindet mir eine Serviette um den Hals und setzt mich vor eine Pfanne mit Fleischklößchen. Freundschaft bedeutet für ihn: Iss und trink erst mal was, und dann erzählst du mir alles. Ich warte, bis er mir eine ausreichende Menge Dolcetto aus Diano d'Alba eingeschenkt hat, bevor ich ihn frage: »Hättest du eigentlich gern Kinder gehabt?«

»Loredana und ich haben über Adoption nachgedacht, aber mein Lebenslauf war nicht gerade dazu angetan … Ich habe immer die Künstler beneidet. Manche von ihnen schaffen Werke, die die Zeit überdauern. Ich dagegen habe immer den gleichen Typ gespielt. Nennen wir es mal den Arsch mit dem Schwanz.«

Ich bedanke mich bei ihm für diesen Scherz, der mich trotz allem zum Lachen bringt.

»Was bedeutet es schon, dass ich nie ein Gassman oder ein Mastroianni geworden bin? Die Lust auf Sex ist mir nie vergangen.«

Jetzt nehme ich ihn auf den Arm: »Nicht mal nach all diesem mechanischen Fließbandsex?«

Er kippt den Wein hastig hinunter, dann gießt er mir nach. »All diese Frauen kennen zu lernen ist ein schöner Job gewesen. Zu sehen, wie sie wie Tiere in Ekstase gerieten, ihre geheimsten Fantasien zu erraten … Was ist ein Orgasmus anderes als der Höhepunkt eines Augenblicks? Und was ist das Leben noch, wenn uns auch das genommen wird?«

Ich wische mir den Mund mit der Serviette ab. »Johnny, ich habe genug von Dichtern und Bergsteigern, in letzter Zeit treffe ich zu viele davon. Nach einem Orgasmus sind wir alle traurig. Außerdem, all deine Frauen waren Schauspielerinnen, vielleicht haben sie ihn dir nur vorgespielt, oder?«

»Loredana habe ich ebenfalls am Set kennen gelernt.« Ich reiße erstaunt die Augen auf: »Das fehlte mir jetzt noch!«

»Eine Frau, die nicht auch wenigstens ein bisschen … Hure ist, hat mich nie interessiert.«

»Was redest du denn da!«

»Ich bin noch nie in meinem Leben ernster gewesen!«

»Meinst du, ich habe auch was von einer Hure?«

»Ja, auch wenn du dich in weite Klamotten hüllst und man nicht sieht, wie du eigentlich gebaut bist. Aber ja, dein Sexappeal kommt trotz allem zum Vorschein.«

»Flirtest du etwa mit mir?«

»Ach, komm schon, außerdem stehst du auf junge Verkäufer und würdigst alte Wölfe wie mich keines Blickes.«

»Ich habe nichts mit ihm gehabt.«

»Das hab ich mir schon gedacht.«

»Bin ich denn so vorhersehbar?«

»Auch bei dem Franzosen … Wie hieß er noch?«

»Marcel.«

»Du konntest es doch gar nicht erwarten, dass er wieder nach Hause fuhr: Hast du etwa Angst gehabt, dir wieder etwas zu vergeben? Das Herz ist keine Registrierkasse.«

»Was hat das Herz damit zu tun, Johnny?«

»Es hat, es hat. Du musst aufhören, nach Scheinwerfern

im Rückspiegel zu suchen. Niemand verfolgt dich, Giorgia.«

Ich lege die Serviette auf den Tisch und stehe auf. »Na, sag bloß, dass ich mir jetzt auch noch von einem Expornodarsteller Nachhilfe in Sachen Liebe geben lassen muss …«

Wieder zu Hause, schlüpfe ich in eine dünne Strickjacke, denn nach dem Regen heute hat es sich abgekühlt, dann lege ich mich auf mein Bett und schlage Vanessas Heft auf.

DIE MINDERJÄHRIGE (Song)
Das Kind schläft.
Für ihn erträume ich Binden über den Augen,
Möwen dicht über der Wasseroberfläche.
Kannst du ein Geheimnis bewahren, Willy?
Am Schwarzen Brett meiner Schule hing für mich immer ein »Durchgefallen«, obwohl ich in allen Fächern eine Eins hatte.

Dann, mit Bleistift geschrieben:

Gute Mütter, ich weiß,
schmieren Pausenbrote.

Ich blättere um.

ACHTER MÄRZ
Im Fernsehen gab es »Die Wendeltreppe«,
einen alten Film zum Gruseln,
das Auge des Mörders im Türspion,

das stumme Mädchen, das schließlich doch spricht.
Ich habe viel gesehen, hier in meinem Versteck,
sie lachten, und er kehrte nach Hause zurück,
das Werkzeug in einer Hand, Mimosen in der anderen.
Es war der achte März, der Tag der Frau,
er kam mit roten Händen aus dem Zimmer,
und ich habe angefangen zu lügen.

Ein loses Blatt rutscht heraus und landet auf dem Vorleger.

Es sind die Noten von *Nowhere fast*. Ich erinnere mich nicht, dass ich sie gefaltet und zwischen zwei Heftseiten gelegt habe. Ich lese die letzte Strophe von Vans Übersetzung:

»Und falls ich eines Tages ein wahres Gefühl empfinde/ Werde ich so verwirrt sein, dass ich mich vielleicht/mitten auf die Straße lege und sterbe/ich leg mich auf den Boden und sterbe …«

Ich drehe die Noten um. Auf der Rückseite steht:

Lieber Angelo,
du hast gesagt, ich könne nicht einen Augenblick ruhig sitzen, aber dann warst du derjenige, der gegangen ist, und das in Windeseile, so wie du alles tust.

Ich habe schwierige Monate hinter mir, der Junge hat ständig geweint, aber wie heißt es beim Fernsehen: »The show must go on.« Als meine Mutter mich mit einem Kerl im Bett erwischt hat, hat sie ihr Urteil gefällt: »Einmal Hure, immer Hure.« Sie ist eine ganz einfache Frau, aber von diesen Dingen versteht sie etwas.

Viele Nächte habe ich Willy zum Einschlafen gebracht, indem ich ihm deine Platten von Echo & the Bunnymen vorspielte, so sollte er dich kennen lernen. Aber er ließ sich nur von einer Stimme beruhigen, und das war von Chrissie Hynde. Ich hätte auch gern eine Stimme wie sie.

Na, jedenfalls geht es Willy gut. Von der Nase aufwärts sieht er genauso aus wie du. Außerdem hat er sehr viel Fantasie, wie alle Kinder, die ein bisschen Einzelgänger sind. Das hat er von mir. Für ihn wäre ich gern berühmt, ich würde gern sehen, wie er den Fernseher einschaltet und sagt: »Die da ist meine Mamma!«

Na, ich glaube nicht, dass das passieren wird.

Zu meinem Geburtstag hat er mir eine Kohlpflanze geschenkt. Sie ist schön, hat lila Blätter und ist die Pflanze, der Kälte am wenigsten ausmacht. Ich habe ihm gesagt, dass ich keine Blumen mag, also hat er sich beraten lassen und schließlich diese Kohlpflanze ausgesucht. Komisch, nicht?

Ich möchte gern, dass du weißt, dass ich dir nicht böse bin. Ich habe die letzten Jahre damit verbracht, mich mit den falschen Leuten zu treffen. Ich habe mir gesagt: Alles ist für irgendetwas gut. Aber nichts und niemand wird mich je überzeugen, dass Leiden für irgendetwas gut sein kann. Wenn ich mit einem Mann zusammen bin, muss ich oft an unser erstes Mal denken. »Hab keine Angst«, hast du mir ins Ohr geflüstert. »Sex ist wie Tanzen. Keine Sorge, Van, ich führe dich.«

Dann haben wir uns Scarface im Fernsehen angesehen, und draußen hat es geschneit. Meine Eltern waren nach Sasso zu den Monaris gefahren, weißt du, die mit dem Eisenwarengeschäft. Du hast mich geküsst und gesagt: »Ich und du allein in diesem Haus und draußen die Wölfe.«

Und ich habe dir geglaubt.

Ich erinnere mich an den Tag, als du deinen Führerschein gemacht und mich zu einem Ausflug nach Verona mitgenommen hast, um mit mir auf der Piazza delle Erbe zu flanieren, und wir waren dann in jener Bar, wo man die Etsch beinahe mit den Füßen berühren konnte, wenn man ein Bein unter dem Tisch ausstreckte. Das ist eine wunderbare Erinnerung. Und inzwischen ist es nicht mehr wichtig, dass du gegangen bist. Du warst immer schnell. Vielleicht ist Schnelligkeit ein Schicksal.

Vor zehn Jahren, während du deinen Rucksack im Kofferraum verstautest, hast du mir gesagt: »Du musst lernen, dich zu mögen, Van, denn das wird niemand für dich tun.« Siehst du, ich erinnere mich an alles, was …

Hier hatte sie abgebrochen, das Blatt war voll.

~ 21 ~

Durch die Glasscheibe von Enzos Bar beobachte ich, wie Rolando mit Willy an der Hand den Zebrastreifen überquert. Wir setzen uns an einen Tisch in der Ecke, etwas abseits, und ich erfahre, dass sie heute früh mit dem Überlandbus in die Stadt gekommen sind.

»Möchtest du eine Zitronenlimonade?«, frage ich Willy. (Das ist das erstbeste Getränk aus meiner Kindheit, das mir einfällt.) Er schaut den alten Mann an, als wolle er ihn fragen, welche Sprache ich da eigentlich spreche, daraufhin verbessere ich mich. »Lieber eine Cola?«

Rolando und ich bestellen Cappuccino, Willy ist jedes Getränk recht, Hauptsache, er bekommt dazu einen Strohhalm.

»Ich habe ihn zur Wallfahrtskirche von San Luca mitgenommen«, erzählt Bassi.

»Zu Fuß?«

»Nein, das ist zu weit … Aber ich habe ihm erklärt, dass manche Leute wirklich hinlaufen, weil sie eine Schuld abbüßen oder Gott um einen Gefallen bitten wollen.« Willy trägt ein grünes T-Shirt und am Knie abgeschnittene Jeans. Die Sonne hat das Blond seiner Haare aufgehellt; sie leuchten jetzt stärker.

»Später möchte ich ihm den unterirdischen Lauf des Aposa

zeigen. Willy glaubt mir nicht, dass es in Bologna früher einen Hafen gab und man sich hier vor dem Zeitalter der Eisenbahn mit dem Boot vorwärtsbewegte.«

»Es gab sogar Wassertaxis«, sage ich, um die Aufmerksamkeit des Jungen auf mich zu ziehen.

Er löst seine Lippen vom Strohhalm.

»Das waren kleine Boote«, erkläre ich ihm. »Sie hießen ›sandali‹, Sandalen«, ich hebe einen Fuß, um ihm meine Ledersandalen zu zeigen. »Ganz genau wie die hier.«

Er mustert mich nachdenklich. Dann sagt er: »Wir haben heute eine Kerze für Mamma angezündet.«

»Eine schöne Kerze«, ergreift der alte Mann das Wort. »Und wir haben ihr gesagt, dass wir uns eines Tages alle im Paradies wiedersehen werden.«

»Das darfst du doch nicht erzählen. Sonst trifft es nicht ein«, schimpft der Junge mit ihm.

Rolando steht auf und geht zur Toilette. Ich habe ihn gestern Abend am Telefon gebeten, mich ein paar Minuten mit Willy allein zu lassen, und er hat zugestimmt. Ich habe keine Ahnung, wo ich anfangen soll. Das Ganze erinnert mich an unseren Schulausflug nach Murano, bei dem unsere Lehrerin uns ermahnte, ja nicht die kleinen mundgeblasenen Glastierchen zu berühren. Genauso fühle ich mich jetzt, als wären meine Hände zu ungeschickt, um mit zarten Dingen umzugehen. Doch Willy ist kein Ding, und ich sollte eigentlich wissen, was er empfindet: Ich war in seinem Alter, als meine Mutter »in den Himmel gekommen« ist.

»Ich hätte Va … deine Mutter gern kennen gelernt. Ich habe nur Fotos von ihr gesehen. Darauf sieht sie sehr nett aus.«

»Sie war nicht immer gut, ich bin ja auch nicht immer gut.«

»Na ja, ich mache auch manchmal Fehler wie alle Menschen. Hast du mal *Alien* im Fernsehen gesehen?«

Er schüttelt den Kopf.

»Das ist so ein kleines fieses Monster, das manchmal aus dem Bauch kommt. Und es ist ein bisschen … ein bisschen ein Mistkerl.«

Als ich »Mistkerl« sage, kichert er kurz.

»Hast du schon mal Mistkerle kennen gelernt, Willy? Also ich meine … Menschen, schlechte Menschen mit bösen Absichten …« Während ich darüber nachdenke, schwitze ich sieben Hemden durch.

»Nein.«

»Nicht mal bei den Partys deiner Mamma?« Ich höre, wie der Strohhalm geräuschvoll am Eis des Getränkes saugt.

»Ich weiß nicht mehr.«

»Warst du oft bei den Partys deiner Mutter dabei?«

Er schüttelt entschieden den Kopf.

»Hat dich jemand wütend gemacht?«

Er bleibt dabei und schüttelt weiter den Kopf. »Nein.«

»Aber Dora hast du schon getroffen?«

Seine Schultern zucken leicht, als hätte ihn jemand gestoßen. »Ja, die schon, aber ich mag sie nicht.«

»Und warum nicht?«

Er zuckt nur mit den Schultern.

»Würdest du dich erinnern, wenn dir jemand etwas Böses getan hätte?«

»Ich glaub schon.«

»Weißt du, wo die Mistkerle landen?«

»In der Hölle. Ich gehe ja in den Katechismusunterricht.«

»Weißt du, dass wir alle hier sind, um dich zu beschützen?«

»Bist du Polizistin?«

»So was in der Art, und wenn dir jemand etwas tut, schicke ich ihn ins Gefängnis.«

»Ins Gefängnis?«

»Ja, das ist eine ziemlich schlimme Strafe.«

»Weil man den Himmel nur durch die Gitterstäbe sieht?«

»Du kannst dich nicht mehr frei bewegen.«

»Oder Fahrrad fahren.«

»Genau, nicht mal das.«

Enzo, der Besitzer der Bar, schaltet das Radio aus und schiebt die neueste CD von Vasco Rossi in den Player.

»Aber du bist in Sicherheit.«

Willy hört mir nicht zu, er öffnet den Mund und singt ganz leise – synchron mit dem Sänger – den Text zu *Come stai?* mit.

Rolando stößt wieder zu uns.

Um die Mittagszeit rufe ich Luca Bruni an und erfahre, dass Georg Hiesel von der Münchner Polizei sich mit ihm in Verbindung gesetzt hat.

1993 wäre Josef »Stepp« Guggemos beinahe für zwei Jahre im Gefängnis gelandet, weil er kinderpornografisches Material übers Internet verbreitet hat. Er gilt als latent pädophil, also als jemand, der eher im Internet surft als selbst die Initiative ergreift. Er war nie in einer Klinik und hat sich auch nie einer Behandlung mit Triptorelin unterzogen, aber er wurde oft in der Umgebung des Wilhelmsgymnasiums gesehen und in der *Deutschen Eiche*, einem Hotel, das vor allem von Homosexuellen aufgesucht wird. Er fährt einen BMW, wohnt im Lehel, einem der besten Viertel von München, und arbeitet als Product Manager bei Siemens. Weitere Informationen hat Bruni gerade bei Uschi Fechner vom Dezernat 12, Sexualdelikte und Jugendschutz, angefordert. Zwei Beamte aus der Ettstraße 2 haben Guggemos angehalten, während er im Englischen Garten, dem größten Park der Stadt, joggte.

Heute früh hat er sich im Polizeipräsidium von Bologna gemeldet, in Begleitung eines Anwalts, der mit Vinciguerra befreundet ist. Und hat in schlechtem Italienisch Dinge gestammelt wie: ›Ich gutes Geld verdienen, ich gut arbeiten, ich Respekt, ich lieben Natur, ich lieben Kinder, aber nix Sex.‹ Er habe sich in Gaetano Spaccesis Wohnung aufgehalten, weil er seit vielen Jahren mit ihm befreundet sei, aber Männer Frauen vorzuziehen, schwul zu sein sei doch kein Verbrechen, und er habe nicht gewusst, dass die beiden Frauen sich prostituierten.

Über den Verlauf des Abends haben alle vier Männer die gleiche Version erzählt. Als sie spät in der Nacht auseinandergingen, sei die Liverani noch am Leben gewesen. Sie haben ihre kleinen Sexpartys verharmlost und geleugnet, Drogen genommen zu haben. Vanessa sei mit ihrem Sohn gekommen, weil sie keinen Babysitter gefunden habe. Alle haben sie für den Sonntag, also für den Tag nach der Party, an dem Vanessa wahrscheinlich getötet wurde, ein Alibi. Tonelli war in der Klinik, Vinciguerra bei seiner Mutter in Triest, Spaccesi mit Freunden auf einem Boot und Josef Guggemos hat in München mit seiner Schwester in der *Osteria Italiana*, die auch schon Hitler besucht haben soll, ihren Geburtstag gefeiert.

»Dora Arienti sagt, sie hätte bei dir übertrieben. Du hättest sie in einem schlechten Moment erwischt, als sie über den Tod ihrer Freundin völlig verzweifelt war. Dem Jungen habe niemand ein Haar gekrümmt, das bestätigen natürlich auch die anderen. Wenn er nicht redet, besteht nur ein Verdacht auf Missbrauch zu Lasten von Josef Guggemos. Wir brauchen aber eine konkrete Basis, um zwei unterschiedliche Strafverfahren einleiten zu können.«

»Aber zwei Ermittlungen, die miteinander in Zusammenhang stehen, oder?«

»Eine wegen Mordes und die zweite wegen versuchter sexueller Gewalt gegen Minderjährige.«

»Was hältst du von der Arienti?«

»Ich halte sie nicht für glaubwürdig.«

(Ich nehme an, dass er das Telefon der jungen Frau abhören lassen wird.)

»Wie wirst du wegen Willy weiter vorgehen?«

»Bassi, anscheinend der Einzige, zu dem der Junge Vertrauen hat, verneint, dass ihn jemand bei dieser oder anderer Gelegenheit angefasst hat.«

»Es könnte sein, dass Willy sich nicht daran erinnert, vielleicht erzählt er es später.«

»Ja. Aber wenn er wusste, was seine Mutter auf diesen Partys getrieben hat, könnte er einen der Männer auch aus Eifersucht beschuldigen … Wir müssen wissen, welche Vorstellung er von der Realität hat und ob er psychische Probleme hat.«

»Hast du vor, ihn mit einem Spezialisten reden zu lassen?«

»Natürlich ziehe ich das in Betracht. Ich denke an einen Psychodiagnostiker, einen Psychologen mit dem Spezialgebiet kindliche Entwicklung, um zumindest seine Persönlichkeit oder die Möglichkeit falscher Erinnerungen einschätzen zu können …«

»Psychologische Tests sind unzuverlässig«, falle ich ihm ins Wort.

»Giorgia, das ist alles noch in der Schwebe. Wir werden auf jeden Fall versuchen, kinderärztliche Untersuchungen und unnötige Befragungen zu vermeiden. Ich sage dir noch einmal, der Junge beschuldigt niemanden.«

»Es ist nicht schwer, einen zehnjährigen Jungen so einzuschüchtern, dass er schweigt. Da reicht schon, wenn man ihm damit droht, seinen Hund umzubringen.«

»Lass mich einfach meine Arbeit machen.«

»Und in der Grotte, habt ihr da nichts gefunden?«

»Giorgia, ich sage dir noch einmal …«

»Ein Kind, das vielleicht sexuell belästigt, und eine Mutter, die hundertprozentig ermordet wurde … Also, ich möchte nicht in deiner Haut stecken …«

»Vielen Dank!«

»Und die Beerdigung?«

»Wir warten nur noch auf die Freigabe durch die Staatsanwaltschaft.«

Dem Foto nach, das mir Bruni vor einigen Tagen im Präsidium gezeigt hat, ist Gaetano Spaccesi groß, hat einen Bauch, aber am Telefon klingt seine Stimme schrill und hoch. Er sagt mir sofort, er habe nicht die leiseste Absicht, sich mit mir zu treffen: Er müsse seinen Sohn, den er sonst nie sieht, zum Abendessen ausführen. Ich stelle ihn mir wie den normalen getrennt lebenden Vater vor, der die ganze Zeit am Handy hängt, während sein Sohn in einem Szenelokal der Stadt gelangweilt Ketchup auf seine Pommes frites schüttet.

»Das war doch nur ein kleines Fest, um uns in den Urlaub zu verabschieden, wir haben ein bisschen Musik gehört, uns amüsiert … Das Mädchen, das gestorben ist, hat wie eine Elfe getanzt, später habe ich erfahren, dass sie auf Canale 5 als Tänzerin aufgetreten ist. Also, mir hat die andere ja besser gefallen. Sie war nicht so eingebildet, hat nicht so gestelzt geredet und nicht so getan, als sei sie Künstlerin. Ein bisschen mehr Wildkatze, wenn Sie verstehen, was ich meine?« (Natürlich tut er so, als würde er weder Dora noch Vanessa gut kennen.)

»Und was können Sie mir über Ihren Freund aus München erzählen?«

»Stepp ist ein großzügiger Mensch. Glauben Sie mir, ich habe es mit meinen eigenen Augen gesehen, er hat dem Jungen doch nur eine Wrestlingkassette geschenkt.«

»Wenn etwas passiert ist, dann ist das immerhin bei Ihnen in der Wohnung passiert.«

»Was soll denn passiert sein«, schreit er in den Hörer. »Sie bilden sich da nur etwas ein.«

»Und Ihre Freunde?«

»Sind hoch angesehene Leute, Spezialisten in ihren Berufen. Die berühmtesten Frauen aus dem Showbusiness kommen zu Tonelli, um sich Busen und Hintern verschönern zu lassen, und Vinciguerra ist ein sehr geschätzter Anwalt.«

»Und wer hat dann Vanessa Liverani umgebracht?«

»Wenn sie wirklich als Nutte gearbeitet hat, wie es heißt …«

»Sie wissen ganz genau, was sie getan hat …«

Ich höre ihn unterdrückt fluchen. »Man weiß doch, dass Nutten bestimmten Risiken ausgesetzt sind. Es könnte jeder gewesen sein, irgendein Verrückter, ein Kunde …«

»Und Sie gehörten ja nicht zu ihren Kunden«, erwidere ich sarkastisch.

»Man ist doch nicht schon Kunde, wenn man jemandem einen Tanga von Versace schenkt.«

»Da genügt noch viel weniger, Spaccesi.«

»Was für ein Aufstand!«, sagt er seufzend. »Ihr Frauen übertreibt immer gleich, reagiert so emotional …«

»Ersparen Sie mir Ihre androzentrischen Predigten.«

Er unterdrückt ein Kichern und fragt: »Andro … was?«

»Ich bezog mich auf Ihren Chauvinismus, Spaccesi.«

»Sie sollten mal meine Exfrau kennen lernen«, kichert er. »Eine Managerin … Blättern Sie in der Zeitung bis zum Wirtschaftsteil, dort werden Sie ihren Namen und eine Liste mit all ihren Aufbaustudien an den besten amerikanischen Universitäten finden … Liebe Signora, Sie haben ja keine Ahnung, wie andro … äh, wie chauvinistisch Frauen sein können!«

»Ist das der Grund, warum Sie Frauen vorziehen, die dem ältesten Gewerbe der Welt nachgehen?«

Aber inzwischen hat er schon aufgelegt.

~ 22 ~

Ich setze mich vor die kleine Bühne in der Via Polese, um einem weiblichen Jazztrio zuzuhören, in einer Hand einen Krug Bier und einen Lufthauch auf den nackten Armen. Camilla, dünn und konzentriert, das schöne Gesicht verzerrt, gleitet mit den Fingern flink über die Saiten ihres Kontrabasses und ist eins mit der Musik, die sie spielt. Als sie mich erkennt, deutet sie ein Lächeln in meine Richtung an. Wir treffen uns nie, sie ist ständig wegen ihrer Gigs auf Achse, fährt einen Kangoo, der immer gesteckt voll mit Instrumenten ist, und ihr bleibt nicht viel Zeit für Freundinnen oder Lebensgefährten. Ich bewundere ihre Entscheidung, von der Musik zu leben, und sie – wir sind etwa gleichaltrig –, sie liebte schon den Jazz, als ich noch Punkmusik auf dem Schlagzeug nachspielte, trotzdem betrachtet sie mich als Seelenverwandte, vielleicht auch, weil wir beide nicht viel mit den Frauen gemeinsam haben, die nur über Männer, Diäten oder ihre Karrieren reden.

Mein Handy schrillt los: Auf dem Display erscheint der Name von Nicola.

Ich nehme nicht ab, das Klingeln mischt sich unter die Plaudereien an den Nebentischen und das Solo der Saxofonistin. Dann lese ich die SMS, die er mir gerade geschickt hat: »Bin zurück in BO. Treffen wir uns?« Ich stecke das Telefon in die Tasche meiner Jeans zurück und stoppe den Kellner, weil ich mein Bier ausgetrunken habe.

Mit fünfzehn sang meine Schwester immer einen Titel von Umberto Balsamo, in dem es hieß: »Wenn du der blaue Engel bist, mag ich dein Blau nicht, Schönheit gibt mir nicht die Worte, die ich suche …«

Ich habe ihr gesagt, das sei ein blöder kleiner Popsong, und machte jedes Mal das Radio aus, wenn sie ihn brachten. Hat der »junge Verkäufer«, wie Johnny ihn nennt, etwas von einem Engel? Die Schönen habe ich fast immer gemieden: zu begehrt, zu eitel. Warum läuft er mir nach? Was lockt ihn an mir? Der Reiz der Erfahrung? Ich bin mit Männern ins Bett gegangen, die nicht sehr heikel waren, welchen, die sich weder um Spitzenwäsche noch um Menstruationsblut scherten. Mit siebzehn ließ ich mir über die Walkmankopfhörer *Sympathy for the Devil* ins Hirn dröhnen, vögelte dazu in einer Telefonzelle, den Arsch auf den Telefonbüchern, und schockierte damit ein paar Passanten. (Ist es das, was er will? Ein bisschen Sex mit einer Frau mit Vergangenheit? Oder will er nur, dass ich seine Gedichte lese?)

Ich hole das Telefon raus. Betrachte es. Lese noch einmal seine Nachricht und verharre unentschlossen, meilenweit von dem harmlosen Liebesgeplänkel der Pärchen an den Nebentischen entfernt. Ich frage mich, ob Verzicht ein christlicher Wert ist, ob die Mystiker eventuell Recht haben, oder ob mein Verhalten nur eine dumme Taktik ist, um ihn dazu zu bringen, dranzubleiben und mich wieder anzurufen.

Da bist du nun, vierzig Jahre alt, sitzt mitten auf einer abgesperrten Straße und hörst einem Jazztrio zu, das von Verlust, Entfremdung und Sehnsüchten spielt, in denen du dich wiedererkennst. Da gibt es nichts außer diesem Schmerz der Nacht und blauem Rauch, der in der Luft aufsteigt; etwas wie ein Blick, der die Summe alles dessen ist, was dir fehlt: Ada, die verdammten Dichter, der Soundtrack zu *Love Story* … Es gibt keine Zauberstäbe mehr, weder real noch imaginär, mit denen man die Zeit anhalten kann. Von jetzt an wird die Zeit die zerschlagene Haut der Trommeln haben, auf denen du deine jugendliche Wut ausgetobt und dann die Risse mit Tesafilm geflickt hast.

Am liebsten würdest du irgendwohin verschwinden, um nicht statt *You're my Thrill* das Kreischen deiner eigenen Bremsversuche zu hören und diese Vorläufigkeit zu spüren, die alle Dinge haben, um nicht zugeben zu müssen, dass du es jedes Mal genossen hast, wenn sie sich ergaben, so wie Van und deine Schwester; um zu vergessen, dass du nach einem Kuss immer eine Ohrfeige brauchtest oder umgekehrt, dass es immer einen Zauber zu brechen gab, ein Paradies, dem du nicht trautest … Erfüllender Sex, Sex, der sich nach etwas anfühlte, war ein Quickie auf dem Schulklo, ein Knutschfleck, das schmerzende Kreuz nach dem ersten Analverkehr. Na sicher, das sind alles Dinge, die du einem Zwanzigjährigen so einfach erzählen kannst, während du ihm einen Platz an deinem Tisch anbietest und ihm erklärst, du könnest es kaum erwarten, dich in Rauch aufzulösen wie die Zigarette, die du dir gerade angezündet hast, während du gemütlich eingehüllt im Flanellschlafanzug deiner Selbstironie, dem verkrampften Humor deines Sodbrennens sitzt und das x-te Bier trinkst. Hart, knochenhart, emotional verstümmelt, infibuliert, wie eine Anthropologin sagen würde, mit der Illusion, keine Illusionen mehr zu haben, und dem schlechten Gewissen von jemandem, der sich gerade vor Angst in die Hose scheißt.

Jemand setzt sich an meinen Tisch, aber es ist nicht Nicola. Zum Glück hat die Kellnerin schon die leeren Gläser weggeräumt, und das in meiner Hand ist nur noch halb voll.

»Na also, es geht doch«, sagt Luca Bruni und klingt nachsichtig wie ein Lehrer, der mit seinem Schüler zufrieden ist.

Im gleichen Moment kündigen Camilla und ihre Musikerinnen eine Pause an und verlassen das Podium. Ich sehe, wie Bruni eine kleine Mineralwasserflasche an den Mund führt und sich sein Adamsapfel vorwölbt, als er einen langen Schluck daraus nimmt.

»Heute war es teuflisch heiß«, schnaubt er.

Ich hole Vanessas Heft aus meiner Tasche, das ich am Nachmittag kopiert habe, und lege es auf den Tisch.

»Was für ein Mensch ist Tonelli?«

»Er ist auf dem Präsidium mit Hosenträgern und Fliege aufgekreuzt. Ein Original.«

»Und Vinciguerra?«

»Ein Anwalt eben«, sagt er nur.

Dann wechselt er das Thema. »Heute hat in Ferrara ein Apotheker seiner Frau mit einer Scherbe die Kehle durchgeschnitten, nachdem er mit Fußtritten die Glastür eines Schränkchens eingetreten hat.«

»Jetzt wirst du mir gleich erzählen, nur die Scheidung sei daran schuld, wenn Ehemänner ihre Frauen umbringen.«

Er geht auf meinen Witz ein. »Na ja, früher gab es das Recht der väterlichen Gewalt, der Mann war das Familienoberhaupt, hatte die dominierende Rolle …«

»Na klar, wenn deine Frau sich von dir scheiden lassen will, leidet dein Selbstwertgefühl darunter.«

»Und wie kurierst du deine verletzte Eitelkeit?«

»Indem ich ihr die Kehle durchschneide.«

»Vor drei Tagen haben zwei Gauner in Lodi eine Bank ausgeraubt.«

»Habe ich in der Zeitung gelesen.«

»Und um sich vor der Tat aufzuputschen, hatten sie Viagra genommen.«

»Nette Kerle, was?«

»In Lugo hat sich gestern eine junge Frau, sie war siebenundzwanzig, umgebracht, indem sie sich die vierfache Dosis Heroin gespritzt hat.«

»Bist du jetzt durch mit deinen guten Nachrichten?«

»In ein paar Monaten geht das nicht mehr«, sagt er und deutet auf meine Zigarette.

»Draußen und in meiner Wohnung schon.«

»Wäre das nicht die Gelegenheit, damit aufzuhören?«

Ich inhaliere genießerisch. »Hoffen wir mal, dass Selbstmord nicht auch noch verboten wird …«

»Wir leben nicht mehr im Faschismus.«

»Wirklich nicht?«

»Wir beide neigen doch nicht dazu.«

»Schon möglich. Aber es ist gut zu wissen, dass es jedem freisteht, seinem Leben ein Ende zu setzen.«

Er verschränkt die Arme und lehnt sich leicht vor. Ich mag es nicht, wenn er mich beobachtet, deshalb frage ich hastig: »Wie geht es Giusy?«

»Gut.«

»Und deinem Sohn?«

»Er hat einen alten amerikanischen Film gesehen, und jetzt sagt er, wenn er mal groß ist, möchte er auf der Straße Zeitungen verkaufen. Ich wollte Feuerwehrmann werden. Und du?«

Ich beobachte seine männlich wirkenden Hände, die mit meinem lila Feuerzeug spielen, und mir fällt nichts mehr ein.

»Seit einer Woche schlafe ich im Hotel«, teilt er mir mit.

Erstaunt schaue ich zu ihm hoch.

»Sie hat eine schöne Metapher benutzt. Sie hat gesagt, unsere Ehe sei so etwas geworden wie ein Tropfen aus einem leckenden Wasserhahn.«

Ich nehme ihm die Wasserflasche aus der Hand und trinke ihm einen Schluck weg.

»Warst du jemals verliebt, Luca?«

(Verdammt, ich habe ihn gerade beim Vornamen genannt, das tue ich sonst nie.)

Er richtet seine dunklen, unerschütterlichen Augen auf mich, und statt einer Antwort stellt er mir die gleiche Frage: »Warst du jemals verliebt, Giorgia?«

»Kennst du Depeche Mode?«

»Nein, meine musikalische Bildung hört mit Gianni Bella auf.«

Ich unterdrücke ein Lachen und sage: »Es gibt da einen Song mit dem Titel *Tell Me the Meaning of Love*.«

»Erklär mir den Sinn der Liebe …«, wiederholt er nachdenklich.

Beide blicken wir einen Moment zu Boden.

»Entschuldige bitte, falls ich manchmal unsensibel bin. Ich habe von der Frau da erzählt und dabei nicht an deine Schwester gedacht.«

»Ich habe damit aufgehört, mich schuldig zu fühlen, weil ich lebe und sie nicht. Diese ständige Ichbezogenheit der Überlebenden habe ich inzwischen überwunden.«

»Ich verbringe mein Leben mit der Befragung von Leuten, die sich selbst belügen«, sagt er und legt seine Hand auf meine.

»Schaffst du es denn zu leben, ohne dich ein wenig selbst zu belügen?«

Sein Blick geht tief. »Ich glaube nicht.« Er schlägt die Augen nieder und sieht zum Tisch, auf dem das Heft liegt. »Was hast du herausgefunden?«

»Dass sie mit Sicherheit eine schwierige Kindheit hatte.«

Camilla und ihre Musikerinnen kommen an unserem Tisch vorbei. Mit der Ausrede, dass ich sie begrüßen will, entziehe ich ihm meine Hand.

»Vielleicht wurde sie missbraucht, und das hat sie dazu gebracht, sich zu prostituieren, sich selbst wegzuwerfen, ohne etwas zu empfinden. Im Allgemeinen dissoziieren sich Missbrauchsopfer von ihrem Körper.«

»Wenn du nichts empfindest, kann dich auch niemand verletzen.«

Er sieht mich aufmerksam an. »Genau.«

»Hast du mit der Mutter gesprochen?«

»Ja, aber das ist, als würde man mit einer ganzen Theatertruppe reden.«

Ich höre mein Handy wieder in der Hosentasche klingeln, und als Erster fällt mir Nicola ein.

»Gehst du nicht ran?«

Ich tue so, als hätte ich es gar nicht bemerkt.

»Vielleicht ist es wichtig«, beharrt er.

Ich beobachte, wie die Musikerinnen wieder auf dem Podium Platz nehmen, und frage mich, wie ich mich verhalten würde, wenn Bruni mich in sein Hotelzimmer einladen würde, um dort mit ihm seine trashige Sammlung von alten Gianni-Bella-Hits zu hören.

Das Handy hört auf zu klingeln.

Ich stehe auf.

»Wo musst du hin?«

»Oh …« Ich mache eine vage Handbewegung. »Nirgendwohin.«

Er sieht mich an, wie er mich noch nie angesehen hat, seit ich ihn kenne.

»Und?«

Ich löse meinen Blick von seinem.

»Ich geh dann mal.«

~ 23 ~

»Dottor Tonelli ist im Urlaub«, antwortet mir eine Sekretärin mit einem kehlig gerollten R. »Was soll denn bei Ihnen gemacht werden?«

Ich ahne, dass sie sich darauf bezieht, welcher Teil meines Körpers »neu gemacht« werden soll.

»Die Brust.«

»Wenn Sie es eilig haben, ist da noch Dottor Gaiba. Sonst …«, ich höre, wie sie im Kalender blättert, »geht es erst am dreizehnten September.«

»Hören Sie, ich habe die Nummer von einer engen Freundin, und sie hat mir geraten, mit ihm persönlich zu sprechen. Der Eingriff ist ein wenig heikel …«

Ich schaffe es, sie zu erweichen. »Er wollte heute hier vorbeikommen. Versuchen Sie es in einer halben Stunde noch mal. Wie heißen Sie?«

»Giorgia Cantini.«

Ein Mann um die fünfzig mit auffälligen Hosenträgern und einer kleinen blauen Fliege entsteigt einem schwarzen Porsche, in der Hand eine lederne Aktentasche. Ich beende das Gespräch, nachdem ich mich hastig bei der Sekretärin bedankt habe, und renne Tonelli nach, der gerade auf die Türklingel seiner Praxis drückt.

Als er meinen keuchenden Atem hört, dreht er sich erstaunt um.

Ich reiche ihm die Hand. »Cantini, Privatdetektivin.«

Sein Händedruck ist schlaff, doch der Blick seiner grünen Augen durchdringend. Während ich versuche, meine Anwesenheit zu erklären, und schnell nach einer Ausrede suche, die ihn davon überzeugt, sich nicht auf dem Absatz umzudrehen, sieht mich Tonelli weiterhin an. Die Haustür öffnet sich, er tritt höflich zur Seite, um mich vorbeizulassen. Als er den Namen Dora Arienti hört, zuckt er leicht zusammen.

»Ja, sie war eine meiner Patientinnen. Ich habe ein paar Korrekturen bei ihr vorgenommen.«

»Soviel ich weiß, war sie nicht nur Ihre Patientin.«

Er wird ironisch. »Das kommt ganz darauf an, was Sie unter einer Patientin verstehen.«

Er schließt den Briefkasten auf und entnimmt ihm einige Umschläge. Eine Haarlocke, deren Tiefschwarz unnatürlich aussieht, bleibt an seiner verschwitzten Stirn kleben, und er hebt die Hand, um sie nach hinten zu streichen.

»Geht es schnell, oder möchten Sie lieber mit raufkommen?«

»Was ist in jener Nacht in Spaccesis Wohnung passiert?«

»Was soll denn passiert sein?«

»Sagen Sie es mir, Dottore!«

»Unabhängige Männer, die sich mit unabhängigen Frauen umgeben.«

»Eine dieser unabhängigen Frauen wurde getötet.«

»War sie eine Freundin von Ihnen?«

»Nein.«

»Das bedeutet?«

»Das bedeutet, dass ich neugierig bin. Dass ich die Wahrheit wissen will.«

Er reißt seine Glupschaugen auf: »Die Wahrheit?«

»Ja, die Wahrheit. Oder sind Sie zu sehr daran gewöhnt zu korrigieren, um zu wissen, was das Wort bedeutet?«

Er setzt ein zweideutiges Lächeln auf und verschränkt die Arme vor der Brust.

»Also, ehrlich gesagt, Signora, Sie bräuchten schon ein paar Korrekturen.«

»Vielen Dank. Wenn ich mich eines Tages wie ein Kleid fühle, das ausgebessert werden muss, werde ich Sie aufsuchen.«

»Ich habe verstanden«, sagt er und lässt einen Hosenträger schnalzen.

»Was haben Sie denn bitte verstanden?«

»Sie halten sich für hinreichend interessant, so wie Sie sind. Ich treffe manchmal auf Frauen wie Sie, die in ihre Unvollkommenheiten verliebt sind oder von der Vorstellung abgeschreckt werden, sich unters Messer zu legen. Und inzwischen leben sie allein und träumen von Schauspielern aus Fernsehserien.«

»Ich bin nicht hier, um mit Ihnen mein Selbstbild zu diskutieren, Tonelli, und schon gar nicht meine Träume.«

»Ihre Nase …«

»Lassen Sie meine Nase in Ruhe. Die hat mir ein fetter Junge gebrochen, als er mich die Schultreppe runtergeschubst hat. Das ist eine schöne Erinnerung.«

»Sind Sie verheiratet?«

»Ich möchte mit Ihnen über Vanessa Liverani reden und nicht über meinen Familienstand.«

»Sind Sie professioneller Single? Dann sollten Sie schleunigst das Lager wechseln, ich bitte Sie. Alleinstehende Frauen sind nicht mehr in Mode. Sie sehen gar nicht übel aus, Sie könnten etwas aus sich machen. Oder glauben Sie etwa, Charakter allein genügt, um einen Mann zu verführen?«

»Ganz sicher nicht, Dottore. Mein Charakter ist sogar noch viel schlimmer als mein Aussehen, glauben Sie mir.«

Sein wieherndes Lachen hallt durch den Flur.

»Verzeihen Sie, das war nicht ernst gemeint. Wissen Sie, eigentlich denke ich wie Sie. Die beste Verführungsstrategie ist, man selbst zu sein, im Guten wie im Schlechten. Mir gefallen alle Frauen.«

»Dass ich nicht lache. Sie sind verrückt nach Harpyien vom Typ Dora Arienti und bezahlen sie für Extremsex. Oder irre ich mich?«

»Schönheit hat ihren Preis, Signora.« Er drückt den Aufzugknopf. »Ich hoffe, Sie wiederzusehen. Denken Sie an mich, wenn Sie sich eines Tages dazu entschließen sollten, Ihre Nase wieder auf den rechten Weg zu bringen.«

Nach diesen Worten grinst er sarkastisch und verschwindet im Aufzug.

Bei Franco Vinciguerra habe ich mehr Erfolg. Gestern Abend habe ich Gianluca angerufen, einen ehemaligen Studienkollegen. Gianluca ist Strafrechtler, und schon damals, als wir uns gemeinsam auf die Prüfungen vorbereitet haben, war Jura seine Leidenschaft. Er lässt sein Handy Tag und Nacht eingeschaltet, um für seine Klienten erreichbar zu sein, und ihm bleibt kaum Zeit für andere Dinge, aber ein paarmal in der Woche tut er etwas für seine Figur und geht in ein Fitnessstudio an der Piazza dell'Unità, das von vielen Freiberuflern und Winkeladvokaten, wie er sie nennt und von denen die Stadt überquillt, besucht wird. Mit Vinciguerra, der auf Handelsrecht spezialisiert ist, hat er ab und zu ein paar Worte gewechselt oder nach dem Besuch des Fitnessstudios sogar ein oder zwei Aperitifs getrunken.

»Was ist er für ein Mensch?«, habe ich ihn gefragt.

»Jemand, der eine Vacheron Constantin am Handgelenk trägt und an den Füßen nur englische Schuhe, ich weiß nicht, ob ich dir damit eine Vorstellung vermittle … Seine Frau ist Ärztin. Sie haben einen sechsjährigen Sohn, der auf eine Privatschule geht und von einem Kindermädchen aus der Ukraine großgezogen wird. Er hat seinen Abschluss in den Siebzigerjahren mit einer Arbeit über Arbeitsrecht gemacht. Damals war er Idealist und wollte für den Gewerkschaftsbund arbeiten, aber nach seinem Examen als Staatsanwalt hat er begriffen, dass viel Arbeit für wenig Geld nichts für ihn ist. Es geht das Gerücht, er habe dem Anwalt, der ihm alles beigebracht hat, etliche Klienten abgezogen. Ihm gehört eine bedeutende Kanzlei, und er verdient ziemlich gut …«

»Trotzdem bleibt ihm noch genug Zeit, um sich auf Sexpartys zu amüsieren«, brachte ich die Sache auf den Punkt.

»Die Sekretärinnen, die mit einem billigen Ausbildungsvertrag eingestellt werden, kündigen meist nach drei Monaten wieder. Auch seine Praktikanten und die jungen Anwälte, die für ihn die Schriftsätze verfassen und die Verhandlungen verfolgen, während er mit seinem Palm und dem Bluetooth-Headset durch Italien reist, behandelt er schlecht …«

»Wer sind seine Klienten?«

»Kleine und mittlere Unternehmen. Sie wenden sich wegen Vertragsangelegenheiten an seine Kanzlei.«

»Und das heißt?«

»Arbeitsverträge, Lieferverträge, Eintreibung von Krediten, unlauterer Wettbewerb, Personalangelegenheiten, Entlassungen … Also all die Probleme, die in Unternehmen so anfallen.«

Ich bedankte mich bei Gianluca für seine Informationen, nachdem wir uns gegenseitig versichert hatten, wir würden uns bald mal auf einen Kaffee treffen. Dabei musste ich einen Augenblick an meinen knapp verpassten Juraabschluss denken, aber ohne jegliche Reue.

Ich bin seit etwa einer Viertelstunde hier, im ersten Stock eines historischen Palazzo in der Via D'Azeglio. Der Anwalt sei beschäftigt und könne mich nicht sofort empfangen, hat mir gerade seine schicke Sekretärin erklärt, aber sie hat mir wenigstens freigestellt, im Besprechungsraum auf ihn zu warten.

Ich laufe dort auf und ab und sehe mir den Raum an: eine Decke mit Fresken, ein Tisch für zwölf Leute, Sessel des Designerlabels FRAU und eine Hightech-Hängeleuchte. Die anderen Räume, in denen seine Mitarbeiter sitzen, habe ich mir im Vorübergehen flüchtig angeschaut, sie sind bedeutend bescheidener eingerichtet. Als ich einen kleinen Kühlschrank öffne, entdecke ich darin zwei Flaschen Champagner der Marke Henriot.

»Die bewahren wir hier auf, um unsere Siege zu feiern. Möchten Sie etwas trinken?«

Franco Vinciguerra steht in der Tür, er ist groß, hat überlange Arme und trägt einen tadellosen blassblauen Maßanzug. Er wirkt tatsächlich so, als würde er nie einen seiner Fälle verlieren.

»Nein danke«, antworte ich und reiche ihm die Hand. »Giorgia Cantini. Ich ermittle im Todesfall Vanessa Liverani.«

Er kneift seine winzigen schwarzen Augen zu einem scheinheiligen Lächeln zusammen und geht mir voraus.

Während er sich an den beeindruckenden, mit einer Glasplatte versehenen Schreibtisch seines Büros setzt, bietet er mir einen Platz ihm gegenüber an. »Ich kann Ihnen nur ein paar Minuten schenken«, informiert er mich gleich und schlägt seine unendlich langen Beine übereinander, dabei sieht er mich mit falscher Herzlichkeit an.

»Vielen Dank, dass Sie Zeit für mich haben, und verzeihen Sie, dass ich hier so unangemeldet hereinplatze.«

Er kratzt sich an einem Mundwinkel, als wolle er einen Krümel oder einen Fetzen Haut entfernen.

»Alles, was ich weiß, habe ich schon der Polizei erzählt. Dora hat mich informiert, dass sie Sie, nennen wir es mal so, einbezogen hat. Ich bin allerdings nicht der Meinung, dass so eine, nennen wir es mal so, Paralleluntersuchung notwendig ist. Es tut mir unendlich leid, aber ich habe Ihnen keine sensationellen Enthüllungen zu machen, die zu einer Wende in dem Fall führen könnten … Ich gebe zu, dass ich sehr verärgert bin, weil die Zeitungen darüber schreiben und all diese Öffentlichkeit kontraproduktiv ist. Ich hoffe, der Schuldige, nennen wir es mal so, wird bald gefunden.«

»Kannten Sie Vanessa gut?«

»Seit der Zeit ihrer vertraglichen Verpflichtungen bei Fininvest, als sie, nennen wir es mal so, vom Erfolg im Fernsehen träumte … Und danach habe ich Dora kennen gelernt. Dottor Spaccesi, Dottor Tonelli und Dottor Guggemos sind alte Freunde, aber wir sehen uns nicht sehr häufig. Sie sind alle zu beschäftigt, als dass wir ihre, nennen wir es mal so, Gesellschaft regelmäßig genießen könnten.«

»Finden Sie es nicht ein wenig seltsam, dass Dottor Guggemos an Ihren, nennen wir es mal so, ›amourösen Treffen‹ teilgenommen hat?«

»Beziehen Sie sich auf seine Homosexualität? Na ja, im Allgemeinen spielen wir Poker, rauchen gute Zigarren und reden über Gott und die Welt. Nicht immer sind Freundinnen dabei.«

»Junge, freizügige Freundinnen.«

»Wir sind erwachsene Menschen, da wäscht eine Hand die andere. Wie ich schon sagte, ich habe Vanessa geholfen, ein paar berufliche Probleme zu lösen.«

»Ich gebe dir etwas, und dafür gibst du mir etwas. Darf ich rauchen?«

Er nickt widerwillig. »Hören Sie, nachdem der Abend vorüber war, ist jeder in seinen Wagen gestiegen.«

»Ende der Party.«

»Nennen wir es mal so.«

»Haben Sie Dora Arienti seitdem wiedergesehen?«

»Nein, wir haben nur ein paarmal telefoniert. Sie hat ihre Freundin gesucht. Jetzt wissen wir ja, wo sie war, und sind deswegen alle sehr betroffen. So eine wunderschöne junge Frau.«

»Und Mutter eines Sohnes.«

»Ich habe auch einen Sohn, und dieser …«

»William.«

»Genau, William … ist ein sehr lieber Junge.«

»Wie meinen Sie das?«

»Hören Sie, ich verstehe ja gut, dass ein Kind eigentlich in seinem Zimmer mit Plüschtieren und so weiter schlafen sollte, nennen wir es mal so. Aber er war schon einige Male bei Spaccesi, auch tagsüber. Wir waren keine Fremden für ihn.«

»Würden Sie denn Ihren Sohn zu diesen Partys mitnehmen, Avvocato?«

»Natürlich nicht. Aber ich versichere Ihnen, dass niemand von uns mit diesem schrecklichen Unfall zu tun hat.«

»Sie meinen den Mord?«

»Natürlich …«

»Unfall … ist eine seltsame Bezeichnung dafür …«

Er steht auf und öffnet das Fenster, um den Rauch abziehen zu lassen. »Sex zwischen Erwachsenen in gegenseitigem Einverständnis ist kein Verbrechen«, sagt er und setzt sich wieder hin.

»Auch wenn Ihnen ein Minderjähriger dabei zusieht?«

»Dieser Eventualfall ist nie eingetreten.«

»Weiß Ihre Frau Bescheid?«

»Sie weiß, dass ich bei Gaetano zu Hause war, zu einem, nennen wir es mal so, ›gemischten‹ Essen. Silvia ist mein Sexualleben völlig gleichgültig. Seit Jahren hat jeder von uns seine Freiräume. Wissen Sie, wie schon ein altes Sprichwort sagt? ›Liebe vertreibt die Zeit, Zeit vertreibt die Liebe‹. Meine Frau und ich, wir mögen uns, wir respektieren einander, haben einen Sohn und zwei Karrieren, die uns vollkommen in Anspruch nehmen …« Hier unterbricht ihn das zweimalige

Klingeln des Telefons, aber seine Sekretärin nimmt schließlich im anderen Raum das Gespräch entgegen.

»Ich spiele mit ihrem letzten, nennen wir es mal so, ›Hausfreund‹ Tennis. Einem Chefarzt im Villa-Erbosa-Krankenhaus. Sie werden mich zynisch finden, aber ich bin stolz darauf, dass er sie so begehrt, wie ich es nicht mehr kann … Erstaunt Sie das?«

Ich drücke meine Camel in einem Metallaschenbecher aus und stehe auf, bevor Herr »Nennen wir es mal so« mich explizit darum bittet. »Ganz im Gegenteil, Avvocato. Die Welt wimmelt doch nur von Leuten, die genauso glücklich verheiratet sind wie Sie.«

~ 24 ~

Lena trifft sich mit einer Freundin, die ihre Sommerferien in einem Herrenhaus auf den Hügeln von Sasso verbringt. Eine Möglichkeit, sich von Vanessas Begräbnis abzulenken, das in den nächsten Tagen stattfinden soll, hat sie mir erzählt. »Bei ihr hat man gerade erst eingebrochen, in ihrer Wohnung in Bologna«, hat sie im Hinblick auf ihre Freundin erklärt. »Man hat ihr den Familienschmuck, die Uhren ihres Mannes und zwei Pelzmäntel gestohlen … Ich bin höchstens eine halbe Stunde weg«, hat sie abschließend gesagt und mir Willy auf der Piazza von Sasso Marconi übergeben. Und dann den Motor ihres roten Clio wieder gestartet.

Willy läuft dicht neben mir, er trägt weiße Adidas-Shorts mit grauen Streifen an den Seiten und ein T-Shirt mit der Aufschrift »Play in the city«. Vor dem Schaufenster eines Immobilienbüros bleibe ich stehen und lese dort: »Zu verkaufen: Bauernhaus, 300 Quadratmeter, massive Holztreppe, Kamin mit toskanischen Kacheln …« Ein Preis steht nicht daneben. Wir gehen in Richtung Gemeindebibliothek und Cinema Marconi weiter, dann setzen wir uns in die einzige Bar, die geöffnet hat, neben der *Rosticceria Antichi Sapori*. Ich bestelle einen Kaffee und er einmal Pistazieneis in der Waffel zu einem Euro fünfzig.

»Bei Omas Freundin sind die Diebe an Seilen raufgeklettert«, erzählt er mir. »Vielleicht waren es Bergsteiger.«

»Es müssen keine Bergsteigerprofis gewesen sein, Willy. Um in den zweiten Stock raufzukommen, muss man nur ein bisschen gelenkig sein.«

»In der Zeitung stand, heute arbeiten alle modernen Einbrecher so. Sie benutzen Seile.«

»Weißt du«, sage ich zu ihm. »Früher hatten Einbrecher mehr Stil. Wenn sie zu ihren Beutezügen aufgebrochen sind, hatten sie immer ein Etui mit Einbruchswerkzeugen dabei, das sie *le nécessaire de veuve*, das heißt auf Französisch ›alles Nötige für die Witwe‹, nannten. Diese Geschichten hat mir mein Vater erzählt. Er war früher Carabiniere ...«

Er sieht mich fasziniert an, und ich würde am liebsten stundenlang damit weitermachen, mir Geschichten auszudenken oder meine glücklichsten Kindheitserinnerungen hervorzukramen, und sei es nur, um meine Gedanken von der Broschüre abzulenken, die Bruni mir heute Morgen gegeben hat. Sie wird von *Ciclope*, dem interministeriellen Komitee, das den Kampf gegen die Pädophilie koordiniert, herausgegeben. Darin habe ich Sätze gelesen wie:

Minderjährige sind in der Familie am meisten gefährdet. Wo Armut herrscht, ist sexuelle Gewalt am weitesten verbreitet. Kinder, denen Gewalt angetan wird, zeigen Stresssymptome oder auffallende Schüchternheit, haben deutlich sexuelle Verhaltensweisen, Schwierigkeiten, sich zu sozialisieren, Schlafstörungen, Probleme in der Schule, unternehmen Selbstmordversuche ...

Ich sehe Willy zu, wie er sein Eis schleckt und es ihm völlig egal ist, dass es ihm über die Hände tropft. Dabei leuchtet kein bisschen Freude in seinen Augen auf, keine Befriedigung, als sei es mit zehn schon völlig normal, traurig zu sein. Ich frage mich, ob sie bei ihm zu Hause wohl über seine Mutter sprechen, oder ob dieses Thema tabu ist, etwas, worüber man besser schweigt, jedenfalls für den Moment, zumindest, bis das Begräbnis vorüber ist.

»Was gefällt dir am Fußballspielen?«

»Dass man rennen muss«, sagt er mit etwas mehr Begeisterung. »Weil man sich von seinen Gegnern freispielen, ein Ziel haben muss, und wenn du dann ein Tor schießt – ja –, das ist das Größte!« Er legt den Kopf schief. »Aber ich bin Torwart, ich verhindere, dass andere ein Tor schießen – wenn ich es schaffe. Ich habe keine Ahnung, wer mich jetzt zum Sportplatz bringt. Ich werde in eine neue Schule gehen müssen …«

Nun hole ich *Der Tempel mit dem Feuerrubin* aus meiner Tasche. Das Buch hat mir Lena mitgegeben, falls Willy sich mit mir langweilen sollte. Ich hätte ihr dafür am liebsten ein »Vielen Dank für Ihr Vertrauen« an den Kopf geworfen, aber ich war schon glücklich, dass sie mir gestattet hatte, ein wenig Zeit mit ihm zu verbringen. »Wer ist Geronimo Stilton?«, frage ich ihn.

»Eine Maus, die auf einer Insel lebt, auf der alle Mäuse glücklich sind, und für die Zeitung *Der Nager-Kurier* schreibt.«

»Eine Maus als Journalist.«

»Ja, aber vor allem ist Geronimo Detektiv.« Er hört auf, an seinem Eis zu lecken und wird rot. »Genau wie du.«

»Ach, wirklich? Dann werde ich es wohl lesen müssen.«

»Hier«, sagt er und deutet auf das Buch, »muss er eine

Bande von Verbrecher-Mäusen bekämpfen, die in den Wäldern Brände legen. Aber jetzt bin ich zu alt für solche Geschichten. Die sind für kleine Kinder …«

Ich gebe ihm eine Serviette, damit er sich den Mund abwischen kann.

»Rolando hat mir erzählt, wenn du erwachsen bist, möchtest du Astronom werden.«

»Ja.«

»Warum?«

»Ich mag Sterne.«

Ich versuche, irgendwelche Erinnerungen aus meiner Schulzeit an den Stoff zu reaktivieren.

»Weißt du eigentlich, dass das Universum vor fünfzehn Milliarden Jahren durch einen großen Knall entstanden ist?«

»Ja, das war der Big Bang.«

»Alle Achtung, du weißt ja alles.«

»Manche Galaxien liegen so weit entfernt, dass man sie nur durch ein Teleskop sehen kann«, sagt er und gibt mir den Rest seiner Eiswaffel. »Ich mag nicht mehr.«

Wegen der Hitze rinnt mir der Schweiß über den Rücken, und das T-Shirt klebt mir auf der Haut, trotzdem erschauere ich einen Augenblick lang vor Kälte: Die Galaxie, von der Willy spricht, ist seine Mutter. Ich esse sein Eis auf und widerstehe der Versuchung, mir eine Camel anzuzünden.

»Wie schön, dass du die Sterne magst.«

»Letztes Jahr hat Mama mich in der Laurentiusnacht in den Park mitgenommen, um den Sternschnuppen zuzusehen. Dort sind wir eine ganze Weile geblieben und haben rauf in den Himmel geguckt, um sie zu beobachten, und sie hat mir gesagt, Menschen sterben, aber Sterne leben ewig.«

Ja, ich denke, jetzt werde ich mir doch eine Camel anzünden …

Eine Stunde später, ich bin wieder im Büro, wo die vielen Nachrichten von Stefano Boschi meinen Anrufbeantworter beinahe zum Explodieren bringen. Völlig verzweifelt erzählt er, seine Frau käme sehr bald aus dem Sommerurlaub zurück, und er wisse nicht mehr, wie er seine Exgeliebte hinhalten solle; er bittet mich, diese in ihrer Wohnung aufzusuchen, ihr vielleicht eine Art Waffenstillstand abzuringen oder zum Gegenangriff überzugehen und ihr dringend zu raten, einen Psychiater aufzusuchen. Einen Moment lang bin ich versucht, ihn anzurufen, um ihm zu sagen, Psychologie sei nicht gerade meine Stärke, und ich könne ihm da nicht helfen, aber ich halte gerade einen Stapel unbezahlter Rechnungen in der Hand, und in meinem Portemonnaie befinden sich außer meinem Führerschein und Visitenkarten nur noch ein paar läppische Euro.

Kurz nach achtzehn Uhr drücke ich auf eine Klingel mit dem Schild: DOTT.SSA MAZZETTI, DRITTER STOCK. Ich höre, wie das Schloss schnarrt, und drücke die Tür auf. Obwohl mein Blutdruck niedrig ist und das T-Shirt vor Schweiß an mir festklebt, beschließe ich, die Treppe zu nehmen.

Susanna steht in der Tür, sie trägt einen Jogginganzug und Sonnenbrille. Sie ist so groß wie ich, ungefähr ein Meter fünfundsechzig. Ihre langen kastanienbraunen Haare mit ein paar kupferfarbenen Strähnen darin werden von einer Spange gehalten. Ich erkläre ihr, wer ich bin. Sie verzieht keine Miene, lächelt mich flüchtig an, dann geht sie mir durch den langen, gebogenen Flur ihrer Wohnung voraus.

Ich setze mich auf ein orangefarbenes Sofa, das in der Mitte eines Wohnzimmers mit offenem Küchenbereich steht. Danach widme ich dem Zimmer einen flüchtigen Blick und registriere dabei zwei Fenster, ein niedriges, völlig mit Zeitungen bedecktes Tischchen, eine Stehlampe mit einem plissierten Schirm und eine Regalwand aus Mahagoni, auf der neben Büchern Töpfe mit Efeu und eine Sammlung von Porzellanhunden stehen.

»Möchten Sie etwas trinken?«, fragt sie mich und nimmt Sonnenbrille und Spange ab.

»Nein danke, ich habe gerade einen Kaffee getrunken.«

Sie kramt in einer Tasche ihrer Jacke nach Zigaretten, dann geht sie zum Küchenbereich. Ich beobachte, wie sie ihre Haare nach hinten wirft und sich dann vorbeugt, um sich eine Merit an der Herdflamme anzuzünden.

Es fällt mir nicht leicht, einen Anfang zu finden.

Susanna setzt sich auf die andere Seite des Sofas.

»Wenn ich nicht dafür bezahlt würde, um Sie darüber zu informieren, welche Risiken Sie eingehen, wenn Sie meinen Klienten weiter belästigen, wäre ich jetzt nicht hier.«

»Für Leute, die nicht zu dem stehen, was sie tun, hatte ich noch nie etwas übrig«, erwidert sie und klingt dabei arrogant.

»Sie sollen wissen, dass ich mir nie ein Urteil über Ihre Gefühle erlauben würde.«

»Vielen Dank«, sagt sie und stößt langsam den Rauch aus.

»Trotzdem muss ich Sie fragen, was Sie vorhaben. Es könnte für Sie auf eine polizeiliche Verwarnung hinauslaufen. Und es könnte das Ganze nicht wert sein …«

Ich zünde mir eine Camel an, daraufhin schiebt sie mir höflich den Aschenbecher herüber.

»Heute habe ich meinen Videorekorder zur Reparatur gebracht«, erzähle ich und lege mein Feuerzeug auf den Tisch. »Der Techniker hat mir erklärt, das Ersatzteil, das er für die Reparatur braucht, kostet doppelt so viel wie ein neues Gerät …«

Sie schnellt hoch und ordnet sich die Haare: »Wollen Sie mir damit sagen, wenn Stefano mich zu viel kostet, sollte ich ihn … austauschen?«

»So ungefähr.«

Sie verschränkt die Hände überm Knie. »Da Ihnen Metaphern so gut gefallen, haben Sie eigentlich eine Vorstellung, was für ein Gefühl das ist, wenn man die Zeche für das ganze Gelage bezahlt, während man selbst noch nicht mal ein Grissino angeboten bekommt?«

»Ich glaube, ich verstehe Sie … Boschi war sicher nicht der einzige Mann, der Sie enttäuscht hat. Aber halten Sie es für gerecht, dass er auch für die anderen bezahlen soll?«

»Hören Sie, ich habe keine Lust, vor Wut innerlich zu zerplatzen«, sagt sie schuldbewusst. »Und wenn ich mich nicht räche, wenn ich nicht abrechne … Erinnern Sie sich an ›Eine verhängnisvolle Affäre‹, diesen Film mit Glenn Close?«

»Ja, ich erinnere mich daran. Boschi hat ihn auch schon erwähnt.«

»Er hat Angst, dass es ihm genauso ergeht.«

Ihr hysterisches Lachen klingt nicht gerade beruhigend.

»Mein letzter Verlobter ist einen Monat vor der Hochzeit verschwunden. Er hat mir gesagt, ich nähme alles so schwer, sei besitzergreifend. Er wollte eine ›bequemere‹ Frau, aber wenigstens hatte er so viel Takt, das noch vor der Hochzeit herauszufinden.« Sie zündet sich noch eine Merit an. »Ich weiß, dass ich Probleme habe, ich bin unsicher. Und in der Universitätsszene wird mit harten Bandagen gekämpft ...«

»Darin unterscheidet sie sich nicht von anderen beruflichen Umfeldern.«

Sie zuckt mit den Schultern.

»Es heißt, ich würde mich als Streberin aufspielen. Und es gibt eine ganze Reihe junger hübscher Assistentinnen, die nur darauf warten, mich zu ersetzen. Sie sollten das mal sehen ... Sie betteln nur so um die Gunst der ›Fakultätsbarone‹. Wissen Sie, was einer meiner Professoren gesagt hat? ›Die Frau ist eine dunkle Bedrohung, die man sich unterwerfen muss.‹ Logik ist uns fremd, wussten Sie das? Wir sind keine rationalen Wesen, wir fühlen die Dinge, aber verstehen sie nicht, entscheiden rein aus dem Bauch heraus. Oh, die sorgen schon dafür, dass wir ständig daran erinnert werden, dass Evas Leib aus Adams Rippe geformt wurde!«

Ich versuche, das Ganze ins Komische zu ziehen. »O verdammt, stimmt ja, das vergesse ich immer.«

Sie richtet ihre unruhig hin und her wandernden Augen auf mich. »Für mich ist Hass etwas sehr Ernstes.« (Ich sage ihr lieber nicht, dass ich das bereits bemerkt habe.) »Stefano verdreht jeder den Kopf. Er redet dir ein, du seist die Einzige, die ihn versteht, und dann nimmt er alles zurück.«

»Schicken Sie ihn zum Teufel, Susanna!«

Sie hört mir nicht zu.

»Sie hätten ihn am Abend unserer ersten Verabredung sehen sollen – wie liebenswürdig er war, ein Kavalier, das Jammern über seine Frau, die ihn im Bett nicht befriedige ...«

»Sie tun sich nur selbst weh. Boschi zu belästigen ist eine Beleidigung Ihrer eigenen Intelligenz.«

Sie drückt die Merit im Aschenbecher aus, dann steht sie auf und gibt mir damit zu verstehen, dass unser Gespräch beendet ist. »Wissen Sie«, sagt sie, während sie mich zur Tür bringt: »Ich pfeife auf meine Intelligenz.«

~ 25 ~

Der kleine Zug bewegt sich in Richtung Friedhofseingang zu. Ich betrachte die bedrückten, angespannten Gesichter der Anwesenden und höre jemanden sagen: »Unter diesen Umständen hatte es keinen Sinn, sie einäschern zu lassen.«

Meine Mutter wurde eingeäschert. Vorher hatte sie mir und meiner Schwester irgendwann erzählt, die Kirche betrachte die Einäscherung als einen unfrommen Akt, und während des Faschismus seien viele Krematorien außer Betrieb genommen worden. Ihr gefiel der Gedanke, dass Garibaldi, die Aufklärer und die französischen Revolutionäre dagegen große Befürworter der Einäscherung waren. Mein Vater sagte zu ihr: »Ilaria, du willst dich verbrennen lassen? Mit deinen schönen Beinen?« Und sie hat gelacht. Ein halbes Jahr später landeten ihre schöne Beine und der Rest von ihr in einer Urne.

Mein Vater kommt ausschließlich am 2. November hierher, ich nicht einmal an diesem Tag. Ich kenne den Platz von Adas Grab genau und fände ihn mit geschlossenen Augen, um mir dort das Foto anzuschauen, auf dem sie lächelt, und zu denken, dass sie uns immer noch etwas vorspielt, dass sie uns weismachen möchte, sie sei hiergeblieben. Ich sehe Ada überall. Für mich wird sie nie an einem bestimmten Ort sein. Ich weiß, dass sie sich gut versteckt hat.

Wo ist Van? Noch eine, die Geheimnisse und Versteckspielen liebte. Lägen ihre Gräber beieinander, hätten die beiden bestimmt genug gemeinsamen Gesprächsstoff bis in alle Ewigkeit.

Lena trägt zwar Schwarz, aber auf einen gewagten Ausschnitt hat sie nicht verzichten wollen. Sergio und Rolando rahmen sie ein wie zwei fürsorgliche Knappen, jederzeit bereit, das Riechsalz aus der Tasche zu holen. Willy haben sie in eine dunkelblaue Jacke gesteckt, die ihm eine Nummer zu groß ist. Er klammert sich an der Hand des alten Mannes fest. Dora Arienti lässt sich von einer Freundin begleiten und trägt eine dunkle Sonnenbrille wie ein Filmstar, die beinahe ihr ganzes Gesicht bedeckt. Mir reicht es. Ich sehe noch mehr Leute kommen und flüchte mich in mein Auto, wende den Kopf dem Seitenfenster zu und überlasse es Bruni und seinen Beamten, die weiteren Ereignisse zu verfolgen: die Trauerfeier, die Blumen auf dem Sarg, die Litaneien des Pfarrers, und dabei die Gesichter der Anwesenden zu erforschen und zu ergründen, wie echt ihre Trauer ist.

Angelo Fabbri taucht plötzlich vor meiner linken Autotür auf: Seine Haare sind zerrauft, er hat tiefe Ringe unter den Augen und zieht nervös an einer Marlboro, von der nur noch der Filter übrig ist.

Ich steige aus meinem Citroën und reiche ihm die Hand.

Er erzählt mir sofort, er habe es nicht geschafft, Willy gegenüber auch nur ein Wort herauszubringen, Lena Bassi habe aber zustimmend gebrummt, als er sie gefragt habe, ob er ein paar Stunden allein mit seinem Sohn verbringen dürfe, nach dem Begräbnis, und vielleicht auch noch mal in den folgenden Tagen. Er habe ein paar Tage während seiner Tournee frei und wolle sie gern hier in der Nähe seines Sohnes verbringen.

»Ich möchte einen Kontakt zu ihm herstellen, obwohl das natürlich nicht so einfach ist, wie ein Stromkabel an einen Monitor anzuschließen. Ich habe mir überlegt, er könnte mitkommen und mir bei der Arbeit zusehen, bei einem Konzert dabei sein …«

»Van hat Gitarre gespielt …«

»Ja, sie hat es zumindest versucht. Letztes Jahr hat sie mir eine Kassette geschickt, auf der sie ein paar Lieder auf Englisch eingespielt hatte. Sie mochte die Sängerin von den Velvet Underground und versuchte, sie zu kopieren. Nicos Ende war nicht besser als ihres.«

»Sie hat auch die Smiths gehört.«

»Die hat sie durch mich kennen gelernt. Van hatte die Marotte, Sätze aus Liedern, die ihr besonders gefielen, auf Postits zu schreiben und damit die Wände ihres Zimmers zu tapezieren. Ich bin sicher, als Grabinschrift hätte sie gern eine bestimmte Zeile aus *I Know It's Over* gehabt.«

»Und wie lautet die?«

»So ungefähr, es ist zu einfach zu hassen und man braucht eine ordentliche Portion Mut, um gut zu sein.« Er verzieht das Gesicht und fügt hinzu: »Ich glaube nicht, dass Willy gut zu mir sein wird.«

»Kinder verzeihen«, versuche ich ihn zu beruhigen. »Sie haben Bedürfnisse, die stärker sind als Groll. Ein Kind ist abhängig von den Erwachsenen.«

»Und von wem sind die Erwachsenen abhängig? Von Gott? Van hätte keine kirchliche Zeremonie gewollt. Sie hat ständig geflucht.« Er muss lächeln und enthüllt dabei einen Unterkiefer voller schiefer, nikotinverfärbter Zähne. In diesem Augenblick verlassen Dora und Nicola gemeinsam den Friedhof. Angelo Fabbri deutet auf seinen grünen Volvo 70, den er in der Nähe geparkt hat, und sagt, die Fahrt habe ihn erschöpft und er müsse ein paar Minuten die Augen zumachen.

»Kennst du sie?«, frage ich ihn und zeige auf die Arienti.

»Nein, keine Ahnung, wer das ist«, sagt er abwesend.

»Sie war Vans Freundin.«

»Van hatte nicht gerade viele Freundinnen.«

Ich hole die Noten von *Nowhere fast* von den Smiths aus der Tasche und sage: »Das ist für dich. Auf der Rückseite ist ein Brief.«

Angelo nimmt das Blatt und erkennt sofort die Schrift. »Danke«, sagte er leise.

Dora steht mit dem Rücken zu mir, als ich sie erreiche.

»Mir schien es am passendsten für diese Gelegenheit«, sagt sie gerade zu Nicola und meint damit ihr Kleid.

Ich kann mich nicht zurückhalten und muss einfach sagen: »Tut mir leid, dich so niedergeschlagen zu sehen, Dora.«

Sie tritt ihre Zigarette unter dem Absatz ihres Pumps aus.

»Sind wir etwa nervös? Ja, es ist wirklich ganz reizend«, sage ich und mustere ihr winziges pflaumenfarbenes Baumwollkleid.

»Es hat Van gehört. Wenn du deine Nase ranhältst, du Miststück, kannst du noch ihr Parfüm riechen.«

»*Poison* von Dior?«, provoziere ich sie.

Sie antwortet mir nicht, sondern überquert eiligen Schrittes die Straße und flüchtet in eine Bar.

Nicola blickt verlegen zu Boden.

»Ich wusste nicht, dass ihr einander kennt.«

Er will etwas sagen, aber dann schweigt er lieber.

»Kennst du Dora nun, oder nicht?«

»Ich weiß nicht, was ich mit dir anstellen soll«, braust er auf. »Du machst mich befangen, ich habe immer Angst, dass ich etwas Falsches sage.«

Ich streife seinen Ellenbogen. »Komm, entspann dich.«

»Sie hat Van manchmal in die Buchhandlung begleitet. Einmal habe ich sie abends in einem Pub getroffen und ihr ein Bier ausgegeben.«

Ich werde ironisch. »Ach, wirklich? Hatte sie Durst?«

»Sie sieht gut aus.«

»Gut? Aber an der ist doch nichts echt.«

Er lächelt triumphierend: »Bist du eifersüchtig?«

Danach dreht er mir den Rücken zu und läuft in Richtung Bushaltestelle.

Ich steige wieder in meinen Wagen und schalte das Radio ein.

Bruni verhält sich nicht mehr so vertraulich wie neulich Abend. Jetzt hat die Zurückhaltung, hinter der er sich üblicherweise verschanzt, wieder die Oberhand gewonnen. Er schaut mich nur kurz an, aus der Entfernung, während er auf dem Rücksitz eines Polizeiwagens Platz nimmt.

Eine Viertelstunde später – ich halte gerade an der Ampel in der Via Andrea Costa – klingelt mein Handy.

»Erinnerst du dich eigentlich noch daran, dass du einen Vater hast?«

In der belegten Stimme des Ex-Maresciallo Maggiore liegt

mehr als ein leiser Vorwurf. Kann es sein, dass er schon um drei Uhr nachmittags nicht mehr in der Lage ist, deutlich zu sprechen? Es mag ja Einbildung sein, aber ich habe den Eindruck, dass es aus meinem Handy nach Anisschnaps riecht.

Ich atme tief durch. »Ich habe zurzeit viel zu tun.«

»Morgen ist Ferragosto, also Feiertag, und Jole und ich wollten dich zum Essen ausführen.«

»Ich glaube nicht, dass …«

»Es ist ein gemütliches Restaurant«, fährt er unbeirrt fort. »Mitten im Park der Villa Smeraldi. Ich bin schon mit deiner Mutter hingegangen, als ihr noch nicht auf der Welt wart. Damals hieß es *L'Incanto Verde*, es hatte auch eine Tanzfläche, eine Tanzkapelle …«

Die Ampel wird grün, und ich fahre los.

»Ich gebe dir Bescheid, Papa.«

»Gut, ich habe es dir jedenfalls gesagt«, baut er vor.

»Und ich habe dir gesagt, ich gebe dir Bescheid.«

»Du rufst nie an«, beklagt er sich.

Ich krame mit der freien Hand in der Tasche nach meinen Zigaretten.

»Ich könnte morgen sterben, und du wüsstest es nicht einmal.«

»Seit mindestens zehn Jahren erinnerst du mich an diese Möglichkeit.«

Er stammelt einen beleidigten Gruß und beendet das Gespräch. Ich werfe mein Mobiltelefon auf den Sitz und fahre schneller.

~ 26 ~

Als ich meinen Citroën vor dem Haus parke, sehe ich den »jungen Verkäufer« auf dem Bürgersteig sitzen und mit Blättchen und Tabak hantieren. Auf seinem stahlgrauen T-Shirt, die Farbe passt genau zu seinen Augen, baumelt ein Goldkettchen mit einer Sanduhr als Anhänger, die mir vorher nicht aufgefallen war.

»Ich sehe, du weißt, wo ich wohne.«

»Deine Nummer steht im Telefonbuch.«

Ich setze mich neben ihn, nehme die Dose Heineken, die er zwischen seine Knie geklemmt hat, und trinke einen langen Schluck. Nicola zündet seine Zigarette an, nimmt ein paar Züge, und gibt sie mir weiter. Der angefeuchtete Filter schmeckt nach seinem Speichel. Ich ziehe und lasse entspannt die Seele baumeln.

»Hast du schon gegessen?«

Eine Stunde später liegt er auf meinem Kelim und lehnt seinen Kopf ans Sofa. In der absoluten Stille höre ich nichts außer dem geräuschvollen Malmen seiner Kiefer, die einen Cracker zermahlen.

Ich gehe in die Küche und räume Teller und Besteck in den Geschirrspüler. Dabei beobachte ich durch die offene Tür, wie er sich die Fernbedienung nimmt und den Fernseher einschaltet. Auf dem Bildschirm flanieren Models in Bikinis über einen Laufsteg.

Er kommt zu mir und umarmt mich von hinten, während ich den Kühlschrank öffne.

»He«, sage ich zu ihm, »nimm dir nicht zu viel heraus.«

Er rückt von mir ab und breitet entschuldigend die Arme aus, dabei verzieht er enttäuscht das Gesicht.

Gleich wird er mir erzählen, ja ich hätte Recht, er steht wirklich nur auf zwanzigjährige Models, die zwei Meter groß sind und dazu Brustwarzen haben, die so steil aufragen wie Garderobenhaken. Stattdessen macht er den Mund auf und sagt: »Hast du einen Stift und Papier?«

»Warum?«

»Ich habe Lust bekommen zu schreiben.«

Ich gebe ihm alles, was er braucht – Papier, Kugelschreiber, Bleistifte, Filzstifte – und gehe ins Schlafzimmer. Als ich die Augen wieder aufmache und auf meinen Wecker mit Digitalanzeige schaue, der auf dem Nachttisch steht, stelle ich fest, dass ich beinahe zwei Stunden geschlafen habe.

Ich gehe ins Wohnzimmer, Nicola ist dort auf dem Sofa eingeschlafen. Eine Handvoll bekritzelter Seiten liegt mitten auf dem Teppich. Ich komme auf Zehenspitzen näher, um ihn nicht zu wecken. Hebe ein Blatt vom Boden auf, voller Sätze, die zum Teil wieder durchgestrichen sind, aber dann entschließe ich mich, es doch nicht zu lesen.

Ich gehe ins Bad und rufe Mel an.

»Ich begreife nicht, was er von mir will«, flüstere ich in den Hörer.

»Red keinen Blödsinn, das hast du genau begriffen.«

»Er ist zu jung.«

»Jung?«, gluckst Mel in den Hörer. »Giorgia, ich erinnere mich noch an deinen fünfundzwanzigsten Geburtstag, da hast du deinen Kopf gegen die Wand geschlagen, und deine Tränen sprudelten wie bei einem Springbrunnen. Als ich gefragt habe, warum du das tust, hast du gebrüllt: ›Ich bin alt! Mein Leben ist vorbei!‹«, sagt er und lässt seiner Heiterkeit freien Lauf.

»Daran erinnere ich mich nicht, Mel«, schnaube ich. »Und ich finde das auch überhaupt nicht komisch.«

Im gleichen Augenblick höre ich, wie eine Tür ins Schloss fällt. Ich verabschiede mich hastig von Mel und laufe ins Wohnzimmer, aber Nicola und seine auf dem Teppich verstreuten Blätter sind verschwunden.

Das Telefon in meinen Händen klingelt. Äußerst beunruhigt erklärt mir Stefano Boschi, seine Frau käme mit den Kindern vom Meer zurück. Ich ahne sofort, was ich für ihn tun soll, und sobald ich das Gespräch beendet habe, schnappe ich mir Tasche und Schlüssel.

Susanna Mazzettis Mini steht in der Via Azzurra, etwa auf Höhe von Haus Nummer sieben, in dem die Boschis wohnen. Da es noch hell ist, habe ich beschlossen, mich mit dem Citroën in einiger Entfernung zu postieren, damit ich sie unbemerkt im Auge behalten kann. Susanna sitzt über das Lenkrad gebeugt und lässt einen Arm aus dem Fenster hängen, um die Asche ihrer Zigarette abzuklopfen. Seit ich dort bin, hat sie schon mehrmals ihren Wagen verlassen, hat die erleuchteten Fenster von Boschis Wohnung betrachtet und ist wieder eingestiegen.

Ich glaube, ich verstehe, was sie empfindet. Das Ende einer Affäre ist nie ein Spaziergang, und Liebe ist wie diese Gebirgspfade, wo der Abstieg schwieriger ist als der Aufstieg. Wer nicht will, will eben nicht. Und Gründe zählen hier nicht, selbst wenn sie unausgesprochen bleiben. Auf dem Bestehen einer Beziehung zu beharren ist sinnlos. Genauso sinnlos wie fünfundneunzig Prozent der Briefe, die zu solchen Gelegenheiten geschrieben werden.

Von hier aus sehe ich ihre Haare, die ihr offen über die Schulter fallen, und die Finger mit den vielen Ringen, die nervös eine weitere Kippe aus dem Seitenfenster werfen. Sie schüttelt den Kopf, entfaltet ein Taschentuch und trocknet sich die Augen. Ich muss an die flammende Schönheit denken, die gewisse sich verzehrende Frauen besitzen, an diejenigen, die nicht leben können, ohne dass auf ihrem Badezimmerregal das Aftershave eines Mannes steht, der bei ihnen übernachtet.

Vor zwanzig Jahren schmetterte Mel eine Bierdose gegen eine Straßenlaterne und sagte zu mir: »Wieder eine Nacht, in der ich nach Hause gehe und allein schlafe. Das ist nicht in Ordnung. Hier müsste eine Freundin her. Man kann nicht ohne eine Freundin schlafen. Das ist nicht fair.«

Heute geht es ihm genauso wie mir; wenn er zu Hause jemanden vorfindet, bricht ihm der Schweiß aus. Wie oft habe ich ihn, als er jung war, von einer Party weggehen sehen, völlig geknickt, schon wieder von einem Mädchen eine Abfuhr kassiert zu haben. Wie oft habe ich ihn in späteren Jahren vor Frauen davonlaufen sehen, die er liebte, weil er fürchtete, sie würden ihm sonst zuerst davonlaufen …

Vor Nummer sieben hält nun ein weißer SEAT. Eine grazile Dreißigjährige in einem himbeerfarbenen Minirock steigt mit zwei Kindern, die mit Schwimmringen und Plastiktüten voll Spielzeug beladen sind, aus dem Wagen. Im gleichen Moment kommt Stefano Boschi durch die Glastür des Hauses, läuft den kurzen Backsteinweg entlang und drückt auf den Türöffner des Gartentors. Er mag ein Nervenbündel sein, spielt aber den Ehemann in Vollendung.

Ich strecke meine Hand nach dem Türgriff aus, bereit, sofort in Aktion zu treten. Stefano nimmt seine Tochter in den Arm und gibt dem Jungen einen liebevollen Klaps, während Chiara mit Rucksäcken und Koffern vollauf beschäftigt ist. Leidenschaft, die Weigerung, die Realität anzuerkennen, wie viele Gedanken mögen Susanna durch den Kopf gehen, während sie zusieht, wie diese Familie an einem lauen Augustabend wieder vereint ist.

Gleich wird sie aussteigen, die Tür zuknallen, ihre Szene machen. Und ich werde gezwungen sein zu rennen, mich zwischen sie und die anderen zu stellen und sie aufzuhalten, ehe sie den Mund aufmachen kann. Aber es geschieht nichts, absolut nichts. Familie Boschi bewegt sich unter Kinderlachen und Gesten der Vertrautheit zwischen den Erwachsenen auf die Haustür zu. Ich möchte gern zu der anderen gehen, der anderen Frau, wie ein Song der Pooh heißt, um ihr zu sagen, dass wir alle in der Lage sind, uns zu verlieben, aber miteinander zu leben und einander zu ertragen viel, viel komplizierter ist. Als ich einen Wagen starten höre, sehe ich auf und bemerke, wie Susanna etwas aus dem Seitenfenster wirft. Der Mini fährt los und überquert bei Gelb die Kreuzung. Ich steige aus meinem Citroën und gehe ein paar Meter, bücke ich mich, um etwas aufzuheben. Es ist nur die Quittung aus einer Bar. Dann starre ich auf ein Häufchen von zehn lippenstiftverschmierten Kippen auf dem Fleck Asphalt vor mir.

~ 27 ~

Nach einem schnellen Mittagessen in Gesellschaft von Johnny verbringe ich den Nachmittag damit, meine Wohnung aufzuräumen.

Als ich im Flur mit Scheuerlappen und Schrubber hantiere, höre ich das schnurlose Telefon im Wohnzimmer klingeln und hüpfe auf Zehenspitzen hin, um keine Fußabdrücke auf dem frisch gewischten Boden zu hinterlassen.

Es ist Bruni, der mich informiert, dass er gerade einen Anruf von Rolando erhalten hat: Willy ist verschwunden. Sein Vater sollte ihn am frühen Nachmittag nach Badolo zurückbringen, und mittlerweile ist es schon nach fünf. Ein Beamter sei schon auf dem Weg ins Hotel *Astor* in der Via dell'Arcoveggio, wo der Mann seit gestern wohnt.

»Sein Handy ist ausgeschaltet. Vielleicht hat Fabbri Willy nach Hause gebracht, wollte aber nicht mit reinkommen. Sie suchen die Umgebung nach dem Jungen ab.«

Ich bitte ihn, mich auf dem Laufenden zu halten, dann schlüpfe ich in Jeans und Sandalen und verlasse eilig die Wohnung.

Die Portiersfrau des Wohnblocks, in dem Van mit ihrem Sohn gelebt hat, hält mich im Foyer auf. »Das Appartement wird neu vermietet. Die Möbel haben sowieso dem Eigentümer gehört, aber die persönlichen Dinge der Frau sind noch dort.«

»Sie haben nicht zufälligerweise den Jungen gesehen?«

»Heute?«

»Ja, heute.«

Sie schüttelt ihren Kopf, den etwa dreißig rosarote Lockenwickler fest im Griff haben. »Der Ärmste«, seufzt sie.

»Wissen Sie, ob er einen eigenen Schlüssel hatte?«

»Na ja, er kam ja von der Schule nach Hause, und seine Mutter war fast nie da.«

»Kamen viele Leute zu Besuch?«

»Niemand außer ihrer Freundin. Und manchmal ein junger Mann. Ich habe gehört, wie William ihn den ›Büchermann‹ nannte …«

Ich gehe schnell die drei Treppenabsätze hoch und finde die Wohnungstür angelehnt. Langsam öffne ich sie und sehe Willy auf dem blauen Sofa sitzen, auf den Knien Vans Gitarre; zu seinen Füßen liegt ein Nylonsäckchen mit Ersatzsaiten. Er konzentriert sich viel zu sehr auf die Aufgabe, die Saiten aufzuziehen, um mich zu bemerken. Ich bleibe im Türrahmen stehen und hole erst einmal tief Luft.

»Willy …«

Er hebt seinen blonden Schopf.

»Ciao.«

Ich beobachte ihn dabei, wie er eine Metallsaite am Hals der *Ovation* aus honigfarbenem Holz einfädelt; den schlanken und gewölbten Hals auf den Beinen balancierend, werkelt er am Tonabnehmer und an den Stegen, mit denen die Saiten regulierte werden; schließlich dreht er die Wirbel hinter dem Sattel fest.

»Kannst du sie auch stimmen?«, frage ich ihn.

»Nein.« Dann deutet er auf die Saiten und fügt hinzu: »Eigentlich sollte Mama sie ja austauschen, aber das hat sie nicht mehr geschafft.«

William sitzt neben mir. Auf der Rückbank des Citroën liegt in einer schwarzen Schutzhülle aus Plastik die Folkgitarre seiner Mutter. Ich habe gerade Bruni Bescheid gesagt, dass ich den Jungen nach Hause fahre. Als die Beamten ins Hotel gekommen waren, schlief Angelo Fabbri in seinem Zimmer; er hatte mit seinem Sohn in einem Burger King gegessen und ihn dann zur Station für die Überlandbusse gebracht: William Liverani muss gleich wieder aus dem Bus gestiegen sein, direkt nachdem sie sich voneinander verabschiedet hatten.

Ich fahre mit verhaltener Geschwindigkeit, ohne die Scheinwerfer einzuschalten. Der Himmel, der genauso blitzblau leuchtet wie Willys Sporttrikot, trotzt der Dämmerung. Ich sehe, wie der Junge sich ständig nach hinten umdreht, um zu kontrollieren, ob das Instrument nicht bei einem abrupten Fahrmanöver vom Sitz rutscht.

»Vielleicht lernst du ja in ein paar Jahren, darauf zu spielen«, sage ich zu ihm.

»Ich weiß nicht, ob ich musikalisch bin.«

»Und deine Mama, die war das?«

Er schaut aus dem Fenster und nickt. Die Augustsonne hat sein Gesicht mit Sommersprossen gesprenkelt, seine Augen gleichen denen von Van auf den Fotos.

»In letzter Zeit hat sie Platten von Neil Young gehört.«

Er hat Schwierigkeiten, den Namen auszusprechen. »Dabei musste sie immer weinen. Ich verstehe kein Englisch, aber die Worte müssen sehr traurig gewesen sein, wenn sie sie so zum Weinen gebracht haben. Wenn sie Metal reinschob, war es besser.«

»Was, richtige Heavy-Metal-Musik?«

»Ja, Led Zeppelin. Zu denen hat sie immer getanzt.«

»Meine Schwester hat Klavier gespielt, und ich hab mich eine Weile am Schlagzeug versucht.«

»Ist das nicht eher was für Jungs, so ein Schlagzeug?«

»Kann sein. Vielleicht mochte ich es genau deswegen.«

»Bist du eine Emanze?«

Ich lächle. »Nein … Oder doch …«

»Was jetzt, ja oder nein?«

»Das ist ein bisschen kompliziert.«

»Jungs weinen weniger als Mädchen.«

»Hast du denn nie mal einen Kloß im Hals, so einen Frosch, dass du nicht sprechen kannst?«

»Manchmal.«

»Siehst du? Wir sind alle gleich.«

»Mädchen spielen keinen Fußball.«

»Manche schon.«

Dem Blick nach zu schließen, den er mir daraufhin zuwirft, scheint er nicht gerade überzeugt.

»Du bist ganz schön stark.«

Ich muss lachen. »Komme ich dir so vor?«

Er beißt sich auf die Unterlippe und nickt unentschlossen.

»O nein, ich bin nicht stark, Willy. Niemand ist das.«

Er betrachtet mich zweifelnd.

»Aber ich bin auch nicht schwach. Ach, Scheiße«, seufze ich und fahre schneller, »ich weiß nicht, was ich bin, Willy.« Ich will ihn nicht vollständig durcheinanderbringen, deshalb wechsle ich lieber das Thema. »Hast du schon eine Freundin?«

Er schüttelt heftig den Kopf, meine Frage ist ihm peinlich.

»Wie sind denn die Lieder deiner Mutter?«

Er denkt darüber nach. »Ein bisschen traurig, so was für Regentage.«

»Fehlt sie dir?«

»Mir fehlt das Klappern ihrer Absätze, wenn sie nach Hause kommt.«

»Hat sie dich häufig allein gelassen?«

Ich sehe, wie er seine kleinen Hände knetet. »Ich glaube, dass sie in ihrer Musik erzählt hat, was sie den Leuten nicht direkt sagen konnte.«

~ 28 ~

Lena hat Willy zum Zähneputzen ins Bad geschickt und dann auf sein Zimmer gebracht, das Vanessa gehörte, als sie in seinem Alter war. Sie hat nicht mit ihm geschimpft, zumindest nicht vor mir, aber sie hat ihm gesagt, manchmal sei es besser, seinen Vater gar nicht kennen zu lernen, besonders, wenn er so ein unfähiger Trottel sei wie seiner, der nicht einmal mitbekommen hat, dass er vom Bus abgehauen ist. Ehe sich die Tür vor mir schloss, konnte ich auf dem Bett den alten schmuddeligen rosaroten Panther von Van erkennen, der zwischen zwei Kissen steckte.

»Was ist vom Kinderzimmer Ihrer Tochter geblieben?«, habe ich sie gefragt.

»Fast nichts, nur der Schreibtisch, die Schulbücher. Wir haben ein größeres Bett reingestellt, damit sie zusammen mit Willy hier übernachten konnte. Jetzt werde ich die Wände streichen lassen, damit mein Enkel seine Poster aufhängen kann.«

Wir sitzen in der Küche bei einer Flasche Pfirsichwodka, mehr Zucker als Alkohol, aber wenigstens eisgekühlt. Sergio und Rolando sind nach Sasso gefahren, um sich auf den Schrecken erst mal einen zu genehmigen, meint sie.

»Das hat uns gerade noch gefehlt, dass Willy jetzt anfängt,

über die Stränge zu schlagen. Als hätten wir nicht schon genug Sorgen.«

»Er hat gerade seine Mutter verloren, da können Sie doch nicht erwarten …«

»Ich erwarte gar nichts. Können Sie sich vorstellen, wie sehr ich leide?«

Es gibt immer ein »ich« zu viel, jedes Mal, wenn diese Frau den Mund aufmacht.

Vor ein paar Minuten, als sie oben war, um ihrem Enkel das Bett aufzudecken, habe ich mich ein bisschen in den Räumen des Erdgeschosses umgesehen, die in der Nähe der Küche liegen: das Wohnzimmer, die Bäder, die Durchgangszimmer in den verwinkelten Korridoren. Die Einrichtung ist alt, Massenware, wahrscheinlich immer noch dieselbe wie damals, als Rolando mit seiner Frau hier eingezogen ist. Lena sieht nicht gerade aus, als würde sie oft Besuch empfangen; sie hat nur ihren Clio, um sich von Zeit zu Zeit kleine Fluchten von hier nach Sasso Marconi zu gönnen, jeden Donnerstag zum Markt, oder mal zur Friseurin ihres Vertrauens.

Ihr Schlafzimmer stelle ich mir ganz kitschig vor, eine einzige Orgie aus Gold und Rosa, mit einem Spiegelschrank, einem Himmelbett und einem Toilettentisch mit Nippes obendrauf: Püppchen im Tutu, die mit gespreizten Beinen auf einem Spitzendeckchen thronen, herzförmige Schmuckdöschen, Puderquasten, Bürsten mit Porzellankopf …

»Ich möchte Sergio gar nicht verteidigen«, sagt Lena, als sie zurückkommt, »aber man setzt ihm heute noch wegen dieser schlimmen Geschichte von damals zu. Es stimmt schon, er ist ein grober Kerl, aber er würde keiner Fliege etwas zuleide tun. Nach seiner Zeit im Gefängnis habe ich ihn aus Mitleid wieder aufgenommen. Wir reden kaum miteinander, und im Bett passiert seit Ewigkeiten nichts mehr außer Schlafen, wenn Sie verstehen, was ich meine …«

»Mit der schlimmen Geschichte meinen Sie den Mord an Ihrem Liebhaber?«

Sie kippt ein wenig Wodka hinunter, den kleinen Finger fein gespreizt. »Ja, diesen verfluchten achten März vor achtzehn Jahren. Ich konnte nicht mehr aus dem Haus, ohne dass die Leute mit dem Finger auf mich gezeigt haben. Herzloses Pack, das seine Zeit mit Tratschen verbringt. Vor allem die Weiber …«

Ich starre sie an und warte darauf, dass sie deutlicher wird.

»War es denn meine Schuld, dass ihre Männer mir hinterhergelaufen sind? Aber so heuchlerisch, in die Kirche zur Beichte zu rennen, war ich nie. Meine Sünden, wenn wir sie denn so nennen wollen, habe ich immer erhobenen Hauptes getragen.«

»Kurz gesagt, das Fleisch ist schwach.«

Sie ignoriert meinen Sarkasmus. »Auch heute, wenn ich wollte, könnte ich …«, prahlt sie. »Ich hatte Träume, wissen Sie? Als ich jung war, habe ich Fotos von mir an Zeitschriften geschickt, aber nackt auf der Titelseite einer Zeitung landen, das wollte ich dann doch nicht. Dann kam Vanessa auf die Welt. Ein Kind und deine Träume – das passt einfach nicht zusammen.«

»Haben Sie gewusst, womit Vanessa in der letzten Zeit ihren Lebensunterhalt verdient hat?«

»Sie hatte reiche Freunde.«

»Die sie für ihre sexuellen Dienste bezahlt haben.«

Sie verzieht keine Miene. »Das hat mir Ihr Freund von der Polizei schon gesagt. Aber ich habe ihn gebeten, weder meinem Vater noch meinem Mann etwas davon zu erzählen. Ich bin ja stark, aber die beiden …«

»Sie wussten es schon, bevor Bruni es Ihnen bestätigt hat.«

Sie zieht ihren Ehering ab und legt ihn auf den Tisch.

»Hören Sie, ich bin ja nicht von gestern … Aber mit meiner Tochter konnte man nicht reden. Sie hat ihr eigenes Leben geführt … Entschuldigen Sie mich kurz,« sagt sie und steht auf, »ich will nur nachsehen, ob Willy eingeschlafen ist, und schalte bei ihm das Licht aus. Und dann, wenn es Ihnen nichts ausmacht, würde ich gerne einer Ihrer Zigaretten rauchen«, fügt sie hinzu und zwinkert mir verschwörerisch zu.

Ich nutze die Gelegenheit, um Nicola anzurufen. Nach fünfmal Klingeln geht er ran, aber ich höre seine Stimme kaum, dafür umso mehr ohrenbetäubend laute Discomusik.

»Warte einen Moment, ich gehe raus. Hier ist es etwas laut.«

»Bist du zum Tanzen nach Riccione gefahren oder zu Besuch bei einem Mädchen, das völlig taub ist?«

»Letzteres natürlich. Weißt du, so eine, die in den Kneipen Feuerzeuge und Schlüsselanhänger verkaufen muss.«

»Schenk ihr doch ein Hörgerät.«

Er lacht in den Hörer. »Was verschafft mir die Ehre deines Anrufs?«

»Du hast mir gesagt, dass du Van nur flüchtig gekannt hast, und jetzt erfahre ich, dass du sie sogar zu Hause besucht hast.«

»Ja, um ihr Bücher zu bringen, und auch an ihrem Geburtstag. Ich habe gesehen, wie sie in der Buchhandlung im Katalog dieses Malers geblättert hat … Balthus. Und da habe ich ihr ein Poster geschenkt.«

»*La victime* – Das Opfer. Ich hab's gesehen. Es hängt in ihrem Schlafzimmer.«

»Wenn ich jetzt drüber nachdenke, hätte ich ihr doch lieber das mit den Katzen schenken sollen … Entschuldige«, ich höre wieder die Musik und dann das Schlagen einer Tür, »Ich bin bei einem Freund.«

»Das interessiert mich nicht.«

»Ach nein?«

»Wusstest du, womit deine ›Dichtergefährtin‹ sich ihre Brötchen verdient hat?«

»Also … Ja … Sie hat mich sogar gefragt, ob ich statt Bücher zu verkaufen nicht lieber Gigolo werden wollte … Sie fand mich attraktiv.«

»Das bist du«, gebe ich zu, »du könntest auch Schauspieler oder Model oder Sänger werden …«

»Schade, dass ich für all das kein Talent habe.«

»Dann solltest du es erst recht versuchen. Je weniger Talent du hast, desto besser stehen die Chancen, dass du Erfolg hast.«

»Vielen Dank. Dein Zynismus befeuert meinen jugendlichen Enthusiasmus.«

»Das mit dem Gigolo ist eigentlich keine so schlechte Idee …«

»Meinst du, ich hätte Chancen bei reiferen Damen?«

Das stecke ich locker weg. »Hast du mit Vanessa geschlafen?«

»Ihr gefielen nur die etwas älteren Herren, du weißt ja, wie das ist.«

»Das kann ich ihr nachfühlen.«

»Treffen wir uns?«

»Wann?«

»In fünf Minuten.«

»Also wirklich. So lange halte ich's nicht mehr aus.«

»Komm schon, ich spendier dir auch ein Bier …«

»Ruf doch Dora an. Vielleicht hat sie ja wieder Durst.«

Danach lege ich auf.

~ 29 ~

Lena ist noch nicht wieder heruntergekommen. Ich stehe auf, verlasse die Küche und öffne die Tür zu einem Raum, der auf den ersten Blick wie eine große Abstellkammer wirkt; im Halbdunkel erkenne ich eine Waschmaschine, einen Boiler, einen Wäscheständer und einen Kleiderständer aus Aluminium. An einer Wand stehen ein Bügelbrett und eine Campingliege, außerdem eine Kommode, auf der Nippes einstaubt, und ein alter Schwarzweißfernseher. Ich verlasse den Raum wieder und öffne die Tür zum Gästebad: Darin gibt es eine Duschkabine, rosa Fliesen an den Wänden und Regale voller Kosmetika und Waschmittel. Als ich das Wohnzimmer betrete, muss ich unwillkürlich daran denken, dass hier vor achtzehn Jahren die Leiche eines Mannes gelegen hat.

Das Zimmer riecht muffig, als ob hier schon seit Längerem niemand mehr gelüftet hätte; an den Wänden hängen Bilder von Hobbymalern, vielleicht bei irgendwelchen Dorftombolas ersteigert. Ich stelle mir Lena vor, wie sie sich hier mit Ilario Frassi vergnügte, zwischen den Spitzenkissen auf diesem zerschlissenen Samtsofa, ehe Sergio … Vom Wohnzimmer ist es nicht weit zur Eingangstür. Ich lege die paar Meter zurück und versuche mich dabei im Halbdunkel zurechtzufinden.

In einer Ecke des Flurs liegen viele Dinge in wildem Chaos

durcheinander: ein verrostetes Dreirad, eine einzelne Matratze, ein Teewagen, ein beigefarbener Lampenschirm, ineinandergestapelte Gartenstühle. Am anderen Ende sehe ich hinter einem verblichen gemusterten Stoffparavent eine Reihe Metallringe blitzen, an denen ein Nylonvorhang hängt.

Ich ziehe den Vorhang beiseite in der Annahme, dass sich dahinter ein Fenster verbirgt, stattdessen stoße ich auf einen Wandschrank aus weißem Holz, er ist hoch und rechteckig. Da keine Griffe daran sind, drücke ich mit der Hand dagegen, um ihn zu öffnen: innen ist wenig Platz, ich sehe einen Stapel Leinenlaken, bestickte Kopfkissenbezüge und ganz unten Handtücher. Mir kommt sofort eine Stelle aus Vanessas Heft in den Sinn.

Dort verborgen, zwischen Frottee und Mottenpulver,
verfolgte ich das Kommen und Gehen, den Spalt fest im Blick.
Ich hörte Keuchen, Geräusche …

Ich taste die Rückwand des Schranks ab und finde ein kleines, ins Holz gebohrtes Loch. Dafür hätte ein Taschenmesser genügt. Durch dieses Loch hat sie die »Freunde« ihrer Mutter beobachtet … Verfluchte Hurenkacke. Verfluchte Hure, wiederhole ich leise. Hier war also dein kleines Versteck, Van … Stimmt doch, oder?

Ich hielt mir die Ohren zu, jedes Mal, wenn es klingelte …

Warum hast du dich hierhin geflüchtet? Wovor hattest du Angst? Was zum Teufel hast du gefühlt, hier zusammengekauert zwischen der Wäsche?

Sie lachten, und er kehrte nach Hause zurück, das Werkzeug in der einen Hand, Mimosen in der anderen.

Scheiße, Scheiße, Scheiße, du warst also auch an jenem Tag vor achtzehn Jahren hier. Dieser achte März, wie es im Titel deines Gedichts heißt. *»Er kam mit roten Händen aus dem Zimmer …«* Du hast Sergio beobachtet, wie er mit blutbefleckten Händen aus dem Zimmer kam, und hast dabei deinen rosaroten Panther fest an dich gedrückt. Vielleicht hast du gespürt, dass es früher oder später passieren würde, dass dein Vater früher als sonst nach Hause kommen würde … *»Wenn du jemandem davon erzählst, kommst du aufs Internat.«*

… Wer hat es ihm verraten, Van?

Als ich meine Hand auf einen Kissenbezug lege, spüre ich plötzlich einen harten Gegenstand: Unter ein paar Frotteehandtüchern ertaste ich die Steyr 12 von Rolando Bassi. Vorsichtig hebe ich das erste Handtuch an.

Lena steht hinter mir, aus dem Augenwinkel sehe ich, wie sich ihr Arm Richtung Pistole bewegt, und schreie: »Fassen Sie sie nicht an!«, dann dämpfe ich meine Stimme und trage ihr auf, Bruni anzurufen.

Als sie bereits den halben Flur hinuntergelaufen ist, stoppe ich sie noch einmal. »Wer kannte dieses Versteck noch?«

»Es ist bloß ein alter Schrank. Dort sind nur Sachen, die wir nicht mehr brauchen.«

»Aber genau da drinnen hat sich Vanessa versteckt, während Sie sich Ihre kleinen Abenteuer genehmigt haben. Wussten Sie das?«

Sie hebt beschwichtigend die Hände.

»Hatte einer Ihrer Liebhaber ein Auge auf die Kleine geworfen?«

Sie erdolcht mich fast mit ihren farblosen Augen. »Wenn Sie meine Tochter wären, würde ich Ihnen jetzt eine runterhauen.«

Ich gehe in die Küche, rufe Bruni auf meinem Handy an – der Akku ist halb leer – und gebe ihm Bescheid, dass ich die Waffe gefunden habe. Wir denken beide dasselbe: Nur ein Familienmitglied konnte diesen alten Wandschrank kennen, oder jemand, dem Van von ihrem Versteck erzählt hatte.

»Für morgen war sowieso schon ein zweiter Lokaltermin angesetzt«, sagt Bruni zu mir. »Aber trotzdem danke.«

Ich stecke mein Telefon in die Tasche zurück, drehe mich um und sehe Lena an.

»Sie kommen«, informiere ich sie. Lena verzieht keine Miene. »Ich warte dann draußen«, sage ich und bin schon im Gehen, als Lena plötzlich sagt:

»Sergio hat es gewusst.«

Ich erstarre, die Hand auf der Haustürklinke.

»Er wusste, dass ich mit anderen schlief. Das Kind war immer draußen beim Spielen oder beim Großvater. Darauf habe ich geachtet. Dann wurde sie größer, hat alles begriffen und ist zu ihrem Vater gerannt, um es ihm zu erzählen. Er hat auch seinen Stolz. Er hätte ihr nicht mehr in die Augen sehen können, wenn er nicht …«

Ihre Tränen, die jetzt reichlich fließen, lassen mich kalt. Ich denke an Van. An Van, als sie zwölf war. An Van, die sieht, wie ihr Vater in Handschellen in einen Streifenwagen steigt. An Van, die hört, wie ihre Mutter sie fragt, ob es denn wirklich nötig gewesen wäre, alles zu verraten: »Das hast du davon … Bist du jetzt zufrieden?«

»Warum hat sie sich hier drin verkrochen?«

Ihre dicklichen Finger streifen über den Stoff des Vorhangs. »Der hing hier noch nicht«, sagt sie. »Ich habe nie bemerkt, dass sie hierhergekommen ist. Entweder war sie draußen oder oben, um Hausaufgaben zu machen. Sie hatte immer das Radio an, und ich habe mich im Wohnzimmer eingeschlossen. Was soll ich Ihnen sagen? Es gibt Dinge, die tut man einfach, ohne viele Worte zu verlieren – draußen ist es heiß, jemand kommt, um Wein zu kaufen, er sieht einen auf eine gewisse Art an, und man versteht sich sofort. Das ging immer ganz schnell. So wie man es hier auf dem Land eben macht. Frassi und ich hatten eine halbe Stunde unseren Spaß, und dann ging jeder wieder an seine Arbeit zurück. Vergnügen und Arbeit, so leben die Menschen dahin. Für ein ›kleines Abenteuer‹, wie Sie es nennen, würde jeder hier alles riskieren. Ich habe mich auf diese Weise lebendig gefühlt und dabei doch niemandem weh getan.«

»Warum haben Sie dann Ihrer Tochter damit gedroht, sie ins Internat zu stecken?«

»Ach, *das* … das war nur so ein Hirngespinst von ihr.«

»Sie haben von einem zwölfjährigen Mädchen verlangt, Ihre Lügen zu decken.«

»Darüber habe ich nie nachgedacht.«

»Das bezweifle ich auch nicht, Lena. Aber ich frage mich,

was Van wohl gefühlt hat, als sie, hier in diesem Schrank versteckt, Frassi oder die anderen zur Tür hereinspazieren und den Flur entlanggehen sah, und dann Ihr Stöhnen, Ihr Lachen, Ihre halbe Stunde Vergnügen belauschte …«

Sie schüttelt den Kopf. »Kinder verstecken sich nun mal gern. Wenn Sie selbst ein Kind hätten, wüssten Sie das. Sie sehen zu viele Dinge in den Leben der anderen, Dinge, die gar nicht da sind.«

»War Sergio überhaupt ihr richtiger Vater?«

Lena Bassi wischt sich die Augen mit einem Zipfel ihres Unterkleids aus und antwortet mir nicht.

Für eine Weile, die mir unendlich erscheint, schweigen wir beide vor uns hin. Dann höre ich endlich den Motor von Brunis blauem Opel röhrend die Einfahrt heraufkommen.

~ 30 ~

Ich verbringe den heißesten Tag des Jahrhunderts damit, auf dem Sofa vor mich hin zu dämmern und mich mit alten Filmen berieseln zu lassen. Erst gegen Abend verlasse ich das Haus, so wie ich bin, mit dem T-Shirt, das ich auch zum Schlafen anziehe, und zwanzig Euro in der Hosentasche.

Es ist merkwürdig, mitten im August allein in einer Pizzeria zu essen, wenn sich rundherum an den Nachbartischen Touristen in fremden Sprachen miteinander unterhalten. Es ist, als wäre man unsichtbar. Der Kellner möchte gar nicht wissen, ob ich noch jemanden erwarte, und seine Hand notiert müde meine Bestellung auf einen Block. Auf der Straße begegne ich nicht sehr vielen Menschen, und die, denen ich begegne, nehmen keine Notiz von mir. Niemand nimmt Notiz von irgendjemandem.

Ich mache mich Richtung Piazza Maggiore auf, schlendere an Schaufenstern voller Sonderangebote entlang. Ein Tourist schläft auf einer Bank vor dem Hotel *Orologio*, sein blonder Schopf ruht auf einem zusammengerollten Schlafsack. Mitten auf dem Platz schreit ein Verrückter aus voller Kehle einen unsichtbaren Feind an; ich kann gerade noch einem Hundehaufen ausweichen und muss lächeln, als ich zwei Mädchen sehe, die sich auf den Treppen der Chiesa di San Petronio küssen.

Ich betrete die Bar *La Luna* und bestelle bei Nina einen Montenegro. Nina ist Australierin und lebt seit drei Jahren hier, eigentlich möchte sie Schauspielerin werden, aber in der Zwischenzeit jobbt sie hinter der Theke. Sie sagt mir, dass sie im September für eine Woche nach Melbourne fliegt und danach wieder nach Bologna zurückkehrt, um nachts Cocktails zu mixen und tagsüber zu Vorsprechen zu gehen. Im nächsten Herbst soll angeblich ein berühmter Regisseur in die Stadt kommen, um hier seinen neuen Film zu drehen, und sie erhofft sich eine kleine Rolle.

Ich lasse mich mit der Zeitung in der Hand auf einen Hocker neben der Eingangstür fallen. Auf der Seite mit den Lokalnachrichten berichtet eine kurze Meldung, dass Giuliano Esposito, Claras Sohn, an einer Überdosis gestorben ist. Man hat ihn im Innenhof eines alten Palazzos gefunden, steif und blau angelaufen wie ein Stück tiefgefrorenen Himmels. Ich lese die Notiz, während ein eleganter Typ mit einer wohlgeformten Blondine im Schlepptau ins Handy flucht: »Ja sicher, um diese Jahreszeit haben wir immer Verluste, ich habe jetzt gerade keine Daten zur Hand, aber … Jetzt habe ich keine Zeit … Seit Jahren jonglierst du mit Zahlen und kannst immer noch nicht rechnen? Von dir erwarten wir mehr. Morgen komme ich zurück nach Mailand, dann reden wir weiter …«

Eine Frau mittleren Alters mit finsterem, hartem Gesicht und Haaren, die zu oft gefärbt wurden und deshalb strohig geworden sind, fragt mich nuschelnd, ob ich etwas Kleingeld für ein Glas Wein hätte. Ich schenke ihr drei Euro und zwei Camel, dann verabschiede ich mich von Nina und verlasse die Bar, während ich immer noch an Clara Espositos Sohn denken muss.

Mit Giuliano habe ich vor ein paar Jahren zwei-, dreimal geredet. Er hat sich ruckartig bewegt, schwankte, und mitten im Gespräch hat er mich unvermittelt nach Geld gefragt.

Ich erinnere mich, wie er in lautes Lachen ausbrechen konnte, das plötzlich traurig klang. Er war ein schöner Mann, von einer verwüsteten Schönheit, mit einer Stacheldrahttätowierung auf dem rechten Bizeps und dem zermürbten Lächeln eines Menschen, der sich einem unbezwingbaren Feind ergeben hat. Auf der Flucht vor den Ängsten seiner Mutter und den schönen Worten eines Priesters, niedergedrückt von den Erwartungen, die die anderen an ihn hatten, ist er in irgendeiner Gasse verschwunden und hat nach einer guten Vene gesucht, die Spritze zwischen den Zähnen und die Arme übersät von den roten Malen der Einstichstellen. Ich denke, dass Clara Espositos Nächte von nun an ruhiger sein werden. Sie wird nun immer wissen, wo er ist. Sie wird ihm Blumen bringen und das Foto auf seinem Grabstein mit einem Lappen auf Hochglanz polieren. Dass jede Reise mit dem Tod endet, hat schon Antonioni in *Zabriskie Point* gesagt, das Problem ist nur, dass wir alles Erdenkliche anstellen, um diesen Gedanken zu verdrängen.

Als ich nach Hause komme, sitzt dort Dora Arienti auf meinem Fußabtreter, den Rücken gegen die Tür gelehnt. Sie hat sich die Haare schneiden lassen und ist wieder zu ihrem Naturton zurückgekehrt: Jetzt sind ihre Haare kastanienbraun und reichen ihr bis auf die Schultern. Wer weiß, vielleicht hat Vans Tod sie ja von der fixen Idee geheilt, ihr unbedingt ähneln zu müssen.

Sie trägt einen leichten Mantel aus flaschengrüner Rohseide, zu dem ein schreckliches Paar spitz zulaufender Stiefeletten voller Nieten einen harschen Kontrast bildet. Zum ersten Mal drückt ihre bleiche und erschöpfte Erscheinung glaubhaft Verzweiflung aus.

Ich lasse sie herein und biete ihr ein Glas Wasser an.

»Es wissen schon alle, oder?«

»Was denn?«

»Dass ich mit Van in dieser Grotte war.«

Jetzt hat sie mich aber kalt erwischt.

»Aber ja, natürlich wissen das schon alle«, sagt sie, zieht sich den Mantel aus und lässt sich kraftlos aufs Sofa fallen. Schwarze, stille Tränen rinnen ihr über die Wangen, vermischen sich in den Nasenwinkeln mit hellen Puderkrümeln.

»Sie hat sich dort gegen Mitternacht mit mir verabredet. Ich habe meinen Wagen abgestellt, und Van hat mir mit einer Taschenlampe geleuchtet.«

»Bist du vorher schon mal dort gewesen?«

»Letzten Sommer, zusammen mit ihr und Willy … Für Van war das ein heiliger Ort. Dort hat sie mit Angelo geschlafen.«

Ich bedeute ihr fortzufahren und frage mich, ob Willy wohl dort in jener Grotte gezeugt wurde.

»Sie wollte alles über den Deutschen wissen und ob Spaccesi und die anderen sich abgesprochen hätten. Sie hat gedroht, nach München zu fahren, um dieses Schwein umzubringen, mit der Pistole zu erschießen, die sie in der Handtasche dabei hatte. Sie war stinkwütend auf mich.«

»Auf dich?«

»Willy hat ihr erzählt, dass Stepp mir Geld gegeben hatte.« Sie reibt sich mit den Händen über die Seidenstrümpfe. »Stepp wollte bloß ein bisschen Zeit mit ihm verbringen, und ich habe dieses Geld gebraucht. Als er mir das vorschlug, habe ich nichts kapiert, ich dachte, er macht einen Scherz.«

Ich schlucke etwas Spucke herunter, die zäh wie Blei ist. »Wie viel Geld?«

»Tausend Euro. Ich wollte mir davon etwas kaufen.«

»Was denn, Dora? Einen Hosenanzug von Dolce e Gabbana?«

»So einfach ist das nicht. Sie hatte mir vorher eröffnet, dass sie mich nie wiedersehen wolle, dass sie mit diesem Leben fertig sei …«

»Und dann hast du ihren Sohn dafür büßen lassen«, zische ich mit zusammengebissenen Zähnen. »Noch nie was von latenter Homosexualität gehört?«

»Willy war immer dabei, und Van hatte einen Mordsspaß, uns dabei zuzusehen, wie wir uns um sie stritten. Glaubst du etwa, sie war eine gute Mutter? Nein, das war sie nicht. Wie Lena auch keine gute Mutter für sie gewesen ist … Manche Dinge vererben sich eben.«

(»Gute Mütter, ich weiß, schmieren Pausenbrote.«)

»Lass deine Westentaschenpsychologie aus dem Spiel.«

Sie rastet aus. »Ich habe dieses Geld aber nicht genommen. Ich habe Stepp gesagt, dass da nichts weiter läuft. Ich war dicht, aber er auch, wir waren alle *dicht*. Willy hat nach seiner Mutter geschrien, aber sie lag völlig zugedröhnt mit Koks in Spaccesis Schlafzimmer!«

Ich muss gleich kotzen.

»Ich habe ihn beruhigt, bis er eingeschlafen war. Und ich

hatte die Hoffnung, dass er sich beim Aufwachen nicht mehr daran erinnern würde. Außerdem habe ich Stepp ja noch aufgehalten, ehe er …«

»Oh toll, gerade noch rechtzeitig.«

»Ich schwöre es. Willy hätte ihr bloß nichts erzählen müssen.«

»Reden wir wieder über die Grotte, Dora.«

»Sie hat gar nicht mehr damit aufgehört, mich zu beleidigen und zu bedrohen. Ich habe ihr die Tasche aus der Hand gerissen und dann weit weggeworfen, dabei muss die Waffe rausgefallen sein … Der Schuss hat noch tagelang in meinem Kopf nachgedröhnt, Himmelherrgott, ich war völlig taub davon. Ich habe noch einen dumpfen Schlag gehört, aber die Taschenlampe war zu Boden gefallen, und ich konnte nichts mehr sehen. Ich wollte bloß noch weg, von dort verschwinden. Ich war völlig verängstigt. Schließlich hätte ich ja auch noch erschossen werden können.«

»Wer hat denn geschossen?«

»Ich weiß es nicht. Es war zu dunkel. Ich bin dort wie versteinert stehen geblieben, meine Beine waren wie gelähmt …«

»Wie lange etwa?«

»Was weiß ich? Ein paar Sekunden, eine Minute oder auch drei … Dann saß ich plötzlich wieder in meinem Wagen. Ich habe niemanden gesehen. Niemanden.«

»Warum hast du nicht die Polizei gerufen? Nach dem, was du wusstest, hätte Van noch am Leben sein können.«

Als Antwort erhalte ich nur ihr Schluchzen.

Ich wecke Luca Bruni mitten in der Nacht. Sein Mobiltelefon ist immer angeschaltet, aber ich entschuldige mich trotzdem für die späte Uhrzeit. Im Hintergrund höre ich Giusy verschlafen fragen, wer das ist, und verspüre einen Hauch von Enttäuschung, als ich so entdecken muss, dass sie sich wohl wieder versöhnt haben.

Während Dora im Bad ist, fasse ich für ihn die Lage zusammen. Er sagt, in ein paar Minuten käme ein Streifenwagen vorbei, um meine Klientin bei mir abzuholen und aufs Präsidium zu bringen. So wie er klingt, frage ich mich, ob ihm das, was die Arienti mir gerade gebeichtet hat, zumindest teilweise bekannt war.

»Josef Guggemos hatte gute Gründe, Vanessa zum Schweigen zu bringen.«

»Giorgia, ich denke, dass der Verdacht auf Missbrauch«, dabei bezieht er sich auf Willy, »unbegründet ist.«

»Aber es ist immer noch versuchte Nötigung.«

»Sicher ist da noch die Tatsache, dass Geld geflossen ist. Dafür wird sich jemand verantworten müssen. Das Strafrecht ist in diesen Belangen sehr klar … Wir werden ihn und die Arienti auf die Liste der Verdächtigen setzen.«

»Dora hat sich entschlossen, auszupacken und ihn und die anderen aus der Clique zu beschuldigen, um ihre eigene Haut zu retten.«

»Möglich.«

»Vanessa war außer sich, sie hat von Verschwörung gesprochen, die werden einen Riesenschreck bekommen haben …«

Er lässt sich nicht aus der Ruhe bringen.

»Und die Pistole?«

»Entscheidend werden wohl die Fingerabdrücke sein, wenn wir welche finden. Wir untersuchen die Waffe noch und vergleichen sie dann mit denen der Verdächtigen. Wir werden sie alle vier unter Druck setzen, Giorgia, und früher oder später wird einer einknicken.«

Ich verkneife es mir, ihn danach zu fragen, warum er wieder bei seiner Frau schläft, und wünsche ihm viel Glück.

Dora setzt sich wieder aufs Sofa.

»Warum hast du dich an mich gewandt?«

»Ich dachte, dass sie vielleicht noch lebt … dass sie sich irgendwo versteckt, dass Stepp oder einer von denen … Ich hatte Angst. Van hatte alles hochgespielt, damit gedroht, ein Riesentamtam zu veranstalten, und *die* … die hatten ihren Ruf in der Öffentlichkeit zu verlieren. Ich nicht. Was habe ich schon zu verlieren?« Wieder läuft ihr Wimperntusche die Wange hinunter. »Ich wollte, dass du sie findest … Ich war ihre Freundin!«

Ich bin zu erschöpft, um das Gegenteil zu behaupten.

Sie gibt auf. »Denk doch, was du willst.«

»Ich denke, Dora, dass du deine beste Freundin zehn lange Tage lang in einer Grotte hast verrotten lassen.«

»Das wusste ich doch nicht … Ich war mir nicht sicher …« Sie lacht unter Tränen. »Ach, du hast sie nicht gekannt. Van hat immer so gelebt, als sei sie unsterblich.«

Es klingelt. Der Streifenwagen ist da. Ich beobachte Dora, wie sie schleppend zur Tür geht und sich dann noch einmal umdreht, um mich anzustarren.

»Meinst du, dass sie mir die Jacke aushändigen werden?«

Ich sehe sie verständnislos an.

»Ich hatte sie Van geliehen. Ach, ist ja auch egal«, seufzt sie. »Jetzt kann man sie ja sowieso nicht mehr tragen.«

Ich sehe, wie sie meine Wohnung verlässt, ohne zu erwarten, dass ich ihren Gruß erwidere.

Ein paar Minuten später höre ich Schritte auf dem Treppenabsatz und wie ein Blatt Papier unter der Tür hindurchgeschoben wird. Ich stehe auf und hebe es auf.

Es ist eine Nachricht von Johnny:

»Morgen stehe ich sehr früh auf. Diese Stadt ist ein einziger Backofen, und ich habe mir gedacht, ich gönne mir ein paar Tage Ferien, auch wenn ich noch nicht weiß, wo. Ich werde zum Flugplatz fahren und mich dann spontan entscheiden. Mach's gut. Dein Johnny.
PS: Warum schickst du nicht alle zum Teufel und kommst mit?«

~ 31 ~

Nach dem Morgenritual, das aus Kaffee und einer ersten Zigarette besteht, rufe ich Nicola an. Nach dreimal klingeln schaltet sich der Anrufbeantworter ein, doch ich hinterlasse keine Nachricht. Ich dusche, setze mich auf den Rand des Bidets, und während ich mir das Gesicht mit Nivea eincreme, frage ich mich, wo Johnny sich jetzt wohl aufhält. Dann nehme ich wieder mein schnurloses Telefon zur Hand und versuche es noch einmal bei Nicola. Keiner geht ran.

Als ich am Kalender vorbeikomme, der in der Küche hängt, fällt mir auf, dass heute der 17. August ist und ich vor zwei Tagen mit meinem Vater und seiner neuen Lebensgefährtin zum Mittagessen verabredet war.

Ich kann es kaum erwarten, dass endlich September wird, Lucio aus Amerika zurückkehrt und seine Arbeit in der Agentur wieder aufnimmt, immer vorausgesetzt, dass ihm die Liebe zu Josh nicht seine Pläne durcheinanderbringt. Vor allem aber hoffe ich, dass es Ende des Sommers wieder Ehemänner und Ehefrauen gibt, die mir mit ihren Betrugsgeschichten helfen zu überleben, denn wenn nicht, sollte ich besser den Beruf wechseln.

Ich öffne den Kühlschrank: zwei Dosen Bier und drei verschrumpelte Karotten. Vielleicht frühstücke ich doch lieber in Enzos Bar.

Als ich schon im Auto unterwegs bin, fällt mir ein, dass die Bar seit ein paar Tagen wegen Ferien geschlossen ist. Ich parke in der Via Marconi und mache mich auf die Suche nach einer Alternative. Doch dann, in der Via Indipendenza, auf Höhe der Kreuzung mit der Via Righi, vergeht mir schlagartig der Appetit. Nicola kommt aus der Nutelleria, in Gesellschaft einer großen, schlanken Brünetten, und ich verschwinde rasch hinter einem Ständer Kimonos eines Chinaladens. Ich lasse ein paar Minuten verstreichen, dann drehe ich mich um, um sie zu beobachten: Sie stößt ihn scherzhaft gegen ein Schaufenster, und er trägt dasselbe graue T-Shirt wie vor ein paar Tagen.

Halb benebelt von einem melancholischen Bier auf nüchternen Magen steige ich erneut in meinen Wagen. Ich fahre über Castelmaggiore und Funo d'Argelato nach Bentivoglio. Dort komme ich an einem Schloss aus dem 14. Jahrhundert vorbei, das mehrmals wiederaufgebaut wurde, und parke den Wagen schließlich unter einer Trauerweide in der Nähe der einzigen offenen Bar.

Mein Vater sitzt an einem Holztisch, mit hängenden Schultern, einer Lesebrille auf der Nasenspitze und einem Gläschen Anisschnaps neben der Zeitung. Er mustert mich stumm über die Gläser hinweg, als ich mich ihm gegenüber niederlasse. (Als die Griechen den Dialog erfanden, haben sie mit Sicherheit nicht an den Ex-Maresciallo und mich gedacht.) »Loris, das ist meine Tochter«, mit diesen Worten wendet er sich an einen Mann hinter der Theke, etwa hundertdreißig Kilo schwer, der gerade dabei ist, die Gläser auf Hochglanz zu polieren.

»Oh, endlich«, meint Loris und schenkt mir ein Lausbubenlächeln.

Ich muss mich räuspern, ehe ich sprechen kann. »Es tut mir leid wegen vorgestern.«

»Das macht nichts, jetzt bist du ja da. Ich bin zu erschöpft, um verärgert zu sein.« Er macht Anstalten aufzustehen. »Ich muss Jole Bescheid sagen, dass du mit uns isst …«

»Nein, Papa. Ich habe nur Zeit für einen Kaffee.«

»Loris,« ruft er brüsk, »bring ihr einen Kaffee.«

»Wie geht's dir?«

»Schlecht. Ich habe hohen Blutdruck, und Jole kocht nur noch fades Zeug für mich.«

»Und die Leber?«

Er schaut erst Loris an, dann mich.

(Es ist sinnlos, ihn zu fragen, wie viel Anisschnaps er sich an einem Tag hinter die Binde kippt.)

»Früher oder später müssen wir alle dran glauben.«

»Aber sicher«, unterstützt ihn der Barmann.

»Es ist einfach so, eines Tages werde ich nicht mehr sein.«

»Es ist einfach so, jetzt bist du noch da.«

Er reibt sich mit den Knöcheln über die Augenwinkel, die plötzlich feucht geworden sind, und deutet ein müdes Lächeln an.

Noch vor einem Jahr war er berühmt-berüchtigt für seine scharfen Kommentare und rhetorischen Pausen, nun strahlt sein faltenreiches Gesicht eine nie gekannte Weichheit aus.

»Ich habe meine Tochter lieb«, meint er, als ob ich gar nicht da wäre. »Doch mit der Zuneigung ist es so eine Sache, da liegt man immer schief, die geht immer ihre eigenen Wege, ganz egal, was man sagt oder tut …«

Loris bringt mir den Kaffee.

»Papa, lass gut sein«, sage ich leise.

»Freitag war ich im Krankenhaus. Diese Ärzte dort, dreißig Jahre junge Kerle in blütenweißen Kitteln, ohne den kleinsten Fleck. Du hättest sie sehen sollen ... Wie sie durch die Gänge gelaufen sind, so überheblich! Glaubst du etwa, dass ich mein Leben solchen Leuten in die Hände lege, so jemandem ohne Erfahrung?«

»Vielleicht hatten sie ja gerade einen frischen Kittel angezogen.«

Als ich zehn Jahre alt war, wurde ich am Blinddarm operiert, und Cantini lief im Krankenhaus Sant'Orsola auf und ab und unterzog den Chirurgen einer ähnlich peinlichen Befragung wie einen mutmaßlichen Mörder. Papa hat wirklich breite Schultern, dachte ich damals, niemand kann dich besser beschützen als er.

»Ach ja, es ist wohl besser, wenn du heute nicht mit zu Jole kommst. Ihre Gans ist umgekommen, ihr Liebling. Sie hatte sie wie ein Haustier abgerichtet. Heute Nacht waren Füchse da und haben sie sich genommen.«

»Mir ist vor drei Monaten der Hund an Staupe eingegangen«, meint Loris.

Mein Vater schließt die Augen, was er immer macht, bevor er einen seiner berühmten Sprüche vom Stapel lässt. »Tiere geben uns ein gutes Beispiel. Sie zeigen uns, dass der Tod nicht schrecklich ist. Zumindest nicht schlimmer als das Leben.«

Ich stehe auf. »Grüß Jole von mir.«

»Ich werd's ausrichten.«

Ich beuge mich über die klebrige Theke der Bar, bezahle meinen Kaffee und sage zu Loris: »Bringen Sie ihm nicht zu viel Anisschnaps.«

Er nickt darauf heftig, dann drehe ich mich noch einmal zu meinem Vater um und winke ihm zu.

Einen Kilometer vor Bologna nehme ich das Handy vom Beifahrersitz und hinterlasse eine Nachricht auf Nicolas Anrufbeantworter: »Ciao. Ich habe an dich gedacht. Wenn du da gewesen wärst, hätten wir einen Kaffee zusammen trinken können … Also … Ich habe nichts mehr von dir gehört … Ich hoffe, dass es dir gut geht. Ruf mich zurück, wenn du Lust hast.« Bei »Wenn du Lust hast« ist meine Stimme rau geworden. Mein Selbstbewusstsein ist nach dieser pennälerhaften Botschaft, die ich bereits bereue, auf null gesunken, daher rufe ich Mel an.

»Was hältst du davon, heute Abend essen zu gehen?«

»Was, heute Abend? Es wird nicht leicht sein, ein Restaurant zu finden, das noch offen hat, jetzt in der Urlaubszeit …«

Ich schlage ihm eine Pizzeria mit Tischen im Freien vor. »Die Erstbeste, die wir finden, Mel. Meine Stimmung ist im Keller, also egal wo, Hauptsache, wir gehen aus.«

Ich kann ihn überzeugen.

Um drei Uhr nachmittags, während ich auf Bruni warte, treffe ich im Eingangsbereich des Polizeipräsidiums auf Stepp Guggemos. Er ist breit und stattlich, seine Wangen sind rubinrot, und das blonde Haar ist spärlich; er wankt neben einem ausgezehrten Männlein in Jackett und Krawatte daher, das, wie ich annehme, sein Anwalt ist.

Guggemos wischt sich den Schweiß mit einem tischtuchgroßen Taschentuch vom Gesicht; der andere spricht leise auf ihn ein, lässt dabei seine winzigen Zähne aufblitzen und gibt sich ganz besonders schlau.

Ich bemühe mich, meine Abneigung unter Kontrolle zu halten, und nähere mich ihnen. »Buongiorno, Signor Guggemos. Haben Sie vielleicht eine Minute Zeit?«

Eine dicke Ader pulsiert an seiner linken Schläfe; sein Atem geht kurz und schnell. Eine attraktive Frau, vielleicht die Assistentin seines Anwalts, trippelt auf Pfennigabsätzen zu uns herüber. »Kommen Sie, Stepp«, sagt sie zu ihm, »das Taxi ist da.«

Durch die offene Tür beobachte ich, wie er wie ein geprügelter Hund ins Taxi steigt. Ich drehe mich zu Bruni um, der gerade zu mir gestoßen ist und in dieselbe Richtung starrt wie ich.

»Dieser Kerl spielt sich ganz schön auf«, sagt er zu mir, »und wenn es ihm in den Kram passt, tut er so, als verstünde er kein Italienisch. Er hat einen leichten Hang zum Dramatischen …«

»Du findest das komisch?«

Er ist sofort ernst. »Es ist ein einziger Schlamassel. Keine Widersprüche, die bleiben bei ihrer Version … Wir gehen noch einmal jedes Detail durch, meine Jungs haben seit Tagen nicht geschlafen, und Scanna sitzt mir im Nacken.« Er legt mir freundschaftlich den Arm um die Schultern. »Wir sind hier nicht zu unserem Vergnügen, Giorgia.«

Verlegen mache ich mich los. »Und wie läuft es zu Hause?«

»In knappen Worten …«

»Ich liebe knappe Worte.«

Wir treten auf die Straße. Bruni lehnt sich an einen vor dem Präsidium geparkten Wagen.

»Von nichts kommt nichts«, sagt er.

Ich weiß jetzt nicht, ob er damit den Fall Liverani oder seine Ehe meint.

Er schaut mir direkt in die Augen. »Mit Giusy kommen die Dinge gerade wieder ins Reine, oder zumindest hoffe ich das.«

(Das mag ich so an Bruni: Er sagt immer alles gerade heraus, ohne etwas zu beschönigen.)

»Ich verstehe dich, es muss schön sein, wenn man nach der Arbeit nach Hause kommt und dort jemand auf einen wartet.«

»Das stimmt.« Er krempelt sich die Ärmel über die Ellenbogen hoch. »Also, wenn ich nicht verheiratet wäre, würde ich dir den Hof machen.«

Ich kneife die Augen zusammen, um sie vor der Sonne zu schützen, und richte sie auf seinen eingefallenen Brustkorb. »Isst du eigentlich genug?«

Er lächelt. »Ja, ich esse schon genug.«

Wir verabschieden uns mit einem Händedruck.

~ 32 ~

Du sitzt also um neun Uhr abends in einer Pizzeria zusammen mit einem Freund und lässt es dir gut gehen, es weht sogar ein leichter Wind, doch du denkst nur an ihn, an ihn, der nicht zurückruft, an ihn und die braunhaarige junge Frau aus der Nutelleria, und auch wenn du dir dämlich vorkommst, greifst du zum Telefon, entfernst dich mit einer Entschuldigung von Mel und hinterlässt eine Nachricht auf dem Anrufbeantworter, denn das, was du bereits gesagt hast, ist einfach nicht genug, das reicht einfach nicht, du musst dir wirklich das volle Programm geben: »Ciao, ich bin's schon wieder, die von eben …«

Nach dem Abendessen bummeln Mel und ich durch die Arkaden der Via Farini, wir sind beschwipst, laut, lachen, bis uns die Tränen kommen.

»›Der junge Verkäufer‹ hat mich nicht zurückgerufen«, sage ich zu ihm, »ich muss mich unglaublich zum Affen gemacht haben.«

Wir lachen über die Sache mit dem Affen und bestätigen uns, dass man sich mindestens einmal am Tag zum Affen machen müsse, zu so einem lächerlichen Scheißaffen, und nicht eher nach Hause gehen sollte, bis man sich zum Affen gemacht hat.

»Ich habe mich gerade zum Affen gemacht«, wiederhole ich, und Mel schlägt mir gratulierend auf die Schulter.

»Du hast ein Glück, dass du dich gerade zum Affen gemacht hast, du weißt ja nicht, wie sehr ich dich beneide.«

Wir lachen uns kaputt darüber, dass ich mich zum Affen gemacht habe, und so ganz allmählich geht es mir besser.

Wir sitzen auf einer Bank im Park von Croce Coperta vor einer Gruppe Enten, die auf dem dunklen Wasser des Sees schlafen, und rauchen einen Joint. Nach drei Zügen wird Mel melancholisch und fängt mal wieder mit seinem Lieblingsthema an.

»Mit zwanzig war Zeit etwas Riesiges, Unerschöpfliches. Es schien kein Ende abzusehen …«

(Ich muss an Nicola denken: Es ist eher ein leichter Stich in der Herzgegend als ein echter Gedanke.)

»Mel«, frage ich ihn, »fängst du jetzt wieder mit dieser alten Leier an?«

»Giorgia«, läuft er sich langsam warm, »wir sind alle durch die Nacht gefahren, ohne zu wissen, wohin, mit nur ein paar Groschen für eine Dose Bier und einem halben Päckchen Marlboro in der Tasche. Wir hatten weder Terminkalender noch Adressbücher, ich brauchte nur einmal unter deinem Fenster zu pfeifen, und du bist runtergekommen, um fünf Uhr morgens sind wir auf einen Kaffee nach Florenz gefahren oder zu einem Gokartrennen ans Meer oder in die Plattenläden nach London …«

»Aber genau das ist doch der Punkt, Mel. Wir haben genug Gefühle ausgelebt.« Ich drücke den Joint an der Bank aus. »Weißt du, was ich glaube?«

Er dreht sich erwartungsvoll zu mir um.

»Älterwerden ist besser als Jüngerwerden.« Ich schließe die Augen. »Und ich denke auch, dass ich mit dem Trinken aufhören möchte.«

Ich höre, wie er sich seine behaarte Brust unter dem Hemd kratzt. Dann sagt er: »Ich denke auch manchmal darüber nach, mit dem Trinken aufzuhören.«

»Und außerdem will ich mir das Rauchen abgewöhnen.«

»Genau. Ich auch.«

Ich klopfe ihm mit der einen Hand auf den Schenkel, und mit der anderen ziehe ich ein Päckchen Camel aus der Jackentasche.

»Was ist los?«, fragt er mich und starrt auf den wenige Meter entfernt stehenden Abfalleimer.

»Hast du Feuer?«

Ich gehe nach Hause und werfe mich aufs Bett. Ich glaube kaum, dass ich die Kraft habe, mich auszuziehen, vielleicht werde ich so einschlafen, bei weit geöffnetem Fenster, am Körper noch die Klamotten, die nach Bier und Rauch stinken. In einer Wohnung im Haus gegenüber brennt Licht, und *La Bohème* von Puccini zerreißt die Stille einer Augustnacht, in der alle fort sind, in Urlaub gefahren, und sich deshalb niemand über die Lautstärke aufregt. Der Tenor singt: »*Cercar che giova? Al buio non si trova …*«

Ich knipse die Nachttischlampe aus: Die rote Glut der Zigarette ist jetzt die einzige Lichtquelle, an der man sich orientieren kann. Ich denke darüber nach, dass es Menschen gibt, die verreisen, weil sie der Realität entkommen wollen, die auf den Mond fliegen oder siebenmal um die Welt reisen, und andere, die aus dem gleichen Grund trinken. Vielleicht wusste Van, dass am Ende der Reise nichts wartet. Dass wir langsam oder schnell überall- und nirgendwohin reisen. Uns bindet nur die Erinnerung derjenigen, die uns überleben, festgehalten im schönsten oder im schlimmsten Moment.

Im Dunkel sehe ich meine Mutter, die barfuß am Strand entlangläuft und Muscheln sammelt. Ich sehe Ada in einem kleinen Theater auf dem Marte-Live-Festival das *Fräulein Julie* von Strindberg spielen. Und dann Van, die sich selbst anbietet wie den letzten Rest in einem Glas, wie den ultimativen Sinn der Dinge, die in ihr *Schlapp!*-Heft schreibt, dass die wahre Liebe eine einfache Liebe ist, so einfach wie ein Fluss oder ein Baum, so einfach, und dass sie die dunkelste und geheimnisvollste Sache auf der Welt ist.

Um vier Uhr morgens weckt mich das Klingeln des Telefons. Ich taste mich ins Wohnzimmer vor, schnappe mir das schnurlose Telefon und zwinge meine Stimmbänder zu einem entschiedenen »Ja bitte?«

Ich bin so glücklich darüber, Lucios Stimme zu hören, dass ich über die nachtschlafende Uhrzeit hinwegsehe.

»Ich wollte dir Bescheid sagen, ich konnte nicht mehr warten«, ruft er enthusiastisch. »Man hat mir angeboten, einen Kurs über Computersicherheit zu halten. Er ist gut bezahlt und …«

Ich unterbreche ihn sofort, um mich mit ihm zu freuen. »Wunderbar. Wann kommst du?«

»In knapp zwei Wochen. Aber, Giorgia, der Kurs ist in Mailand.«

»Na ja, immer noch besser als Sacramento …«

»Ja, und mit dem Eurostar fahre ich in drei Stunden hin oder zurück. Kurz gesagt, in ein paar Tagen hast du mich wieder an den Hacken.«

Ich lächle. »Wie geht es dir?«

»Abgesehen davon, dass ich sieben Kilo zugenommen habe, und dabei war ich ja schon davor nicht gerade ein Hungerhaken, ist alles im grünen Bereich.«

»Und Josh?«

Lucio stößt einen tiefen Seufzer aus. »Er kann mich erst Weihnachten besuchen.«

Ich bin versucht, ihm zu sagen, dass Entfernung in manchen Fällen äußerst gesund für eine Beziehung sein kann, aber ich weiß, was er durchgemacht hat, ehe er sich in Josh verliebt hat, eine lange Reihe von One-Night-Stands mit Internet-Bekanntschaften. Über Josh McIver weiß ich nur, dass er aus Kalifornien kommt und Informatiker ist, fünfzehn Jahre älter als Lucio, Countrymusik liebt und den neorealistischen Film Italiens. Ihre Liebe begann bei einer Computermesse, genauer gesagt im Dunkel eines Kinoklubs in Rom, in dem gerade *Paisà* von Rossellini lief.

Es ist schön, ihm bei der Zukunftsplanung zuzuhören.

»Silvester werden wir in Paris verbringen, und nächsten Sommer möchte ich mit ihm nach Ischia oder Positano … Und du? Wie ist es mit diesem Franzosen gelaufen … Marcel?«

»Es ist gelaufen.«

Wir lachen beide, auch wenn es eigentlich wenig zu lachen gibt.

»Und dein Vater? Die Agentur?«

Ich gebe ihm eine kurze Zusammenfassung, ohne auf Einzelheiten einzugehen, dann verabschieden wir uns voneinander.

Ich lümmle mich in eine Ecke des Sofas und schalte den Fernseher ein. Auf einem Privatsender läuft ein Thriller aus den Siebzigern, *Private Parts*. Glücklicherweise ist er nicht gruselig genug, um mich vom Einschlafen abzuhalten.

~ 33 ~

Am x-ten Hitzetag dieses Sommers gibt es nur eine Möglichkeit, sich abzukühlen, man kann bloß ins Auto steigen, ins bergige Umland fahren und in der *Bar del Magro* in der Via San Mamolo eine Pause einlegen, wo es sich tagsüber durchatmen lässt und sich am Abend – wenn ein bisschen Wind aufkommt – ein Jäckchen über die Schultern legen und spüren, wie das Herz zur Ruhe kommt.

Im Winter jubeln oder fluchen in dieser Bar die Gäste gemeinsam vor dem Fernseher, in dem sie Fußballspiele verfolgen, oder sie spielen Billard, essen Tagliatelle oder einen kalten Imbiss; für die eher nachdenklichen Menschen steht in einem Nebenraum ein Regal mit »Büchern zum Ausleihen«, was bedeutet, dass man es sich auf einem Stuhl mit einem gebrauchten Tex-Willer-Comic oder einem Buch von Philip Dick bequem machen kann und es entweder gleich dort zu Ende lesen oder so lange mit nach Hause nehmen kann, wie man will. Im Sommer gibt es einen kleinen Biergarten mit Tischchen und Stühlen, einem Fernseher, der zwischen zwei Bäumen hängt, einem Billardtisch und Ausgaben der *Unità*, die trotz Saucenflecken von Hand zu Hand weitergereicht werden.

In der Ferne erstickt die Stadt mit ihren Neu- und Altreichen und ihren himmellosen Arkaden. Von Zeit zu Zeit werde ich Enzos Bar untreu – die allerdings wesentlich bequemer für mich ist, weil sie gleich bei der Agentur liegt – und komme hierher. »Il Magro«, der Dünne, der unangefochtene Chef dieser kleinen Sozialstation, ist jemand, der sich immer alles haarklein erzählen lässt, ihm entgeht nichts, und wenn er dich zweimal gesehen hat, kennt er bereits deinen Namen, Charakter und deine Ernährungsgewohnheiten. Mit dem feinen Gespür des genauen Beobachters erfasst er sofort, ob du Lust hast zu plaudern oder ob dir nicht danach ist. Er begrüßt mich per Sie, freundschaftlich im Dialekt, mit einem »Giorgia, *cum stet* – wie geht es Ihnen?«, und überlässt es mir, darauf einzugehen oder nicht. Ich sage ihm, dass ich es kaum erwarten kann, dass er seine telefonischen Livesendungen bei Radio Città del Capo wieder aufnimmt, damit ich mich an seinen Kommentaren zu den Fußballpartien des FC Bologna erfreuen kann, und seinen Dialektlektionen, einem richtigen Unterricht wie in anderen Fremdsprachen, dafür aber kostenlos.

Ich bestelle ein Panino und setze mich nach draußen, die *Unità* unterm Arm, direkt gefolgt von Il Magro, der ein Tablett mit einer kleinen Flasche Wasser und einem sauberen Aschenbecher hinterherbringt. Ich blättere in der Zeitung, bis ich zum Sportteil komme, und vernehme plötzlich hinter mir eine bekannte Stimme: »Ciao, Giorgia. Was für ein schöner Zufall.«

Und so treffe ich zum ersten Mal nach einem Jahr Adas früheren Liebhaber wieder, den schlaksigen Professor für Filmgeschichte, mit dem auch ich eine kurze konfuse Beziehung hatte. Der Blick aus Andrea Bertis swimmingpoolblauen

Augen lässt mein Herz ein wenig schneller schlagen. Ohne auf eine Erlaubnis zu warten, setzt er sich an meinen Tisch, eine Dose Chinotto in der Hand und im Mund eine MS, die zwischen seinen vollen Lippen hängt, als wäre sie dort festgeklebt.

»Geht es dir gut?«

»Ja. Und dir?«

»Ich habe dich öfter angerufen.«

»Ich habe deine Nachrichten gehört.«

(Erasmus von Rotterdam hatte Recht: das ganze Leben ist Theater, alle haben wir Pointen aufzusagen und Rollen zu spielen; es ist schwierig, aus der Verstellung auszubrechen.)

»Ich habe oft an dich gedacht. Schade«, seufzt er und zerwühlt sich die immer noch dunklen Haare.

»Schade für wen?«

Er zieht die Mundwinkel nach unten. »Für mich natürlich.«

Il Magro bringt uns unsere Panini, die von außen gleich aussehen, aber verschiedenartig belegt sind, und ein paar Minuten lang sprechen nur noch unsere Kiefer für uns.

Ich betrachte ihn. Er ist immer noch auf seine sinnliche und achtlose Art schön. Aber die Szene, in der ich nackt in seinem Bett liege und meine Waden in seine Flanken drücke, um ihn tiefer in mir zu spüren, ist schon im Kasten. Wer hier an meinem Tisch sitzt und isst, ist nicht Andrea Berti, sondern nur noch meine Erinnerung an ihn. Ich bin überrascht, dass es ihn wirklich gibt, dass er hier vor mir sitzt, mit schlecht rasiertem Kinn, seiner sinnlich-romantischen Ausstrahlung und einem Stück rohen Schinken zwischen den Zähnen.

»Du siehst gut aus.«

»Das würde ich nicht sagen.«

»Möchtest du mehr Komplimente?«

»Nein danke, kein Bedarf.«

Hier sitzen wir also, miteinander vertraut und dabei einander so fremd, mit unseren bemühten Kurzsätzen zwischen zwei Bissen: seine Neugier, meine Gleichgültigkeit. Alles klingt so absurd. Und vielleicht sind das die besten Dinge, die absurden, oder zumindest die Art und Weise, in der wir sie durchleben, wenn wir nicht auf der Strecke bleiben wollen. Es ist völlig absurd, dass ich ihn jetzt frage, wo er im Urlaub war, oder ob er immer noch diesen getigerten Kater hat, gegen den ich allergisch war, und dass er sich für meine Fälle interessiert, wo doch die einzige Frage, die er mir stellen möchte, »Bist du mit jemandem zusammen?« lautet. Aber komm schon, Herr Professor, wir sind ja schließlich Profis im Umgang mit der Einsamkeit, nicht wahr? Es ist offensichtlich, dass ich allein lebe, so wie du, auch wenn du mit Sicherheit irgendeine Freundin hast …

Nicht dass es leicht für mich ist, so zu tun, als hätte ich mich nie gegen sein Becken gepresst oder nie seine Zunge gespürt, wie sie meine sämtlichen Körperöffnungen erforscht. Das Gift der Liebe beginnt immer so: Du lernst jemanden kennen, gehst mit ihm ins Bett, und im Nu bist du bereit, dem Sex einen neuen Namen zu geben. Als würde es genügen, ein Körperglied in eine Körperöffnung zu stecken, um dadurch gleich einen ganzen Liebesroman entstehen zu lassen. Als würden wir der Versuchung nicht widerstehen können, unser Schweigen mit hohlen Worten auszufüllen.

»Unterrichtest du immer noch an der Uni?«

»Ja, aber ich möchte ins Ausland.«

Ich zünde mir eine Camel an. »Warum?«

»Ich habe Italien satt.«

»Ach so.«

»Tim hat mich ein paarmal aus Rom angerufen. Ich fand es schade, dass er die Uni verlassen hat.«

»Er will jetzt Regisseur werden.«

»Ist er immer noch mit der Tochter deines ehemaligen Klienten zusammen?«

»Ja, mit Gaia Comolli. Wir schreiben uns regelmäßig Emails. Ihnen geht es gut. Ich muss sie irgendwann mal besuchen …«

Schluss, aus. Wir haben uns nichts mehr zu sagen. Es gibt einen Impfstoff gegen die Liebe, den die Wissenschaft zwar noch nicht erfunden hat, doch wir testen gerade das Patent. Der Fall ist abgeschlossen. Ich habe seine Züge lange studiert, habe die Handlungen des Gegners rekonstruiert. In der Fachsprache heißt so etwas: »Ethische Anästhesie«. Es bedeutet, dass ich ihn weder sehe noch höre. Ich kann mich nicht in ihn hineinversetzen. Er tut mir nicht mehr weh. Er ist nicht mehr gefährlich. Fast bin ich versucht, ihm zu sagen, dass ich ihn gern habe. Wenn er versprechen würde, sich von mir fernzuhalten, würde ich das vielleicht tun.

»Willst du einen Kaffee?«

»Ja.«

Er steht sofort auf. »Ich gehe rein und bestelle für uns.«

Durch das offene Hemd kann ich seine unbehaarte gebräunte Brust erkennen. Oh ja, ich würde wieder meine Körperflüssigkeiten mit ihm austauschen wie Kaugummi, auf dem man so lange herumkaut, bis der Zucker draußen ist, bis der Geschmack im Mund pelzig wird und man ihn ausspucken möchte. Oh ja. Und ich würde sogar am Ende noch »Danke« sagen.

Nach einer Weile kommt er wieder, reicht mir ein Espressotässchen und setzt sich.

»Werd jetzt bitte nicht wütend«, sagt er und rührt in seinem Kaffee, »aber dich hier wiederzusehen« – er kommt ins Stottern –, »na ja … wühlt mich auf … Hat es dir nicht leidgetan, dass du verzichten musstest?«

»Manchmal ist es besser zu verzichten. Auch darin liegt Gefühl.« Ich drücke die Kippe im Aschenbecher aus. »Beziehungsweise sogar mehr.«

Andrea Berti trinkt seinen Kaffee in einem Zug aus und steht wieder auf. »Ich habe die Panini und den Kaffee bereits bezahlt«, sagt er lächelnd.

»Danke, das wäre nicht nötig gewesen.«

»Lass mal wieder von dir hören.«

Ich nicke wie jemand, der es nicht tun wird.

»Schönen Tag noch.«

»Dir auch.«

Ich warte, bis er das kleine Tor der Bar hinter sich geschlossen hat, und zünde mir noch eine Camel an.

Il Magro kommt, um den Tisch abzuräumen. »Bist du schon mal wieder zum Essen im *Rococò* gewesen? Dort machen sie wirklich einen guten Seebarsch …«

(Willkommen zurück in der Gegenwart.)

Das Handy in meiner Hosentasche vibriert.

»Spreche ich mit Giorgia Cantini?«

»Ja?«

»Hier ist Chiara Boschi. Mein Mann hat mir Ihre Nummer gegeben. Anscheinend hat Stefano bei Ihnen noch Schulden.«

Ich gerate ins Stottern. »Ähem … Ja, das stimmt … Warum ruft er mich denn nicht selbst an?«

»Das kann er nicht, er liegt mit einem Gipsbein und zwei gebrochenen Rippen im Rizzoli-Krankenhaus.«

»Hatte er einen Unfall?«

»Seine Geliebte hat ihn auf dem Zebrastreifen angefahren. Er hatte Glück, es hätte schlimmer ausgehen können«, sagt sie ohne jede Spur von Sorge in der Stimme. »Wissen Sie, ich habe sie kennen gelernt. Wir haben miteinander gesprochen. Sie leidet sehr unter dem, was passiert ist … Ich habe Steve überredet, die Anzeige zurückzuziehen. Die Reue scheint aufrichtig zu sein.«

Ich möchte sie fragen, wer von beiden etwas bereut, ob es Steve ist, wie sie ihn nennt, oder Susanna Mazzetti.

»Seit Monaten hat uns diese Frau verfolgt. Sie hat mich immer so angesehen … Ich muss sagen, dass sie mir fast ein wenig leidtat, aber ich hätte mir nie im Leben vorstellen können, dass sie so weit gehen würde.«

»Ich mir auch nicht.«

Sie lacht kurz auf. »Damit möchte ich aber nicht sagen, dass sie und ich Freundinnen werden.«

»Sicher nicht.«

»Und mit Stefano bleibe ich bestimmt nicht nur wegen der Kinder zusammen …«

Nach einer kurzen Pause bittet sie mich, ihr meine Bankverbindung für die Überweisung durchzugeben.

»Verstehen Sie das bitte nicht falsch«, sagt sie, ehe wir uns verabschieden, »aber ich wünsche mir, dass mein Mann in Zukunft Ihre Hilfe nie mehr benötigt.«

~ 34 ~

Durch die geöffneten Fenster des Citroën dringt frische Luft herein; in der Via Porrettana ist nicht viel Verkehr, und ich fahre mit Freuden etwas zügiger; *A Love Supreme* von John Coltrane im Radio streichelt mein strapaziertes Nervenkostüm. Ich durchquere die Ebene, die sich den Reno entlangzieht, und fahre dann in höhere, bergigere Regionen. Dort zwischen den Felsen schlängeln sich über hundert Kilometer Wege, die ich irgendwann gerne erwandern würde, im Rucksack die Feldflasche, dazu ein Brötchen, das man dann an einem Bachufer verzehrt, fernab der Stadt und ihrem feuchtwarmen Klima, fernab der Megastores, Banken, Pizza-Services, Postämter, unverständlicher Bürokratie. Nescio hat Recht, man sollte dort oben leben, neue Routen anlegen und sich einer Welt erfreuen, in der Fernsehen, Weltwirtschaft und Statistiken keine Rolle spielen … Die aktuelle *Repubblica* liegt auf dem Beifahrersitz neben mir. Im Feuilleton schreibt Umberto Galimberti über destruktive Perversionen und Triebe, über das enge Band zwischen Eros und Thanatos, die Beziehung zwischen Sex und Geld, über Prostitution, die es immer gegeben hat und immer geben wird. Ein Paar Mäusebussarde kreist an einem Himmel, der so klar ist, dass nur ein Kind ihn in der richtigen Farbe malen könnte. Ein Blick in diesen strahlend blauen Himmel genügt, um all die sinnlosen

Worte zu vergessen, die wir bei dem Versuch verlieren, die Welt in unbestreitbare Wahrheiten zu zwängen, um allen Ballast abzuwerfen, um aufzuhören, die Zukunft vorausberechnen zu wollen, die Wirklichkeit von all ihren Widersprüchen freizusprechen und sich wohl zu fühlen, auch ohne zwanzig Tropfen Lexotan am Tag.

Ich parke den Wagen auf dem Platz vor der Feengrotte, bahne mir den Weg durch den Wildwuchs, setze meine Füße auf den trockenen Baumstamm voller Sprossen und steige über das gelbe Absperrband der Polizei. Vom Eingang aus schaue ich zunächst zur Decke, die kaum höher als zwei Meter ist, um sicherzugehen, dass keine Fledermäuse da sind, dann wende ich meinen Blick wieder nach unten zu den Etruskergräbern und schließlich zu der staubigen Stelle, an der Van gestorben ist. Ein plötzliches Flügelschlagen lässt mich zusammenzucken, ich falle, dabei bohren sich meine Sandalen tief in den sandigen Boden. Dort unten, verborgen von einem Felsstück, das sich von einer Wand gelöst hat, sehe ich etwas liegen. Ich bücke mich und wühle mich mit den Fingern durch eine dünne Sandschicht, bis ich ein Bildchen finde. Das rotblaue Trikot des Torwarts verrät, bei welcher Mannschaft er spielt.

Ich steige wieder ins Auto und lehne den Kopf gegen den Sitz, dann blicke ich ein letztes Mal zurück zur Grotte.

Eine Viertelstunde später halte ich im Zentrum von Sasso Marconi, um zu tanken. An einer Zapfsäule von Agip greife ich nach der Pumpe, dabei fällt mein Blick auf ein kleines

Mietshaus mit schmuddeligen Wänden und geschlossenen Fenstern. Auf einem kahlen Balkon ohne Blumen sitzt ein alter Mann in kurzen Hosen und Unterhemd wie ein Maurer, eine Krücke gegen das Geländer gelehnt, und starrt gedankenverloren ins Leere.

Ich frage mich, ob er seine Tage damit verbringt, die Leute zu beobachten, die hier anhalten, um zu tanken, ehe sie ihre Reise fortsetzen, egal wie lang oder kurz die sein mag. Von seinem Platz über dem Restaurant *La Tigre della Malesia* aus kann er eigentlich bloß parkende Autos, ein Schild mit den Preisen für Batterien und noch eins sehen, auf denen die Prämien für Sammelpunkte beworben werden. Ich winke ihm kurz zu. Er hebt die Krücke in meine Richtung.

Später, als ich meine Wohnung betrete, verspüre ich zwei gegensätzliche Bedürfnisse: zum einen möchte ich mich hier mit einer Flasche Wein und runtergelassenen Rollläden verkriechen, zum anderen würde ich gerne ein paar Kleider, ein Buch und meine Zahnbürste in eine Tasche packen und einfach irgendwohin fahren, wie es Johnny gemacht hat. Wenn man doch nur an zwei Orten zugleich sein könnte!

Neben dem Küchenfenster steht ein durchgesessener Sessel; er gehörte meiner Mutter, und der Stoffbezug ist auf Höhe der Beine zerrissen. In unserem Haus war sein Platz neben dem Klavier: Sie setzte sich hinein, um ihre französischen Bücher zu lesen und ihre Schallplatten von Edith Piaf und Juliette Gréco zu hören. Ich lasse mich hineinfallen, dass die Federn ächzen, und lege die Fotokopien von Vans Heft auf meinen Knien ab.

Heute habe ich auf dem kleinen Markt hinter dem Bahnhof ein T-Shirt gekauft, es ist sehr hübsch, und Willy kann nicht glauben, dass es nur einen Euro gekostet hat. Er hat diese Nacht hier allein geschlafen, ich habe ihm gesagt, dass das nicht wieder vorkommen wird. Um ihn versöhnlicher zu stimmen, bin ich mit ihm in die Spielhalle gegangen. Der Typ, der sie führt, sieht Eminem zum Verwechseln ähnlich und macht gern die Beat-Box. Willy hatte einen Riesenspaß, ihm dabei zuzusehen, wie er so ein Rap-Schlagzeug imitierte.

Danach folgt:

> SONG 6
> *No place to stop, no place to go*
> *Kein Ort zum Anhalten, kein Ort zum Hinfahren,*
> *No place to stop, no place to go*
> *One way … one way*
> *Diese Reise geht nur in eine Richtung.*
> *Vergiss das nur nicht …*

Ich mache mit einem anderen Blatt weiter.

P. hat das Lokal um sechs geschlossen, draußen war es schon hell. Er hat das Mädchen bezahlt, das heute Abend Franci an der Garderobe ersetzt hat, und wo er schon einmal dabei war, hat er auch mir Geld gegeben. Er hat noch ein paar Stühle zusammengeklappt, eine Kippe vom Boden aufgehoben, und mir dann ein Zeichen gegeben, ihm nach hinten zu folgen. Er hat mich gefragt, ob ich Musik möchte, doch ich habe nein gesagt. Dann hat er das Licht gedimmt und sich ausgezogen. Ich mich ebenfalls. Er hat mich auf einem kleinen Kunstledersofa gefickt. Eine schnelle Nummer. Auf einem Tischchen lag seine Polar-Uhr, sie hatte auch einen Herzfrequenzmesser, und ich habe gedacht, dass die Willy fürs Fahrradfahren gefallen würde. Ich habe sie mir umgelegt, und P. hat gesagt: »Das gefällt mir an dir, Van, du nimmst dir die Sachen, ohne zu fragen.« Er hat mich umgedreht und noch einmal genommen, eine weitere schnelle Nummer von hinten. Ich sollte mir diese Uhr erst verdienen. Danach hat er mir von seinem Cousin erzählt, der mit einer unheilbaren Krankheit im Krankenhaus liegt. »Hast du manchmal Angst vorm Sterben?«, fragt er mich. Und ich: »Nein. Niemals.« P. ist in Lachen ausgebrochen.

Ich hebe die letzte Fotokopie vom Boden auf.

Ich bin müde. Ich habe gerade ein Bad genommen. In zehn Minuten kommt Dora, und wir fahren zu S. Ich weiß nicht, ob ich Parfüm auflegen soll. In einem Buch von W. steht, dass der üble Geruch, den einige Insekten verströmen, dazu dient, sie vor Gefahren zu schützen. Ich habe ihm Gebäck gekauft, das er vor dem Fernseher isst. Zu lieben bedeutet zu beschützen, und ich kann ihn nicht beschützen.

Um zehn Uhr abends laufe ich durch die Straßen der Innenstadt und suche einen offenen Pub.

Als ich am Schaufenster eines Reisebüros vorbeikomme, lese ich die Angebote zum Ende der Sommersaison und plane Reisen, die ich niemals machen werde.

Das erste Mal, dass ich Lust zum Abhauen verspürte, war wohl in der zweiten Klasse im Gymnasium, nachdem ich im Geschichtsunterricht beim Abfragen kein Wort herausgebracht hatte. Ich konnte es nicht erwarten, dass meine Lehrerin mir endlich eine schlechte Note verpasste, damit ich aus dem Klassenzimmer rennen und mich in der Toilette zum Heulen einschließen konnte. Ich fühlte, wie die Tränen gleich hinunterrinnen würden, dass ich sie nicht mehr zurückhalten könnte, und ich wollte nicht, dass es dort passierte, vor all meinen Klassenkameraden.

Und dann. Dann gab es noch so ein Mal. Und das war das Schlimmste. Alle schwiegen und starrten auf den Sarg. »Was hat dieser Sarg mit ihr zu tun?«, hätte ich am liebsten geschrien. »Ich habe ihr Leben geliebt! Verstanden? Hört ihr mich? Ihr warmes Leben! Nicht dieses Stück kaltes Fleisch, das ihr hier eingesperrt habt! Dieses steife, hässliche, eiskalte Ding hat nichts mit ihr zu tun!«

»Tun Sie viel Eis in den Gin Lemon«, sage ich zum Barmann.

In ihrem Sarg lag auch eine kleine Schachtel mit dem Band eines alten Geloso-Rekorders, auf dem Ada mit dreizehn Jahren ihre Dankesrede für die Oskar-Nacht aufgenommen hatte: »Danke, danke … Sie sind alle zu freundlich. Ich habe immer davon geträumt, einmal diesen Preis zu erhalten, und es gibt so viele Menschen, denen ich danken möchte. Vor allem meinem Regisseur … *Thank you*, Francis!«, hier hört man im Hintergrund mein Lachen. »Vielen Dank für die wunderbare Chance, an der Seite von Marlon zu spielen!« Noch ein Lachen von mir. »Das war das Größte! Und danke auch Al, der ein großartiger Schauspieler ist und mir die Tricks dieses Berufs beigebracht hat … Du bist wirklich einmalig, Al! Entschuldige bitte, dass ich deinen Heiratsantrag abgelehnt habe, aber mein Leben … gehört dem Film«, und dann hat sie die Statue geküsst, die in Wirklichkeit ein Turnschuh war. »Vielen Dank, danke für den Applaus, ich verdiene ihn wirklich nicht …« Hier hört man meine maulende Stimme. »Ach ja, ich vergaß … Ich danke auch meiner Schwester, die mir immer gesagt hat, dass ich besser bin als Sophia Loren!«

Ich bezahle den Gin Lemon und will gerade gehen. Als ich vor der Tür des Pub stehe, spüre ich, wie mir jemand an die Schulter tippt. »Du hast das hier verloren«, sagt ein Junge und reicht mir das Sammelbildchen. »Ich bin auch ein Fan von Bologna.«

~ 35 ~

Eine Art innerer Radar will mir weismachen, dass es das letzte Mal sein könnte, dass ich diese Spitzkehren hinaufkurve und in die Einfahrt zum Hof der Liveranis einbiege.

Die Art, wie sich die Wolken schnell zusammenballen, ist wie ein Vorgeschmack auf den September, doch die erdrückende Schwüle passt nicht dazu. Ich parke mein Auto hinter dem bordeauxfarbenen Apecar, und seltsamerweise richtet Willys Großvater das Wort an mich.

»Buongiorno«, sagt er und zwingt sich zu einem Lächeln. »Sie sind alle im Haus.« Er sieht müde aus, und seine Augen sind gerötet, als habe er bereits seit vielen Nächten nicht geschlafen.

»Gehen Sie zur Arbeit?«, frage ich ihn.

Er hebt seine hängenden Arme voller Sommersprossen. »Ich habe nun mal mein Land zu bestellen.«

Ich nicke voller Solidarität und schaue zu den Wolken auf. »Glauben Sie, dass es regnen wird?«

»Es wird genügend runterkommen, ein Guss, der alles fortwäscht, wie die Bauern hier sagen. Aber noch nicht jetzt, vielleicht in ein paar Stunden.« Er wird wieder schüchtern und blickt zu Boden. »Ich geh dann mal.«

»Auf Wiedersehen.«

Rolando kommt aus dem Haus und hat eine Schüssel mit Essensresten dabei.

Ich begleite ihn zur Hundehütte, dort liegt der Hund wie immer an der Kette. »Bellt er eigentlich nie, wenn er Fremde sieht?«, frage ich und streichle die schwarze Schnauze des Tiers.

»Er ist zu alt, um dazu noch Kraft zu haben. Er war schon vier, als Willy zur Welt kam. Rechnen Sie mal nach ... Vanessa hat ihn Dog getauft, ein englischer Name, wie bei ihrem Sohn. Lena wollte ihn nie im Haus haben. Allerdings liegt er nicht immer an der Kette, im Winter schläft er im Hühnerstall. Er ist ein guter Hund, wissen Sie?«

Ich beobachte, wie Dog gierig einen gelblichen Brei aus Brot und Milch hinunterschlingt. »Dann könnten Sie ihn eigentlich frei herumlaufen lassen. Wohin soll er denn ausreißen?«

Rolando kaut auf seinen eingefallenen Wangen herum. »Sie haben Recht«, seufzt er. »Willy ist völlig vernarrt in ihn. Aber meine Tochter ...«

Lena Bassi steht in der Küche an der Spüle und trocknet mit einem Tuch, auf dem große Kirschen abgebildet sind, ein paar Teller ab; unter einer Plastikschürze trägt sie einen langen Jeansrock mit seitlichen Schlitzen. Willy sitzt am Tisch. Als er mich sieht, verfinstert sich seine Miene, und er trampelt mit seinen GEOX aus Leinen auf dem Boden herum.

»Ciao ... Ich habe gesehen, dass draußen dein Fahrrad steht.«

»Um diese Uhrzeit ist es zu heiß«, geht Lena dazwischen, »um damit durch die Gegend zu fahren.«

Ich gehe zu ihm. »Hier«, sage ich und halte ihm das Sammelbildchen hin, »ich glaube, das hast du verloren.«

Er nickt schwach. »Das hat mir noch gefehlt, damit das Album komplett ist.«

In diesem Moment schrillt der Klingelton meines Nokia durch den Raum, ich entschuldige mich und gehe hinaus auf den Flur, um ranzugehen.

»Wo bist du?«

Ich beschließe, Bruni nicht zu sagen, wo ich bin. »Was gibt's denn?«

»Wir habe das Ergebnis der Fingerabdrücke von der Steyr …«

Ich höre ein Niesen. Und drehe mich um. Willy steht auf der Türschwelle und starrt mich an. Ich frage mich, ob er niest, weil er nervös ist, genau, wie man es sich von seiner Mutter erzählt. Bruni redet weiter, doch ich unterbreche die Verbindung und stehe mit dem ausgeschalteten Handy in der verschwitzten Hand da.

Willy legt den Kopf zur Seite, zuckt nervös mit den Lidern. »Du hast Augen wie die Chinesen. Hat dir das schon mal jemand gesagt?«

Ich nicke, ohne den Blick von ihm abzuwenden. Sehe, wie er den Ball vom Boden aufhebt und ein bisschen dribbelt. Als die Tür aufgeht, lässt er den Ball nach draußen rollen und flitzt hinterher, drängt dabei den alten Mann zur Seite. Rolando hat Dogs leere Schüssel in der Hand: Er sieht zuerst William an und dann mich.

»Kommen Sie«, sagt er, »ich muss Ihnen etwas zeigen.«

Als wir in Rolandos Zimmer sind, holt er ein Foto aus einer Schublade.

»Meine Frau«, sagt er mit einem leichten Zittern in der

Stimme, dann lässt er sich, das Foto auf den Knien, aufs Bett sinken.

Ich setze mich neben ihn.

»Da ist sie dreiundzwanzig, wir hatten uns gerade erst kennen gelernt. Sie war wunderschön, sehen Sie? Genau wie Lena, genau wie Vanessa.«

Ich verstehe immer noch nicht, was er mir zu sagen versucht.

»Kurz nachdem wir geheiratet hatten«, fährt er fort, »musste ich weg, um in der ganzen Welt zu kämpfen. Fünf Jahre lang«, er unterstreicht die Zahl, indem er eine seiner mit dicken Adern und Altersflecken überzogenen Hände geöffnet hochhält. »Ganze fünf Jahre war ich weg von zu Hause, um an der Seite von griechischen, französischen und jugoslawischen Partisanen Krieg zu führen. Nicht dass wir uns untereinander groß verstanden haben, aber wenn man für die gleiche Sache kämpft, findet sich immer ein Weg, sich zu verständigen.«

Ich betrachte die Frau auf dem Bild, das breite, rosige Gesicht eines Mädchens aus einer anderen Zeit; ihr Blick ist direkt und anzüglich, die Grübchen genau wie die von Van auf dem Foto am Meer.

»Ich war in der Fremde und habe mein Leben riskiert, während Renata hier in Sasso geblieben ist und es mit den Deutschen getrieben hat.«

Ich hebe den Blick vom Foto und schaue ihn an.

»Die haben sie in die Villa Sinceri gebracht und dort Orgien veranstaltet. Aber das habe ich erst hinterher erfahren. Aus Respekt vor mir haben die Partisanen sie nicht kahlgeschoren. Sonst haben sie alle kahlgeschoren, alle Frauen, die mit den Faschisten ins Bett gestiegen sind. Sie nicht, ihr haben sie das erspart. Aus Respekt vor mir«, wiederholt er.

»Ich habe ihr nie gesagt, dass ich es wusste, dass man es mir erzählt hat«, sagt er und legt das Foto zärtlich auf die tabakbraune Tagesdecke. »Die Leute glauben, dass auf unserer Familie eine Art Fluch lastet. Die Welt ist klein hier. Und der Klatsch tut weh. Ich habe Menschen sterben sehen, ich habe Freunden und Feinden die Augen geschlossen, aber ich schwöre Ihnen, dass die Liebe die einzige Revolution war, die ich gemacht habe. Renata zu lieben, ihr treu zu sein …«

Er steht auf und legt das Foto wieder in die Schublade.

»Mit anderen Worten … Die Villa Sinceri hat es für mich nie gegeben.«

Ich lasse ein paar Minuten verstreichen. Dann sage ich:

»Ich weiß nicht, ob ich Ihnen wirklich folgen kann.«

»Vielleicht kann das niemand. Ich habe mich so viele Male gefragt, ob meine Tochter anders geworden wäre, wenn … Ich weiß sehr gut, dass ich viel Schuld trage.«

»Rolando, entschuldigen Sie bitte«, unterbreche ich ihn, »da ist etwas, was ich Sie fragen muss.«

Er hat mir den Rücken zugewandt, aber er nickt zum Zeichen, dass er mir zuhört.

»Sie haben mir gesagt, dass Willy und Sie mit der kleinen zweiläufigen Pistole auf Dosen geschossen haben …«

»Ja, als Spiel.«

»Willy hat nicht zufälligerweise auch mit der Steyr *gespielt?*«

Ich beobachte ihn dabei, wie er ein paar unsichere Schritte zum Fenster hin macht. Als ich mich neben ihn stelle, bemerke ich, dass er sein einziges gesundes Auge geschlossen hält.

»Nein«, antwortet er. »Meinen Sie etwa, ich würde eine solche Waffe einem Kind in die Hand geben?«

Ich gehe langsam die Treppe hinunter. Öffne die Haustür und werde vom Wind und den ersten Regentropfen empfangen. »Ein Guss, der alles fortwäscht«, so hat es Sergio genannt, aber davon ist im Moment erst ein Hauch zu spüren.

Weiter weg sehe ich Willy verbissen mit dem Fahrrad zwischen zwei Olivenbäumen herumkurven. Die Räder graben die Zahl Acht oder das Symbol für unendlich in den Sand. Rolando steht hinter mir und folgt meinem Blick. Ich bewege mich auf Willy zu und höre die Stimme des alten Mannes, der versucht, fest und bestimmt zu klingen: »Signora, für dieses Kind würde ich alles tun.«

Willy hängt über dem Lenker; als er sieht, wie ich näher komme, beschleunigt er seine Fahrt zwischen den Olivenbäumen. Auch ich beschleunige meinen Schritt und bemerke dabei auf einem Mäuerchen eine Reihe durchlöcherter roter Coca-Cola-Dosen, auf die er geschossen hat. Ich hole ihn ein und kriege den Hinterreifen seines Fahrrads zu fassen, woraufhin er das Gleichgewicht verliert.

Ich drehe mich um und erkenne Lenas kugelförmige Gestalt im Türrahmen. »Was erlauben Sie sich eigentlich? Sind Sie verrückt geworden?«, schreit sie und läuft auf mich zu.

Ich strecke einen Arm aus, um ihr zu bedeuten, dass sie nicht näher kommen soll, und rufe laut: »Nicht!« Willy steht auf und sieht sich um, auf der Suche nach einem Fluchtweg. Mit einer Hand halte ich ihn fest, die andere fühlt sich eher so an, als wolle sie ihn abhauen lassen.

Schließlich gibt er auf und lässt sich gegen mich sinken. Ich spüre, wie sich sein kleiner Magen zusammenzieht, und dann Erbrochenes auf meiner Jeansjacke.

»Lass alles raus«, sage ich.

~ 36 ~

Wir haben unter einem großen Nussbaum Schutz gefunden, unsere Rücken gegen den Stamm gelehnt, und sehen dem lustlos fallenden Regen zu. Willys Haare sind nass, und seine Haut glüht. Während ich sein Gesicht erforsche, habe ich das Gefühl, dort Dinge zu lesen, über die in Büchern noch nie geschrieben wurde.

Von hier aus sieht man nur Land, aber hinter den Weinbergen befindet sich die Welt, und diese Welt ist nicht die glückliche Insel von Geronimo Stilton, dort gibt es keine Riesenameisen und keine friedliebenden Piranhas. Hinter dem Grün erkennt man in weiter Ferne die Straße. Und bald werden auf dieser Straße die Autos von Bruni, seinen Beamten und irgendeiner Psychologin auftauchen. Sie werden von posttraumatischem Stress reden, von therapeutischer Unterstützung, von geraubter Kindheit. Doch im Moment ist noch niemand da, nur ich und Vanessa Sohn, sitzen nah beieinander, schauen ins Leere, fernab von allem, und lauschen dem Regen.

Ich frage mich, ob die Erinnerung ein Gefängnis ist, in das auch ein zehnjähriger Junge geraten kann, und ob es eine Medizin gibt, die einen vergessen lässt. Willy weiß noch nicht, dass Schuldgefühle das Laster unseres Zeitalters sind, dass es Leute gibt, die in den Salons der Fernsehanstalten darüber plaudern wie über einen banalen Schnupfen oder eine Tragödie, die man verdient hat. Er hat sich die Hände vors Gesicht gehalten und mir alles erzählt.

In jener Nacht ist er seiner Mutter mit dem Fahrrad gefolgt: Er fürchtete, sie würde ohne ihn fahren, würde zu diesem Angelo gehen, von dem sie ihm immer erzählt hatte, von dem Vater, der ihn nicht gewollt hatte. Er war draußen vor der Höhle; konnte die Gesichter im Schein der Taschenlampe kaum unterscheiden.

Er hörte, wie seine Mutter ihrer Freundin gegenüber laut wurde, wie sie sagte, dass sie in ihrer Tasche Rolandos alte Steyr dabeihabe. Sie war unglaublich wütend wegen dem, was er ihr berichtet hatte: wie er vom Gelächter im Flur aus dem Schlaf gerissen wurde, wie plötzlich im Zimmer das Licht anging, wie Dora und Stepp miteinander flüsterten und Geld zwischen ihnen ausgetauscht wurde. »Es ist nur ein Spiel«, hatte ihm die Frau versichert. Und dann bestand das »Spiel« darin, dass die Hände des Deutschen ihm die kuschlige Schlafanzughose herunterzogen. Das war kein böser Traum.

Er war in Tränen ausgebrochen und hatte sich gewehrt, und da hatte der Mann aufgehört, sogar eine Entschuldigung geflüstert. Im Hinausgehen hatte Stepp Dora gegen die Wand geschubst, wobei ihr das Weinglas aus der Hand fiel. In eine Ecke des Betts gekauert hatte Willy, dessen Herz in der Brust wilde Sprünge wie ein Känguru machte, nur eines denken können: Wenn jetzt seine Mutter barfuß hereinkäme, würde sie sich an den Glasscherben die Fußsohlen verletzen.

Am nächsten Morgen hatte er das Ganze seiner Mutter gesagt, obwohl er Dora versprochen hatte, nichts zu erzählen – »Es war doch nur Spaß«, »Die spinnen doch alle hier« und »Du willst doch keine Petze sein, oder?«. Er hatte es ihr mehrmals erzählen müssen und dabei vielleicht etwas übertrieben: Fantasie hatte er schon immer genug gehabt. Aber das Schamgefühl und die Angst, die waren echt. Sie war rasend vor Zorn geworden. Es war seine Schuld, dass sie jetzt dort stand, völlig außer sich und mit Rolandos Pistole in der Handtasche. Warum hatte er nicht einfach den Mund halten können?

»Wer nicht mit den andern spielt, ist 'ne Petze oder 'n Dieb«, hatten ihn seine Schulkameraden immer aufgezogen, wenn er sich abseits hielt und in der Pause nicht mit ihnen spielen wollte. Das war er also: ein kleiner Junge ohne Freunde, der kein Geheimnis für sich behalten konnte und eine Petze war. Wenn seine Mutter nun ihre Freundin erschoss oder Stepp oder jemand anderen, dann war das allein seine Schuld. Man würde sie von ihm wegholen, so wie man es vor vielen Jahren mit Opa Sergio gemacht hatte. Rolando hatte ihm diese Geschichte oft erzählt …

Aber dann hatte jemand die Tasche hingeworfen, und die Waffe war ihm vor die Füße gerutscht. Er hatte sich gebückt und sie mit den Fingern berührt. Jetzt hatte er die Pistole, auf die der alte Mann so stolz war. Sie lag schwer in seinen Händen, nachdem er sie aufgehoben hatte; er fühlte sich wichtig, bereit, seine Mutter gegen den Angriff der Wölfe zu verteidigen: So hatte sie ihre Feinde bezeichnet. *(»Ich und du in dieser Wohnung, und draußen die Wölfe.«)*

Im Halbdunkel der Grotte sah man nur die Haare leuchten: Es war nicht leicht, die beiden Blondschöpfe zu unterscheiden.

Dora reagierte, schrie und beleidigte seine Mutter. Er wollte bloß, dass der Streit aufhörte und dass diese Frau abhaute. Er war aufgesprungen, die Hände nach oben gerichtet: Etwas – ein kleines Ding – war ihm mitten ins Gesicht gefallen, zugleich hatte es geknallt, trocken und ohrenbetäubend. Er war davongelaufen, ohne sich umzudrehen, rannte und strampelte sich die Lunge aus dem Leib, bis ihm die Kehle brannte: er, die Steyr, das Fahrrad, die durchdrehenden Autoreifen (dass er Dora nicht auf der Straße gesehen hatte, oder sie ihn, lag daran, dass sie in entgegengesetzte Richtungen unterwegs waren). Er war durchs Küchenfenster ins Haus geklettert, hatte die Pistole im Wandschrank versteckt und den Rest der Nacht wachgelegen und auf seine Mutter gewartet. Die folgenden Tage verbrachte er damit, sich zu fragen, warum sie nicht nach Hause kam.

Und dann komme ich zu seinen Großeltern und sage, dass Dora Arienti sich Sorgen macht, weil sie seit sechs Tagen nichts von ihrer Freundin gehört hat. Dora. Sie lebt. Er erinnert sich nur daran, wie schwer die Waffe in seinen Händen gelegen hatte und an das Geräusch des Schusses. Er erinnert sich nur daran, dass er nicht richtig gezielt, sondern nur die Waffe auf Doras Jacke gerichtet hatte.

In den nächsten Tagen fährt er mehrmals zur Feengrotte, ohne den Mut aufzubringen hineinzugehen. Er steht nur da, über den Lenker gebeugt, zögert, zittert, und hofft, dass seine Mutter irgendwo ist, bei Angelo, bei Spaccesi, am anderen Ende der Welt, nur nicht in dieser Grotte.

Bis zu dem Augenblick, als Rolando mit bekümmerter Miene auf ihn zugeht, ihn an sich drückt und ihm sagt, dass jemand seine Mutter getötet hat. *Seine Mutter*. Eine Mutter, die da war, und dann doch wieder nicht. Eine Mutter, die Gitarre spielte, die merkwürdige Dinge in ein Heft schrieb, die Freunde hatte, die er nicht leiden konnte. Nun wartet er nur noch darauf, dass ich und mein Freund Bruni ihn ins Gefängnis werfen, wie es in Fernsehfilmen passiert, und auch im wahren Leben, wie bei seinem Opa vor vielen Jahren.

Und obwohl er erst zehn Jahre alt ist, hat er schon grausam lernen müssen, dass man besser nicht die Wahrheit erzählt, sonst stirbt jemand, auch wenn man das gar nicht will. Aber jetzt ist es zu spät. Es ist eine Lektion, die ihm nichts mehr nützt. Er zerbricht das Milchglas und legt sich eine Glasscherbe auf die Zunge. »Warte auf mich, du kannst dich doch nicht ohne mich davonmachen.« Er schließt die Augen, hört Dog im Hof bellen, dann Rolandos festen Schritt im Flur.

»Spuck das aus!«

Willy weiß nicht, dass seine Mutter als Hure gearbeitet hat, und ich kann ihm nicht sagen, dass Van früher oder später vielleicht sowieso so geendet wäre und dass mein Freund Bruni viele Frauen wie sie auf dem Obduktionstisch sieht, mit Brandmalen von Zigaretten auf der Brust, mit zerfetzten Ohren, aus denen man die Ohrläppchen zusammen mit den Ohrringen gerissen hat. »Jetzt lassen sie mich nicht mehr zur Firmung«, hat er gerade zu mir gesagt.

Er weiß nicht einmal, dass es Priester gibt, die sich an Kindern vergreifen. Er weiß nicht, dass es Eltern gibt, die ihre eigenen Kinder für wenig Geld verhökern. Er weiß nicht, dass Pädophilenseiten im Internet ein Geschäft sind, das jedes Jahr fünf Milliarden Dollar einbringt. Er weiß nicht, dass er, so absurd das sein mag, zumindest in dieser Hinsicht Glück gehabt hat.

Ich nehme seine Hand. Alles, was ich jetzt sagen könnte, wäre falsch.

»Du hast nichts damit zu tun, Willy. Es ist nicht deine Schuld.«

(Wir hören uns alle an wie die im Fernsehen.)

»Ich habe meine Mutter verloren, als ich so alt war wie du. Sie hat glasierte Maronen besonders gern gemocht. Was mochte deine denn gerne?«

Seine Stimme ist nur ein Flüstern. »Diese kleinen Kuchen mit Rum, die *Babà*.«

»Ich war damals sehr wütend. Ich wollte nicht mehr zur Schule gehen und habe allen pampige Antworten gegeben. Ich war sauer auf mich und die ganze Welt.«

Er hört mir nicht zu. Er ist an einem Ort, den nur er kennt.

»Dann ist es vorbeigegangen.«

Er sieht mich an. »Es hat aufgehört zu regnen.«

Wir gehen zum Hof zurück; Bruni und die anderen sind bereits eingetroffen. Sobald er all die Leute sieht, wird Willy langsamer und beginnt wieder zu zittern.

Ich möchte ihm sagen, dass Angst ein wichtiger Reflex ist, eine Absicherung gegen Gefahren und eine Art Selbstschutz, aber meine Stimme versagt mir den Dienst.

Wir gehen ein paar Schritte.

»Diese Leute bringen dich nicht weg. Sie wollen dir bloß helfen, mit dir sprechen.«

»Sie ist nicht mehr da.«

»Das stimmt nicht, deine Mutter ist da. Anders als vorher, aber sie ist da.«

Er dreht sich kurz weg, dann wendet er sich wieder mir zu.

»Und sie möchte bestimmt nicht, dass du irgendeinen Blödsinn machst. Gläser sind zum Trinken da.«

Ihm läuft etwas Rotz aus der Nase, den er sich mit dem T-Shirt abwischt.

»Weißt du, das ist das Einzige, was Van dir nie verzeihen würde.«

Willy fasst mit drei Fingern um einen Zipfel meiner Jeansjacke. »Ich habe sie nie Van genannt.«

Ich sehe ihn an.

Noch nie habe ich Worte so sehr gehasst wie in diesem Moment. Es gibt nicht eins, das ihn davon abhalten könnte, sich schuldig zu fühlen. Und ich weiß nicht, auf wen ich wütend sein soll. Einen Moment lang glaube ich, dass ich ihn einfach an die Hand nehmen, ihn bitten könnte, etwas schneller zu meinem Citroën zu laufen, und ihn von hier fortbringen könnte. (Wohin? An einen besseren Ort? Ich glaube kaum …)

Ich ziehe mein Handy aus der Tasche. »Weißt du, wie man damit umgeht?«

Er hebt den Kopf. »Brauchst du es nicht mehr?«

»Ich nehm mir einfach ein anderes, wenn ich dich anrufen möchte.«

Ich sehe zu, wie er zu Dogs Hütte läuft, eine Hand hineinsteckt und sich zu mir umdreht. »Hier«, sagt er und reicht mir eine Musikkassette, »hier ist eine Aufnahme von ihr, auf der sie singt.«

Eine Stunde später befinde ich mich auf dem Rückweg. Willy hat mir Vans Kassette geliehen, und jetzt höre ich ihre Stimme, die auf Englisch singt. Ich halte mit dem Citroën an einem Platz, neben einem Brunnen. Ein alter Mann auf dem Fahrrad starrt mich an, während ich den Kopf unter den Strahl eisigen Wassers halte. Ich steige wieder ins Auto, mit klatschnassen Haaren, die alles volltropfen. Dann fahre ich weiter. Ich zünde mir eine Zigarette an, aber nach ein paar Zügen werfe ich sie aus dem Fenster. Aus dem Augenwinkel sehe ich die rote Glut auf dem nassen Asphalt leuchten.

In Pontecchio entdecke ich vor dem gelben Haus von Guglielmo Marconi eine Telefonzelle und halte an.

»Morgen lasse ich die Tournee sausen und komme«, sagt Willys Vater zu mir.

Ich verlasse die Telefonzelle und steige wieder ins Auto.

~ 37 ~

Um neun Uhr abends ist es noch nicht dunkel, und der intensiv blaue Himmel hat nach dem Regenguss von heute lila Flecken, die mich an einen Sonnenuntergang auf fernen Inseln erinnert. Bei jeder Treppenstufe, die ich nehme, jaulen meine Knöchel auf, als sei ich stundenlang gelaufen. Als ich endlich oben ankomme, schließt Johnny in einer schwarz glänzenden Jacke und Smokinghose gerade seine Wohnungstür.

Ungläubig reiße ich die Augen auf. »Du warst gar nicht weg?«

»Ach so«, sagt er zerstreut, »na ja, zum Flugplatz bin ich schon gefahren …«

So erfahre ich, dass er lange vor der Anschlagtafel gestanden hat. Zu viele Möglichkeiten. Zu viele Flugzeuge, die er hätte nehmen können. Er hat den Flughafen verlassen, hüpfend wie ein Junge, der die Schule schwänzt, während er sich einen Weg durch die aufgeregten Touristen und ihre vollbeladenen Kofferkulis bahnte. Heute ist er zum Friseur gegangen, dann hat er sich den Smoking gekauft. In etwas weniger als einer Stunde, sagt er und klopft aufs Zifferglas seiner Armbanduhr, wird er auf der Tanzfläche des *Calipso* in Ferrara sein, in Gesellschaft von Milena, einer alten Freundin.

»Seit zwei Tagen versuche ich dich schon zu erreichen, aber du bist ja nie da«, sagt er entschuldigend.

Ich lehne mich mit dem Rücken gegen die Wand, einen Fuß auf dem Treppenabsatz, den anderen auf einer Stufe. »Schnell nach nirgendwo.«

»Was hast du gesagt?«

Ich bin zu erschlagen, um ihm zu erklären, dass das nur ein Songtitel ist.

Ich schleppe mich zu meiner Tür und bin überrascht, dass sie nur angelehnt ist. Ich drehe mich zu Johnny um, der auf den Aufzug wartet.

»Er hat stundenlang hier gesessen, da habe ich meinen Ersatzschlüssel genommen und ihm aufgesperrt.«

Er lässt mir keine Zeit, etwas zu erwidern. Das Letzte, was ich von ihm sehe, ehe sich die Aufzugtüren schließen, ist, wie er mir zuzwinkert und sagt: »Wünsch mir eine gute Fahrt.«

Misstrauisch schleiche ich in meine Wohnung, ohne Licht zu machen, recke im Türrahmen zum Wohnzimmer den Hals und sehe seinen Körper ausgestreckt auf meiner Couch liegen. Er hat die Schuhe ausgezogen – ein Arm hängt bis zum Boden herunter – dazu das übliche T-Shirt und Jeans, deren Saum schlammverkrustet ist.

In der abendlichen Stille höre ich nur seinen ruhigen Atem; ich nähere mich ihm und lausche dem monotonen, regelmäßigen Schlag seines absolut gesunden Herzens. *Tu-tum tu-tum*. Ich ziehe meine Sandalen aus und setze die Fußsohlen auf den eiskalten Fußboden, dann werfe ich mich in den Sessel und lege die Beine über eine Lehne. Ich betrachte ihn. Ich weiß nicht, warum er hier ist, und es interessiert mich auch nicht. Vielleicht wacht er bald auf und sagt mir, dass das Mädchen aus der Nutelleria seine Schwester ist oder eine gute Freundin oder eine seiner vielen Liebschaften, und das wird für mich genauso sein, als hätte er einen Witz gemacht. Ob er bleibt oder geht, ob er morgen noch hier ist oder woanders oder nirgendwo interessiert mich nicht. Es ist völlig egal, ob ich ihn schlafen lasse oder ihn aufwecke. Ich zünde mir eine Camel an und blase den Rauch in seine Richtung. Ich glaube, ich werde so einschlafen.

~ Danksagungen ~

Allen voran möchte ich denen danken, die mich zu den Schauplätzen dieses Romans geführt haben, darunter ganz besonders David Bisetti und Benito »Benni« Modoni.

Für ihre großzügige, kompetente Hilfe: Pietro Mansueto, Lorenzo Gestri, Antonio Iesarum und meinem Freund Silio Bozzi. Für andere nützliche Informationen: Katrin Idler und Katja Pasternak Armillotta. Für die guten Ratschläge und nicht nur dafür: Valentina Desalvo und Paola Borgonovo.

Dann den Moderatoren der Lesungen, den Kritikern und Journalisten, die mich »besprochen« haben, den Lesern, die mir schreiben, den Schriftstellern, mit denen ich Momente des Austauschs und Gelächter geteilt habe. Sandrone und den Leuten, mit denen ich arbeite. Elena und Giorgio Pozzi. Ric Marchesini, dem ersten, der diese Geschichte gehört hat. Maria Terni, die mir dabei hilft, nicht den Faden zu verlieren. Matteo und seiner Fußballbegeisterung. Francesca vom Kiosk an der Via Corticella. Tommy, der mich ermahnt, immer meinen Weg zu gehen. Bobo, der noch mit siebzig auf die Trommeln eindreschen wird, bis sie platzen. Silvio und Teresa.

Den Freundinnen und Freunden.

Meinem Agenten Piergiorgio Nicolazzini. Klara und Lucio, die sich um die Webseite www.graziaverasani.it kümmern.

Ein besonderer Dank den Musikern meiner ehemaligen

Band dafür, dass sie mir die Bedeutung des Team-Spiels beigebracht haben, und für den Zauber eines einmaligen Einvernehmens …

Meiner Familie und *mon ange gris*.

(Und dem großen Morrissey natürlich.)

Danke an alle.